삼국지

삼국지 2

1판 1쇄 인쇄 2009년 1월 25일
1판 1쇄 발행 2009년 1월 30일

옮긴이 박종화 **펴낸이** 김영곤 **펴낸곳** 달궁
전략영업본부장 이양종 **영업** 최창규 이종률 서재필
출판등록 2000년 4월 10일 제16-1646호
주소 (우413-756) 경기도 파주시 교하읍 문발리 파주출판단지 518-3
대표전화 031-955-2100 **팩스** 031-955-2151
이메일 eclio@book21.co.kr **홈페이지** http://www.eclio.co.kr

값 10,000원
ISBN 978-89-5877-304-7 04820
(세트) 978-89-5877-302-3 04820

이 책 내용의 일부 또는 전부를 재사용하려면 반드시 달궁의 동의를 얻어야 합니다.
잘못 만들어진 책은 구입하신 서점에서 교환해 드립니다.

나관중 원작

월탄 박종화

삼국지

❷ 천하대란, 어지러운 천하를 바로잡고자 하니

三國志 차례 ❷

유현덕의 출동	7
도겸은 현덕에게 서주를 맡기려 하고	15
조조는 복양에서 패주하다	24
전세일전	38
천하장사 허저	46
여포와 현덕	55
이간책	66
내란	72
난장판	81
대권은 조조에게	94
두 범이 서로 잡아먹는 계교	109
이번엔 범을 몰아 이리를 삼키는 계교	115
장비의 술주정이 빚어낸 비극	119
손책과 태사자의 무용	129
천하를 삼분할 손가의 기업	150
천하 명의 화타	160
영웅 여포의 묘한 활 솜씨	165
깨어지는 정략결혼	173
갈려지는 여포와 유비	181

조조 호색	187
천하장사 전위 죽다	195
조카도 죽고 아들도 죽고	198
명장 우금	201
미련한 여포	205
원술은 7로군을 일으키고	209
조조는 여포·손책·현덕과 합세하다	216
머리털을 베어 낸 조조의 준법	225
신출귀몰한 가후의 병법	229
조조와 원소의 성격 비교론	239
탄로 난 조조의 밀서	244
눈알을 뽑아 씹는 하후돈	250
유비의 신산한 고생	252
여포를 녹이는 진등의 묘계	259
다시 만나는 유비·관우·장비	265
다정이 병 되어	271
가련한 여포의 최후	290
현덕은 일약 황숙이 되고	300
사냥	304

유현덕의 출동

태사자는 그래도 출전을 하겠다고 간청을 했다.

"늙은 어미가 사도의 후하신 덕에 감동하여 특별히 저를 보내셨습니다. 만약 제가 적을 쫓아 버리지 못한다면 늙은 어미를 볼 낯이 없습니다. 한번 죽기를 기약하고 결전을 해보겠습니다."

공융은 한참 동안 고개를 숙여 생각에 잠겼다가 천천히 혼잣말을 했다.

"내 들으니 유현덕劉玄德은 당금의 영웅이라 하는데 이런 사람을 청해서 구원을 얻는다면 적병의 포위가 저절로 풀어지련만 보낼 만한 사람이 없으니 딱한 일이다."

"사도께서 편지를 써 주시면 제가 갔다 오리다."

태사자는 공융의 탄식하는 말을 듣자, 현덕을 청하러 가겠다고 자원을 했다.

"적병의 포위가 심한데 어떻게 성문을 나가겠는가?"

"염려 마십시오. 이미 사도를 위하여 결사決死하기를 각오한 몸입니다. 열 겹을 둘러싼 적병이라 하나 두렵지 않습니다."

공융은 이미 태사자의 용맹을 알았다. 곧 글월을 써서 태사자에게 전했다.

태사자는 갑옷을 두르고 말 위에 올랐다. 허리엔 활을 차고 손에는 철창을 잡았다. 배부르게 먹고 단단히 무장을 차린 후에 성문을 열고 나는 듯이 달렸다.

강변에 있던 적장들은 북해 성문이 잠깐 열리며 장수 한 사람이 말을 달려 뛰어나오는 것을 보자 급히 말을 몰고 달려들었다.

태사자는 창을 둘러 5~6명 적장을 쓰러뜨리고 포위망을 뚫어 달아났다.

적장 관해는 사람이 성안에서 나오는 것을 보자 구원병을 청하러 가는 사자인 것을 짐작해 알았다. 급히 갑옷 입고 투구 쓰고 친히 수백 기를 거느리고 태사자의 뒤를 쫓아 팔면으로 에워싸기 시작했다.

태사자는 안장 고리에 창을 건 후에, 허리에 찬 활을 끌러 팔방으로 모여드는 적장들을 쏘아붙이니, 백 번을 쏘면 백 번을 맞히는 태사자의 놀라운 활 솜씨에 적장들은 가을바람에 낙엽 떨어지듯, 활시위 소리와 함께 말 아래 떨어져 버렸다.

도둑들은 더 쫓아오지 못했다. 태사자는 밤을 도와 평원平原으로 말을 달렸다.

동헌에 들어가 유현덕을 뵙자 예를 올린 후에,

"북해 태수 공융의 사자올시다. 공 태수는 지금 황건적 관해의 포위를 받아 곤경에 빠져 있습니다. 삼가 대인의 구원을 청하러 왔습니다."

말을 마치고 공 태수의 편지를 올렸다.

현덕은 공융의 서신을 받아 본 후에 태사자한테 물었다.

"족하足下는 어떠한 분이십니까?"

"저는 동해東海의 천한 사람 태사자올시다. 북해 태수 공융이하고는 골육骨肉도 아니요, 향당鄕黨의 친구도 아니올시다. 그러나 특히 의기義氣가 서로 맞아서 근심을 나누고 걱정을 함께하는 사람이올시다. 지금 관해란 자는 북해를 에워싸 위협하니, 외로운 북해는 위태로움이 아침이 아니면 저녁이올시다. 사도는 어질고 의로운 분으로 명성이 천하에 떨쳐 있습니다. 이런 까닭에 사지死地를 뚫고 나와서 특별히 사도께 구원을 청하는 바입니다."

현덕은 태사자의 청산유수青山流水처럼 쏟아 놓는 의로운 말을 듣자 마음이 후련히 움직였다. 옷깃을 바로잡고 얼굴빛을 화하게 하여 대답했다.

"허허, 이 세상에 유비劉備가 있는 것을 그래도 공孔 북해北海가 아는구려!"

현덕은 말을 마치자 아우 관우關羽와 장비張飛를 불렀다.

"북해 태수 공융은 천하의 의기남아義氣男兒다. 황건적 관해한테 포위를 당했다 하니, 내가 아니 구원할 도리가 없다. 너희들은 곧 군사를 점고하여 출동을 하게 하라."

관운장, 장익덕은 시각을 지체치 아니하고 현덕의 명을 받아 3천 정병을 동원시켰다.

현덕은 관우, 장비와 함께 태사자를 동반하여 북해로 향하여 진군을 했다.

이때 적장 관해는 유비의 구원병이 북해로 향하여 오는 것을 보자 친히 군사를 거느리고 대결하러 나왔다. 그러나 현덕의 군사가 3천 명밖에 아니 되었다. 너무나 적은 수였다. 코웃음을 치고 괘의하지 아니했다.

유현덕은 관우, 장비, 태사자와 함께 말을 진 앞에 세우니, 적장 관해는 얕잡아 보았다. 칼을 휘두르며 말을 달려 앞으로 뛰어나왔다. 태사자는 칼을 둘러 관해를 취하려 할 때 관운장은 청룡도를 들고 앞을 질러 관해를 가로맡았다.

관해의 말과 관운장의 말은 어훙 소리를 치며 맞붙어서 말굽을 서로 굴렀다. 운장의 청룡도와 관해의 긴 칼은 흰 무지개를 허공에 그리며 부딪는 소리가 처절했다. 양편 군사들은 손뼉을 치고 고함을 질러 응원하는 소리가 천지를 진동했다.

칼과 창이 어우러져 수십 합이 되었을 때, 관운장의 청룡도는 하늘 위로 번쩍 솟구쳤다 떨어지는 찰나, 적장 관해의 몸은 두 동강이 나서 말 아래 떨어져 버렸다. 승리의 함성이 천지를 진동시켰다.

장비는 급히 장팔사모창을 비껴들고 적진으로 뛰어들고 태사자는 철창을 휘두르며 적진을 시살하고, 유현덕은 3천 병마의 전군을 몰아 적병을 엄습하니 마치 산중 맹호, 범의 떼가 들판의 양의 떼를 몰아 쫓는 형국이었다.

공융이 문루에 서서 관전을 하다가 성문을 크게 열고 성안 군사를 거느려 패주하는 적도를 무찌르니, 장수를 잃은 적도들은 창, 칼을 버린 채 태반이나 항복을 해 버리고 말았다.

공융은 현덕을 영접하여 성에 들어가 예를 베풀어 크게 잔치를 열었다. 이 자리에는 미축도 나와서 현덕을 뵈었다. 미축은 서주의 도겸이 조조를 숭배하여 그 아버지 조숭의 행차를 관대하고 장개에게 5백 군사를 주어 일행을 호위해 보내는 도중, 이것이 도리어 화근이 되어 장개가 조조의 전 가족을 죽이고 재물을 뺏어 간 일이며, 조조가 분함을 머금고 그의 아버지의 원수를 갚으러 서주를 치러 온 사실이며, 자기가 공융을 찾아와서 구원을 청했다가 도리어 관해管亥의 난을 만나 아직까지 이곳에 두류하고 있는 일을 일장 설파했다.

"도공조陶恭祖는 착하고 어진 사람인데 아무런 허물도 없이 뜻밖에 난을 당하는구려."

미축의 자세한 말을 듣자 현덕은 이같이 동정하는 말을 보냈다.

도겸을 동정하는 유현덕의 말을 듣자 북해 태수 공융이 의사를 표했다.

"영감께서는 한실 종친이십니다. 조조의 행동은 너무나 잔혹합니다. 그대로 바라보고만 계실 일이 아닙니다. 저와 함께 가서 서주 도겸을 구해 주시는 것이 어떻겠습니까?"

유현덕은 잠깐 생각에 잠겼다가 천천히 대답했다.

"나는 추사推辭를 해서 핑계하는 말이 아니라 군사가 미약하고 장수가 적으니 가볍게 움직이기 어렵소이다."

"공융 이 사람이 도겸을 구하려 하는 것은 옛 친구라 해서 구하려 드는 것만이 아닙니다. 대의大義를 위하여 구하려 하는 것입니다. 영감께서는 어찌 의를 짚어 한번 일어나실 생각이 없으십니까?"

"영감이 정 서주를 구해 주실 의향이 계시다면 나도 사양치 않고 가 보겠소이다. 그렇다면 문거는 먼저 가 보시오. 나는 공손찬한테 들러서 사오천 명의 군사를 빌려 가지고 뒤를 따르오리다."

"영감께서는 실신失信을 하셔서는 아니 됩니다."

북해 태수 공융은 현덕에게 다졌다.

"영감은 유비를 어떤 사람으로 아셨소. 옛적 성인의 말씀에도 사람은 한 번은 죽는 법이고, 신용이 없으면 행세를 못한다고 말씀하셨소. 내가 비록 죽은들 한번 내는 말을 실행 아니할 리가 있겠소. 나는 군사를 빌리든 못 빌리든 간에 좌우간 꼭 가기로 하겠소."

"자, 그럼 그렇게 합시다."

공융은 현덕과 약속한 후에 먼저 미축을 서주로 보내어 연통하게 하고 자기는 군사를 일으켜 서주로 향할 준비를 차렸다.

태사자는 공융한테 작별 인사를 했다.

"늙은 어미의 말을 받들어 사도를 도우러 왔는데 이제는 근심이 없어졌으니 돌아가겠습니다."

공융은 태사자를 놓기가 싫었다.

"함께 의를 짚어 조조를 치러 가는 것이 어떻겠소?"

유현덕의 출동 _ 11

"양주楊州 자사刺史 유요劉繇는 저하고 한 고장 사람입니다. 글월을 보내서 부르러 왔습니다. 아니 가 볼 도리가 없습니다. 섭섭합니다마는 용서해 주십시오."

공융은 하는 수 없었다. 황금과 비단을 주어 공로를 사례했다. 그러나 태사자는 받지 아니하고 돌아갔다.

현덕은 북해 태수 공융을 작별한 후에 관우, 장비와 함께 3천 병마를 거느리고 공손찬을 찾았다.

"조조가 그 아비의 원수를 갚으려 하여 서주 백성들을 몰살시키니 의기남아로 이 일을 바라보고 그대로 있을 수 없소. 나는 지금 서주로 가서 도겸을 구해 주려 하는데 군사가 워낙 적어서 힘이 약하오. 형님이 군마를 좀 빌려 주시오."

공손찬은 한참 생각하다가 대답했다.

"조조는 자네하고 아무 원수진 일이 없는데 무슨 까닭에 싸움에 뛰어들어 괴로운 일을 하면서 남의 친환에 단지를 하려 드는가?"

"남하고 벌써 약속을 해 놨으니, 실신失信을 할 수 없습니다."

"정 그렇다면 자네한테 보병 이천 명을 빌려 주기로 함세."

"고맙습니다. 조자룡도 좀 빌려 주십시오."

"그렇게 하게."

공손찬은 쾌하게 허락했다.

현덕은 기뻤다. 관공, 장비로 본부 군사 3천 명을 거느리게 하고 조자룡으로 2천 보병을 거느리게 한 후 급히 서주로 향했다.

한편으로 미축은 급히 서주로 돌아가자 도겸한테 복명을 했다.

"북해 태수 공융이 군사를 이끌어 구원을 오고, 유비도 공손찬한테 병력을 빌려서 구원을 오기로 했습니다."

이때 청주青州로 갔던 진원룡陳元龍도 돌아왔다.

"청주 자사 전해도 흔연히 군사를 거느려 구원을 오기로 했습니다."

도겸은 비로소 마음이 놓였다.

공융과 전해의 양로兩路 군마軍馬는 서주로 향하여 진병을 했으나 원체 조조의 군사가 호대하니 급격하게 앞으로 나서지 못하고 멀리 산을 돌아 진을 치고 있고, 조조도 양로의 구원병이 오는 것을 보자 얼핏 서주성을 공격하지 못하고 있었다.

이때 유현덕의 5천 병력은 서주성 밖에 당도하자 현덕은 공융과 만났다.

"조조의 병력이 원체 호대할 뿐 아니라, 조조는 용병用兵을 잘하는 사람이니 얼른 경전輕戰을 할 것이 아니라 동정을 본 연후에 진군을 하는 것이 좋겠소이다."

공융은 현덕한테 의견을 말했다.

"좋은 말씀이오. 그러나 싸우는 데는 양식이 제일이라 생각하오. 나의 아우 관우와 조자룡은 영감의 부하에 있게 하여 서로 돕게 하고, 나는 장비와 함께 조조의 진을 뚫고 성안으로 들어가서 주인 도겸과 함께 모든 일을 상의하는 것이 좋겠소이다."

"좋은 계책이올시다."

공융도 찬성을 했다.

공융은 전해와 만나 의논한 후에 양편으로 쇠뿔 같은 진세를 이루어 적과 대치해 있고 관운장, 조자룡은 군사를 거느려 두 편으로 연락을 취하고 있었다.

이날 유현덕은 장비와 함께 1천 병마를 거느리고 대담하게 조조의 영채營寨 앞을 돌격하여 서주성을 향하고 달렸다.

조조의 영채 안에서는 별안간 북소리가 두리둥둥 울려오면서 마군馬軍

과 보병이 조수 물 밀리듯 쏟아져 나오면서 일원一員 대장大將이 앞을 서서 말을 달려 뛰어나왔다.

"어디서 오는 미친놈들이 무서운 줄 모르고 어디로 향해 가느냐?"

바로 조조의 부하 맹장 우금于禁이었다.

장비는 우금의 부르짖는 소리를 듣자 말없이 장팔사모창을 비껴들고 말을 달려 우금한테로 덤벼들었다.

두 장수가 한참 어우러져 싸울 때, 유현덕은 쌍고검雙股劍을 휘두르며 1천 정병을 몰고 나가니 우금은 당해 내는 수가 없었다. 말을 거꾸로 타고 대패해서 영문 속으로 달아나 버렸다.

유비와 장비는 적병을 더 쫓지 않고 1천 병마와 함께 서주 성문으로 향했다.

이때 도겸陶謙은 성 위에서 붉은 기에 흰 글자로 '평원 유현덕'이라 쓴 기를 바라보자 군사를 시켜 급히 성문을 열게 했다.

현덕과 장비는 1천 군마를 거느려 성안으로 들어갔다.

성문은 다시 철옹성같이 굳게 닫혀졌다. 도겸은 급히 문루에서 내려 유현덕을 맞이했다.

도겸은 현덕에게 서주를 맡기려 하고

　도겸은 유현덕을 맞이하여 아문衙門으로 들어가 예를 마친 후에 크게 연회를 베풀어 유현덕을 관대했다.
　도겸은 초면이었다. 그의 의표儀表가 헌앙하고 말씀이 활달함을 보자 마음속으로 크게 존경했다.
　미축에게 영을 내렸다.
　"서주徐州 패인牌印을 이리 가져오게."
　미축은 사도 도겸의 명을 받아 서주 자사의 인뒤웅이를 갖다 바쳤다.
　도겸은 서주 패인을 받아 유현덕의 앞으로 밀어 놓고 미소하여 말했다.
　"이제부터는 장군이 서주를 다스려 주시오."
　현덕은 깜짝 놀랐다.
　"이게 무슨 말씀입니까? 사도의 뜻을 모르겠소이다."
　현덕은 얼굴빛까지 변했다.
　"지금 천하가 소란해서 왕법王法이 행해지지 않고 있소이다. 공은 한실의 종친宗親으로서 정히 사직社稷을 구할 수 있는 역량을 가지셨습니다. 노부老父는 이제 나이 많아서 무능합니다. 서주를 공에게 양보하오니 사양하지 마시기를 바랍니다. 장차 조정에도 표문表文을 올리겠습니다."
　도겸은 얼굴을 정색하여 차근차근 말했다.
　유비는 자리를 피하여 재배하며 대답했다.

"유비가 비록 한실의 후예올시다마는 쌓은 공이 적고 덕이 박합니다. 평원상平原相이 된 것도 오히려 과분한 벼슬입니다. 오늘 유비가 사도를 도우러 온 것은 한갓 대의大義를 위하여 온 것뿐입니다. 사도께서 이제 이런 말씀을 내시는 것은 유비가 서주를 먹으러 온 줄 아시고 이런 말씀을 내시는 것인가 합니다. 만약 유비가 그런 맘을 먹는다면 하늘이 도와주시지 않을 것입니다."

"아니올시다. 장군께서 서주를 차지하러 오시다니 말씀이 됩니까. 서주를 양보해 드리려 하는 것은 이 늙은 사람의 실정이올시다. 자아 인뒤웅이를 받아 주십시오."

"천만부당한 일이올시다."

유현덕은 두 번, 세 번 사양했다.

미축이 옆에서 말씀을 했다.

"지금 적병이 성 아래 임해 있으니, 먼저 적병 물리칠 일을 의논하여 완전히 적을 평정한 후에 다시 말씀들을 하시는 편이 좋으리라 생각합니다."

"우선 조조한테 글월을 보내서 화해하기를 권고한 후에, 그래도 조조가 듣지 아니한다면 그때 가서는 군사를 몰아 시살해도 늦지 아니할 것입니다."

유비의 말을 듣자 도겸과 미축은 일시에 손뼉을 쳐서 찬동했다.

유비는 즉시 이 뜻을 삼진三陣에 전령하여 군사를 움직이지 않게 한 후에 글월을 써서 조조한테 보냈다.

이때 조조는 모든 장수들을 모아 놓고 서주성을 공략할 방침을 의논하고 있을 때 사람이 들어와서,

"서주에서 전서戰書를 가지고 왔기에 바칩니다."

하고 아뢰었다.

조조가 받아서 겉봉을 뜯어보니 다른 사람의 편지가 아니라 평원상 유현덕의 편시었다.

조조는 현덕의 편지를 읽기 시작했다.

"유비, 관외關外에서 한 번 공의 얼굴을 뵈온 후에 경향京鄕이 낙락하여 자주 뵈옵지 못했습니다. 지난번 존부께서는 뜻밖에 변을 당하시어 세상을 떠나셨다 하니 효자의 망공하고 애통하신 마음 짐작하고 남음이 있습니다. 그러나 이 일은 황건적의 도당이었던 장개란 자가 불량하여 이러한 일을 저지른 것이지 결코 도겸의 죄는 아니올시다. 요사이 천하는 어지러워 황건적의 남은 무리는 밖에서 소란을 떨고, 동탁의 여당은 안에서 세력을 다시 펴고 있습니다. 원컨대 명공明公께서는 나라를 먼저 구하시고 사사 원수는 뒤로 돌리시어 서주로 향한 군사를 거두어 국난을 구하도록 하신다면 서주를 위하여 다행한 일이요, 천하를 위하여 다행한 일이겠습니다."

조조는 유비의 글월을 다 읽자 노기가 충천했다.

"어떤 자가 감히 이 편지를 가져왔느냐? 유비는 건방진 자다. 제가 무엇이기에 나를 빈정댄단 말이냐? 고얀 놈! 사사 원수는 뒤로 돌리고 나랏일을 먼저 하라고, 제가 그래 나를 훈계한단 말이냐! 이 편지를 가지고 온 놈의 목을 베고, 군사를 휘동하여 서주성을 공격하게 하라."

조조는 펄펄 뛰면서 안절부절못했다.

이때 곽가郭嘉가 조조 앞에 나와 간하였다.

"유비는 멀리 군사를 거느리고 구원 온 사람으로 저편에서는 예를 다하여 상공께 글월을 올렸습니다. 그런데 이편에서 사자의 목을 벤다 하면 이것은 경우에 틀린 노릇이올시다. 상공께서는 먼저 좋은 말로 답서를 보내시어 유비의 마음을 늦추신 후에 군사를 몰아 성을 공격한다면 문제없이 승리를 취할 것이올시다."

조조는 곽가의 말을 듣자 노기가 풀려서 그럴듯하게 생각되었다.

서주에서 온 사람을 후하게 대접하라 이르고 답서를 초하려 할 때, 별안간 유성마流星馬[1]가 뛰어들어 급한 일이 일어난 것을 아뢰었다.

"큰일 났습니다."

"무슨 큰일이 났단 말이냐?"

조조는 깜짝 놀라 물었다.

"여포呂布 여 장군이 연주를 깨뜨리고 복양僕陽으로 쳐들어갔다 합니다."

원래 여포는 이각, 곽사의 반란이 나자 도망질쳐서 무관武關을 벗어나 원술의 진을 찾았다.

원술은 반복 무쌍한 여포의 행실을 잘 알고 있으므로 막고 받아들이지 아니했다.

여포는 하는 수 없어 원소를 찾았다. 원소는 여포를 받아들여 부하를 삼은 후에, 함께 상산常山 땅에서 장연張燕을 격파했다.

이 뒤로부터 여포는 원소와 수하 장병한테 거드름을 부리기 시작했다.

원소는 마땅치 않게 생각해서 여포를 죽이려 하니 여포는 눈치를 채고 또다시 장양張揚한테로 달아나 버렸다. 장양은 여포를 거두어 받아들였다.

이때 여포의 친한 벗 방서龐舒는 장안에서 살고 있었는데, 여포의 소실 초선이를 비밀히 숨겨 두었다가 가만히 여포한테로 돌려보낸 일이 있었다.

---

1) 유성마 : 우리나라의 파발마把撥馬와 같음. 유성같이 빨리 달린다는 뜻.

싸고 싼 사향내도 결국은 드러나고야 마는 법이었다. 비밀히 초선을 여포한테 보낸 일은 마침내 이각과 곽사의 귀로 들어갔다.

이각과 곽사는 대로하여 방서를 죽인 후에, 장양한테 글월을 보내어 여포를 죽이라는 지령을 내렸다.

이 눈치를 챈 여포는 장양을 버리고 급히 장막張邈한테로 가서 투신을 하고 있었다.

이러한 계제에 진궁陳宮은 장막의 아우 장초張超와 함께 장막을 찾았던 것이다.

진궁은 장막을 달랬다.

"지금 천하는 뭉그러지고 영웅호걸은 사방팔방에서 다투어 일어나는데, 자네는 넓고 넓은 천 리 땅을 차지하고 있으면서 동탁의 여당인 이각, 곽사 따위의 절제를 받고 있으니 추하고 더러운 일일세! 이 사이, 조조는 군사를 거느려 서주를 치러 가서 연주가 텅 비어 있고 아무런 방비도 없네. 이때를 타서 자네는 여포와 함께 연주를 친다면 한번 패업霸業을 도모할 수 있을 것일세."

장막은 진궁의 말을 듣자 신바람이 났다. 여포에게 군사를 주어 연주를 함락시키고 뒤를 따라 복양까지 쳐들어갔다.

다만 견성鄄城, 동아東阿, 범현范縣 세 고을만이 조조의 장수 순욱과 정욱의 사수死守로 인하여 온전함을 얻었을 뿐 그 나머지 땅은 모두 다 여포의 점령한 바가 되었다.

조인曹仁이 여러 차례 여포와 접전을 했으나 번번이 패하고 말았다.

조조는 유성마의 보고를 듣자 크게 놀랐다.

"연주를 잃어버린다는 것은 내 집을 잃어버리는 것이나 매일반이다. 내가 갈 곳이 없게 되었다. 불가불 급히 쳐서 회복해야 하겠다."

모사 곽가가 조조한테 건의했다.

"마침 일이 잘되었습니다. 장군께서 군사를 물리시어 서주 공격을 중지하시고 연주로 가신다면 유비한테 크게 인정人情을 끼치는 일이 됩니다. 유비의 청을 들어 군대를 철수하시는 것같이 답서를 써서 보내십시오."

조조는 모사 곽가의 말대로 유비한테 좋은 말로 편지를 써서 사자 편에 회답을 보내고 즉시 서주 군대를 철수하여 연주로 향했다.

서주 사자는 급히 성으로 들어가 도겸을 뵙고, 조조의 답서를 올린 후에 조조의 대군이 철병한 사실을 아뢰었다.

서주 태수 도겸의 기쁨은 형언할 수 없었다.

사람을 보내어 공융, 전해, 운장, 자룡을 성안으로 청하여 유비와 함께 크게 연회를 베풀었다.

술이 서너 차례 돈 후에 도겸은 유비를 청하여 상석에 앉게 하고 여러 사람을 향하여 말을 꺼냈다.

"노부老夫는 나이 늙었습니다. 비록 두 아들이 있다 하나 재목이 국가의 중임重任을 맡기 어렵습니다. 유공劉公은 제실帝室의 종친일 뿐 아니라, 덕이 높고 재질이 과인하시니 가히 서주의 중임을 맡으실 만합니다. 원컨대 늙은 사람의 청원을 들어 편안히 양병養病을 하도록 해 주십시오."

유현덕은 자리를 피하여 대답했다.

"유비가 공孔 북해北海의 말씀을 들어 서주를 구하러 온 것은 다만 의義 하나를 존중한 때문입니다. 이제 유비가 무단히 서주를 점거하여 차지한다면, 천하 사람들은 유비를 의 아닌 사람이라 할 것입니다. 유비는 결단코 의 아닌 사람이 될 수는 없습니다."

옆에 있던 미축이 유비한테 권했다.

"지금 제실帝室은 결딴이 나고 천하는 번복이 되었습니다. 남자가 한번 공업을 세울 때는 정히 이때라고 생각합니다. 서주 땅은 기름지고 번성할 뿐 아니라 인구가 백만이나 됩니다. 유劉 사군使君께선 사양치 마십시오."

"나는 결단코 받지 못하겠습니다."

유비는 결연히 거절했다.

진등이 또 유비한테 권했다.

"도陶 부군府君께서는 병이 많으셔서 일을 보실 수 없습니다. 상공께서는 사양하지 마십시오."

현덕은 한동안 생각하다가 말을 꺼냈다.

"원술은 사 대를 내려오면서 정승을 지낸 사람입니다. 천하 사람들이 그를 존경하는 터입니다. 그는 지금 이곳에서 멀지 아니한 수춘壽春에 있습니다. 왜 그에게 서주를 양보해 주지 아니하십니까?"

유현덕은 슬며시 원술한테 서주를 주라고 팔밀이를 했다.

"무엇, 원술이 말씀이오? 원술이는 총중고골冢中枯骨입니다. 무덤 속의 해골한테 서주를 다스리라니 말씀이 되오? 오늘 일은 하늘이 주시는 일입니다. 받지 아니하시면 나중에 후회해도 어찌할 도리가 없을 것입니다."

북해 태수 공융은 또 한 번 현덕에게 권했다.

현덕은 그래도 고집하고 듣지 아니했다.

서주 자사 도겸은 늙은 눈에 눈물이 글썽글썽 괴었다. 한 방울 두 방울 옷깃으로 떨어졌다.

"유 장군이 만약 나를 버리고 가신다면 나는 죽어도 눈을 감지 못하겠습니다."

이때 침묵만 지키고 있던 관운장이 현덕한테 권했다.

"도공陶公께서 저처럼 눈물까지 흘려 간곡하게 말씀하시니, 형님께서는 임시로 잠깐 서주 일을 맡아보시는 것이 좋겠습니다."

관우의 말이 떨어지니 장비도 한마디 했다.

"형님, 우리가 강제로 서주를 달라고 요구한 것이 아니라 저편에서 호의로 양보를 하시는데 왜 받지 아니하시고 괴롭게 사양만 하고 계시오."

"너희들은 나를 의 아닌 곳으로 빠지게 하느냐!"

현덕은 버럭 두 아우를 꾸짖었다.

도겸은 다시 두 번 세 번 현덕에게 서주를 맡아 달라 간청했으나, 현덕은 영영 듣지 아니했다.

도겸은 하는 수 없어 다시 말을 꺼냈다.

"현덕께서 좀처럼 말을 듣지 아니하시니 이렇게 해 주시면 어떠하겠습니까? 여기서 멀지 않은 곳에 소패小沛란 골이 있습니다. 이곳엔 족히 군대를 주둔시킬 만한 곳입니다. 원컨대 현덕께서는 여기에 군사를 주둔시켜서 서주를 보호해 주시는 것이 어떻겠습니까?"

"거 참, 좋은 말씀이십니다. 그렇게 해 주십시오."

모든 사람들은 일제히 유현덕한테 권했다.

"정 그러시다면 그렇게 하기로 하겠습니다."

현덕은 마침내 소패에 있기로 허락을 내렸다.

도겸은 소를 잡아 크게 군사를 호궤하니 조운은 군사를 거느려 공손찬한테로 돌아갔다.

현덕은 눈물을 흘려 조운의 손을 잡아 작별하고 공융과 전해도 제각기 군사를 거느려 도겸과 현덕을 작별하고 임소任所로 돌아갔다.

현덕은 관우, 장비와 함께 본부 군마를 이끌고 소패小沛로 가서 성을 수리하고 백성들을 무마하고 있었다.

한편으로 조조는 군사를 거느려 돌아오니 조홍曹洪은 조조를 맞이해서 지난 일을 설파했다.

"여포의 군세는 말할 수 없이 호대한데다가 진궁陳宮이 참모를 하고 있어서 연주와 복양을 다 뺏겨 버렸고 견성, 동아, 범현 세 곳을 다행히 순욱, 정욱 두 사람이 사수를 해서 아직 적군한테 뺏기지 않고 있습니다."

"내 생각에는 여포가 비록 용맹하다 하나 무도한 사람이다. 족히 염려할 것이 없다. 우선 군사를 안돈하여 진을 치게 하라. 다시 상의하리라."

조조는 조홍을 위로했다.

여포는 조조가 회군을 하여 이미 등현藤縣까지 지난 것을 알자 부장 설란薛蘭과 이봉李封을 불러 분부했다.

"나는 너희들을 시험해 써 보고 싶은 지가 오래다. 너희들한테 군사 일만 명을 줄 테니 연주성을 굳게 지키고 있게 하라. 나는 친히 군사를 거느리고 전선前線으로 나가리라."

"분부대로 거행하겠습니다."

두 사람은 영을 듣고 물러갔다. 이때 진궁陳宮이 두 사람한테 이 말을 듣고 급히 여포한테로 들어갔다.

"장군은 연주를 버리고 어디로 가려 하십니까?"

"나는 복양濮陽에 군사를 주둔시켜서 솥발 같은 형세를 취하려 하오."

"천만의 말씀이십니다. 설란이 연주를 지키지 못할 것입니다. 여기서 정남으로 이백팔십 리를 가면 태산泰山이 있습니다. 길이 험해서 정병 일만 명을 복병시킬 만합니다. 조조가 연주를 잃은 것을 알면 반드시 밤을 도와 나올 것입니다. 조조의 군대가 반쯤 태산을 통과했을 때 한번 돌격을 한다면 조조의 군사를 함빡 사로잡을 것입니다."

조조는 복양에서 패주하다

"나에게 좋은 방책이 있으니 진공은 염려하지 마시오."

여포는 진궁의 계교를 쓰지 아니하고 설란으로 연주를 지키게 한 후에 복양으로 군사를 거느려 나아갔다. 한편으로 조조의 군대는 태산 험한 길로 들어섰다.

조조의 모사 곽가는 조조에게 진언을 했다.

"이곳에 복병이 있을 듯합니다. 조심을 하십시오."

조조는 깔깔 웃었다.

"무모한 여포가 설란으로 연주를 지키게 하고 자기는 복양으로 진군을 했는데 어떻게 이곳에 군사를 매복해 두었겠소."

조조는 말을 마치자 조인에게 영을 내렸다.

"너는 일지 군마를 거느리고 연주성을 포위하라. 나는 복양으로 진군을 해서 속히 여포를 공격하리라."

한편으로 진궁은 조조의 군사가 가까이 오자 다시 계획을 여포한테 드렸다.

"지금 조조의 군사는 멀리 와서 극히 피곤하니 빨리 싸우는 것이 유리합니다. 시일을 늦추어서는 아니 됩니다."

"나는 필마단기匹馬單騎로 천하에 종횡하는 사람인데 그까짓 조조쯤을 무서워하겠소. 조조가 오기만 하면 나는 친히 가서 산 채로 잡아오겠소."

이때 조조의 군사는 벌써 복양에 당도했다.

이튿날 조조는 모든 장수를 거느리고 들 밖에 진을 친 후에 친히 문기門旗 아래 말을 세우고 멀리 여포의 진을 바라보았다.

여포도 급히 군사를 거느리고 좌우에 여덟 사람의 맹장을 거느리고 나섰다.

첫째 장수는 안문雁門 마읍馬邑 사람 장요張遼요, 둘째 장수는 태산泰山 화음華陰 사람 장패藏覇였다. 두 장수는 다시 여섯 장수를 거느렸으니 학맹郝萌, 조성曹性, 성렴成廉, 위속魏續, 송헌宋憲, 후성侯成 들이었다.

여포는 5만 군사를 거느려 그의 아장 여덟 명을 앞세우고 진 머리에 나서니 북소리와 납함 소리는 천지를 진동했다.

조조는 손으로 여포를 가리키며 꾸짖었다.

"나는 너와 더불어 일찍이 원수진 일이 없는데, 너는 어찌하여 나의 땅을 빼앗느냐?"

여포도 소리를 응해 큰소리로 대답했다.

"나라 땅에 네 땅 내 땅이 어디 있느냐. 모두 다 한漢나라 왕실 땅이다."

여포는 큰소리로 조조한테 대꾸하고 장패藏覇에게 영을 내렸다.

"너는 빨리 나가 조조의 목을 베어 오라!"

장패가 명을 받아 말을 달려 나가니 조조 편에서는 악진樂進이 창을 휘두르며 말을 채쳐 나왔다.

두 장수의 말은 얼리고 창은 부딪치면서 싸움은 30여 합에 이르렀건만 승부는 좀처럼 나지 아니했다.

조조의 진에서는 하후돈이 급히 말을 달려 나와서 악진을 도와 싸웠다.

이 모양을 본 여포의 진에서는 장요張遼가 소리를 치며 말을 달려 나와서 하후돈을 찌르려 했다.

한참 싸움은 아기자기하게 되었다.

양편 군사들은 손에 땀을 쥐고 싸움을 바라보고 있을 때 성미 급한 여포는 참을 수가 없었다.

방천화극을 비껴들고 적토마를 몰아 소리치며 내달았다.

여포의 무서운 기세에 눌려 하후돈, 악진은 간담이 떨어지면서 겁이 더럭 났다. 혼비백산이 되어 급히 말 머리를 돌이켜 달아났다.

여포는 고함을 질러 두 장수를 쫓았다. 뒤미처 여포의 군사는 물밀듯 조조의 군사를 시살했다. 조조의 군사는 대패하여 40리 밖으로 물러가 진을 치게 되었다.

조조는 일진을 참패한 후에 모든 장수를 불러 선후책을 의논했다.

"뜻밖에 무식한 여포 놈한테 일진을 패했으니 원통하기 짝이 없다. 좋은 의견이 있거든 말을 하라."

우금于禁이 조조 앞에 나와 계책을 말했다.

"제가 오늘 산 위에서 바라보니 복양濮陽 서편에 여포의 영채가 있는데 지키는 군사가 극히 적어 보입니다. 여포는 우리 군사가 패한 것을 보자 오늘 밤엔 마음을 놓고 아무 준비도 아니하고 있을 것입니다. 우리는 이 틈을 타서 서편 영채를 야습한다면 문제없이 우리 차지가 될 것입니다. 이렇게 된다면 여포는 우리를 두려워할 것입니다."

"좋은 계교다."

조조는 우금의 말을 들었다.

조조는 즉시 조홍曹洪, 이전李典, 모개毛玠, 여건呂虔, 우금于禁, 전위典韋 등 여섯 장수를 거느리고 보병과 마병 2만 명을 뽑아서 비밀히 산길 초로草路를 밟으며 여포의 진으로 향했다.

이때 여포는 조조의 일진을 대패시키고 나니 의기가 자못 양양했다. 술을 거르고 소를 잡아 크게 군사를 호궤하고 있었다.

진궁이 여포한테 건의를 했다.

"아까 싸움에 쾌하게 이긴 것은 경사스러운 일이올시다. 그런데 우리 서채西寨는 가장 요긴한 요새 지대올시다. 혹시 조조가 야습을 한다면 곤란합니다. 이곳에도 군사를 많이 배치하시는 것이 좋을까 합니다."

여포는 진궁의 말을 듣자 코웃음을 쳤다.

"조조는 일진을 참패하고 달아났는데 어느 겨를에 우리 서채를 습격하겠소."

"그래도 그렇지 아니합니다. 조조는 제법 용병할 줄 아는 사람입니다. 좌우간 우리는 미리 방비할 것은 해 두는 것이 좋습니다."

여포는 진궁의 말을 그럴듯하게 생각했다.

부하 장수 고순高順, 위속魏續, 후성侯成을 불렀다.

"서채의 방비가 너무 소루하다. 너희들은 급히 군사를 거느리고 서채로 가서 적의 야습을 막게 하라."

고순은 청명하고 부랴사랴 군사를 거느려 서채로 향했다.

이때 조조는 군사를 이끌고 황혼 때 서채에 당도했다.

별안간 사면에서 함성을 지르며 일제히 서채 안으로 돌입하니, 채를 지키고 있던 군사는 물밀듯 쏟아져 들어오는 조조의 대병을 당해 내는 수가 없었다. 구명도생을 하여 사면팔방으로 달아나 버렸다.

조조는 힘 안 들이고 서채를 접수하여 기쁨을 금하지 못하고 있을 때였다.

밤이 깊어 사경쯤 되었을 때, 별안간 채 밖에서 함성이 천지를 진동하면서 고순, 위속, 후성이 거느린 3로 군마는 서채를 빼앗으며 돌격을 해 들어왔다. 조조는 급히 여섯 장수 2만 군사를 휘동하여 막아 대니, 강산은 뭉그러지는 캄캄 칠야에 혼전을 이루어 승부가 나지 아니했다.

어느덧 동이 환하게 터 올 때, 돌연 서편에서 북소리가 크게 울리며 고순을 후원하러 들어왔다.

조조는 여포가 친히 군사를 거느려 쫓아 들어오는 것을 바라보자 기급초풍이 되어 군사들을 이끌고 채를 버리고 달아났다.

등 뒤에서는 고순, 위속, 후성이 조조의 뒤를 쫓고, 앞에서는 여포가 방천화극 날카로운 창으로 조조를 겨누며 적토마를 몰았다.

조조의 장수 우금과 악진은 조조를 구하려고 쌍으로 여포를 막았다.

조조는 급히 몸을 피하여 북편을 향하고 달아났다.

산모퉁이를 조조가 막 돌아갔을 때, 별안간 범 같은 군마가 쏟아져 나오는데 좌편에는 장요張遼요, 우편에는 장패藏霸였다. 조조는 급히 조홍曹洪, 여건呂虔으로 장요와 장패를 막으라 했으나 싸움은 점점 이롭지 못하였다.

조조는 북쪽을 향하고 달아났다.

얼마를 달렸을 때, 고함 소리가 천지를 진동하면서 한 떼 군마가 또 쏟아져 나왔다. 학맹, 조성, 성렴, 송헌 네 장수가 길을 막고 호통을 치는 것이었다.

조조의 장수들은 힘을 다하여 싸우면서 조조를 앞에 세워 포위망을 뚫고 나가려 할 때, 홀연 딱딱이 소리를 군호로 하여 화살이 소나기 쏟아지듯 내렸다.

조조는 간이 떨어지고 쓸개가 터질 듯했다. 갈 수도 없고 올 수도 없었다.

"누가 나를 좀 살려 주지 못하겠느냐!"

죽을힘을 다하여 고함을 질렀다.

조조의 마군馬軍 속에서 한 장수가 뛰어나왔다.

손으로 쌍철극雙鐵戟을 춤추어 나오면서 큰소리로 대답했다.

"주공께서 과히 근심을 마시옵소서. 전위가 이곳에 있습니다."

말을 마치자 마상에서 뛰어내렸다.

그는 왼손에 쌍창을 들고 오른손에는 10여 개의 단극短戟을 잡았다.

한편 손에 쌍철극을 들고, 한편 손에 10여 개의 단극을 쥐고 섰는 전위는 옆에 있는 군사한테 영을 내렸다.

"적병이 뒤에서 열 걸음쯤 내 앞에 가까이 오거든 너는 장군, 하고 나를 불러라."

전위는 말을 마치자 뚜벅뚜벅 앞을 향하여 걸어 나갔다. 화살이 비 오듯 했다. 그러나 전위는 조금도 겁을 먹지 아니했다.

이때 여포의 군사 수십 기가 뒤로 쫓아 들었다. 앞에도 여포의 군사요, 뒤에도 여포의 군사였다.

뒤에서 쫓아오는 여포의 군사는 바로 전위가 걸어 나가는 10보 뒤에 육박해 들어왔다.

전위의 군사가 큰소리로 외쳤다.

"장군님, 적병은 열 보 뒤에 있습니다."

전위는 끄덕하지 않고 앞을 향하고 나가면서 대답했다.

"다섯 걸음까지 오거든 또 한 번 소리를 쳐라."

조금 뒤에 군사는 고함을 쳤다.

"적병은 바로 다섯 보 뒤에 있습니다."

전위는 슬쩍 몸을 돌이키자 단극을 번쩍 들어 5보 뒤에 따르는 적장의 명치를 향해 던졌다.

"에쿠!"

소리가 일어나면서 적장은 말 아래 가로 떨어져 버렸다.

또 한 사람의 적장이 뛰어들었다. 전위의 단창은 번개같이 날았다. 또

다시,

"에쿠!"

소리가 일어나자 적장은 이마의 급소를 맞고 말 아래로 떨어져 버렸다.

앞에 두 장수의 쓰러지는 것을 보자, 뒤에서 또 한 장수가 뛰어들었다. 전위의 단창은 바람을 끊고 날았다. 또다시 에쿠, 하는 비명 소리가 일어나면서 적장은 가슴을 맞고 쓰러져 버렸다.

전위의 단창은 백발백중이었다. 서서 수십 명 장수를 단창에 죽여 버렸다. 다시는 전위의 뒤를 쫓는 장수가 없었다.

전위는 나는 듯이 몸을 날려 말을 탄 후에 쌍대철극雙大鐵戟 큰 창을 휘두르며 좌충우돌해 앞으로 나갔다. 학郝, 조曹, 성成, 송宋 네 장수는 전위를 당해 낼 수가 없었다.

제각기 목숨을 구하여 뿔뿔이 도망치는 것이었다.

전위는 조조를 구해 내어 앞으로 전진하니 여포의 군사는 뭉그러지면서 조조의 군사한테 길을 열어 주게 되었다.

조조의 군사는 일제히 함성을 지르며 전위와 조조의 뒤를 쫓아 길을 찾아 영채로 들어가려 할 때였다. 돌연 등 뒤에서 고함 소리가 크게 일어나면서 일원 대장이 적토마를 몰아 급히 쫓아오는 것이었다. 군사들은 모두 돌아보자 얼굴이 흙빛으로 변했다.

쫓아오는 장수는 다른 사람이 아니라 바로 여포였다.

여포는 방천화극을 휘두르며 조조를 꾸짖으며 쫓아왔다.

"이놈 조조야, 닫지를 마라!"

조조는 간이 콩알만 하게 오그라들었다. 어마뜨거라 하고 황황히 말을 달려 정남正南을 향하고 달아났다.

조조는 급히 피하여 남으로 달아날 때, 일표 군마가 앞으로 달려드니 바로 조조의 부하인 하후돈이었다. 조조는 숨을 돌렸다.

하후돈은 쫓아오는 여포를 막아 황혼 때까지 승부를 가리지 못하고 싸울 때, 별안간 하늘에서는 큰 비가 내리기 시작하여 댓줄기 쏟아지듯 했다.

양편 군사는 싸울래야 더 싸울 수가 없었다. 제각기 군사를 이끌고 영문으로 돌아갔다.

조조는 영채로 돌아온 후에 자기의 생명을 구해 준 전위典韋에게 후한 상을 주고 벼슬을 높여 영군領軍 도위都尉를 삼았다.

한편으로 여포는 영채로 돌아가니 진궁陳宮이 또다시 계책을 드렸다.

"복양 성중에 부호 전田 씨氏 한 사람이 있는데, 가동家僮만 해도 천백이 넘어서 일군의 제일가는 큰 집안이올시다. 이 사람을 이용하여 조조를 유인하는 것이 좋겠습니다."

"어떻게 유인하면 좋겠소?"

"전 씨가 가만히 조조한테 항복하는 체하고 비밀히 사람을 보내서 '여 장군은 성미가 횡포하고 잔인하여 어질지 아니하니 민심이 여 장군한테서 떠나고 있소이다.' 이렇게 말한 후에 '지금 여 장군은 복양성을 고순高順한테 맡기고 여양黎陽으로 군사를 옮기는 모양이올시다. 조 장군께서 이 틈을 타서 밤을 도와 진군을 하신다면 소인이 내응內應이 되오리다.' 이렇게 거짓말을 해서 조조가 곧이듣고 성안으로 들어온다면, 우리는 미리 성 밖에 군사를 매복시켰다가 사대문에 불을 놓고 쳐들어간다면 조조가 제 아무리 경천위지經天緯地하는 재주가 있다한들, 제 어찌 복양성 안에서 죽지 않고 배겨 나겠습니까? 한번 이 꾀를 시험해 보십시다."

여포는 진궁의 말을 듣자 손뼉을 쳤다.

"참으로 묘한 계교요."

여포는 곧 전 씨를 불렀다. 전 씨는 여포의 말을 거역할 수가 없었다. 여포는 복양에서 죽이고 살리는 권한이 있었다.

"분부대로 거행하겠습니다."

전 씨 노인은 대답하고 물러나 여포가 시키는 대로 조조의 진으로 사람을 보내서 밀서를 바쳤다.

조조는 새로 패한 후에 마음에 크나큰 번뇌를 느끼고 있을 때, 복양성 안에서 전 씨라는 부호가 밀서를 바쳤다고 아장이 보고를 했다.

조조는 급히 밀서를 뜯어보니 기가 막히도록 좋은 편지였다.

여포는 잔인무도하여 인심을 많이 잃었는데 지금 고순만 남겨 놓고 여양黎陽으로 가니, 이때 속히 군사를 거느리고 와서 복양을 치면 자기는 내응이 되겠다는 것이었다. 만약 뜻이 있어 온다면 성 위에 '의義' 자를 쓴 백기를 높이 꽂아 놀 테니, 이 기를 암호로 하여 행동을 취하라는 것이었다.

조조는 전 씨의 밀서를 보자 크게 기뻤다. 무릎을 치며 깔깔 웃었다.

"이것은 복양을 나보고 차지하라고 하늘이 주시는 일이로구나!"

말을 마치자 조조는 밀서를 가지고 온 전 씨의 사람한테 후한 상을 내리고 한편으로 군사를 일으켜 복양을 칠 준비를 차렸다.

조조의 모사 유엽劉曄이 조조의 기뻐하는 모습을 보고 조용히 주의를 주었다.

"여포가 비록 무모한 사람이라 하나 진궁이란 사람은 꾀가 많은 사람입니다. 혹시 전 씨의 말에 협사挾詐가 있을지도 모릅니다. 우리는 미리 방비를 하는 것이 좋을 듯합니다. 명공明公께서 만약 전 씨의 말을 듣고 복성으로 가시려면 먼저 군대를 삼분해서 일 대는 데리고 들어가시고, 이 대는 성 밖에 매복해 두었다가 연락을 취하게 하는 것이 좋겠습니다."

조조는 유엽의 말을 들었다. 군대를 삼분하여 2대는 성 밖에 두고 1대만 거느려 복양성 앞에 당도했다.

조조가 먼저 성 앞에 가 보니 성 위에는 가득히 기가 꽂혀서 바람에 펄럭거리는데 서문西門 머리 위에 '의義' 자를 쓴 흰 기가 완연히 눈에 띄었다. 조조는 가만히 마음속으로 기쁨을 이기지 못했다.

이날 오정이 되자 성문이 활짝 열리면서 양원兩員 대장이 군사를 이끌고 싸움을 하러 나왔다.

전군前軍 대장大將은 후성侯成이요, 후군後軍 대장大將은 고순高順이었다.

조조는 전위에게 출전 명령을 내리니 전위는 말을 달려 후성을 취하려 덤벼들었다.

원래 효용이 절륜한 전위를 후성 따위가 당해 내는 수가 없었다. 창과 칼이 두어 번 부딪쳐지자 후성은 급히 말 머리를 돌려 성중으로 달아나 버렸다. 전위는 후성을 쫓아 조교弔橋[2])에 당도했을 때, 후군 고순이 전위를 막으려 했으나 역시 저당할 도리가 없었다. 고순마저 성안으로 뛰어 달아나 버렸다.

혼란한 틈을 타서 두어 명 군사가 조조 앞에 나타났다. 굽실하고 절을 올렸다.

"저희들은 전 씨의 심부름으로 나왔습니다."

말을 마치자 품속에서 밀서 한 장을 꺼내 바쳤다.

조조가 얼른 뜯어보았다.

오늘 밤 초경 때, 성 위에서 바라 치는 소리를 군호로 하여 진군을 하시면 저는 문을 열어 드리겠습니다.

---

2) 조교 : 성호城濠 상上에 설치한 다리. 조弔는 조상弔喪뿐 아니라 '달아맨다' 는 뜻도 된다. 적이 오면 다리를 번쩍 들어 올려서 적의 쳐들어오는 길을 끊는다.

조조는 밀서를 접어 허리춤에 넣은 후에,

"알겠다."

고개를 끄덕여 점두하여 전 씨 사자를 돌려보냈다.

약속대로 초경이 되었다.

조조는 친히 대군을 거느려 나가니 왼편에는 하후돈이 군사를 이끌어 호위했고, 오른편에는 조홍이 군사를 거느려 조조를 호위했다. 조조는 가운데 서서 하후연, 이전, 악진, 전위 네 장수를 앞세우고 성으로 향했다.

이때 이전이 조조한테 아뢰었다.

"주공께서는 아직 성 밖에 계십시오. 저희들이 먼저 들어간 후에 들어오십시오."

"잔소리 마라. 내가 가지 아니하면 누가 얼른 앞장을 서겠느냐!"

조조는 이전을 소리쳐 꾸짖고 앞을 서서 나갔다.

이때 초경이언만 월광月光은 아직 떠오르지 아니했다.

홀연 서문 위에서 바라 치는 소리와 소라 부는 소리가 요란히 일어나면서 문루 위에는 횃불이 일제히 들리고 성문이 활짝 열리면서 조교弔橋가 소리 없이 내려졌다.

조조는 되었다고 생각했다. 전군을 휘동하여 급히 말을 달려 성안으로 들어갔다.

조조는 군사를 거느려 정신없이 한참 물밀듯 들어가다가 사면을 살펴보니, 성안은 텅 비고 거리에는 사람 한 명 보이지 않았다.

조조는 그제야 계교에 빠진 줄 알았다. 급히 말 머리를 돌이키면서,

"퇴병을 시켜라. 군사를 물려서 도로 성 밖으로 나가거라!"

큰소리로 외쳤다.

그러나 때는 이미 늦었다. 성안에서는 별안간 일성 포향이 천지를 진동

하면서 사대문에서는 화광이 충천해 일어나자 북소리, 고함 소리는 바다가 끓고 강물이 뒤집히는 듯 소용돌이쳐 일어났다.

조조는 정신이 어찔해서 고개를 들어보니, 동편 골짜기에서 장요가 군사를 거느리고 고함을 치면서 나오고, 서편 골짜기에서는 장패가 군사를 이끌고 호통을 치며 나왔다.

조조는 급했다. 북문으로 말을 채쳐 달아났다.

별안간 복병이 함성을 지르며 쏟아져 나오며 양원 대장이 길을 막았다. 적장 학맹郝萌과 조성曹性이었다.

조조는 하는 수 없이 급히 남문으로 향해 달아났다.

와! 하고 함성이 또다시 천지를 진동하면서 적병이 쏟아져 길을 막았다. 앞에 선 장수는 고순高順이요, 뒤에 선 장수는 후성侯成이었다.

조조의 뒤에 있던 전위典韋는 눈을 부릅뜨고 이를 갈면서 쌍창을 들어 고순과 후성을 쫓으려 하니 고순, 후성은 깜짝 놀라 남문 밖으로 말을 거꾸로 타고 달아났다. 전위는 두 적장을 쫓아 조교 앞까지 따라 나갔다.

그제야 주인 조조의 생각이 났다. 뒤를 돌아보니 조조가 보이지 않았다. 궁금하기 짝이 없었다. 조조가 죽었으면 큰일이었다.

급히 말을 돌려 성안으로 뛰어들었다.

말을 달려 뛰어나오는 동료 이전과 마주쳤다.

"주인어른은 어데 계신가?"

전위는 급히 이전한테 물었다.

"나 역시 주인어른을 찾는 중일세."

전위는 더욱 답답했다.

"자네는 성 밖으로 나가서 구원하는 군사를 청해 들이게. 나는 다시 성안으로 들어가서 주인어른을 찾겠네."

전위는 말을 마치자 쌍창을 휘두르며 적진 속으로 달렸다.

그러나 조조의 모습은 영영 보이지 않았다.

전위는 살과 돌이 빗발치듯 하는 적진 속을 뚫고 다시 성 밖으로 뛰어나왔다.

그러나 조조의 모습은 역시 보이지 아니했다.

전위는 초조했다. 말을 몰아 성 밖 하수河水가에 당도했을 때 동관 악진을 만났다.

악진은 전위를 만나 보자 반가웠다.

"주인어른은 어데 계신가?"

"나 역시 주인어른을 찾아서 성중으로 두 번씩이나 헤매며 뛰어다녔으나 찾지를 못했네."

"우리 함께 다시 성안으로 들어가 적진을 뚫고 주인어른을 구해 내세."

악진은 전위와 함께 말을 달려 성문으로 향했다.

두 사람은 급히 성 아래로 말을 달렸으나 성 위에서는 맹렬하게 화포가 터져 내렸다. 악진은 말을 내킬 수가 없었다.

그러나 천하 맹장 전위는 연기와 불을 무릅쓰고 쌍창을 휘두르며 성안으로 뛰어들었다.

원래 조조는 전위의 뒤를 따라 앞으로 나가려 했으나 사면에서 쏟아져 나오는 적병한테 길이 막혀 달아날 수가 없었다.

조조는 하는 수 없이 남문을 버리고 다시 북문으로 말을 달렸다.

문득 보니 화광이 충천한 속에 여포가 방천화극 좋은 창을 비껴들고 적토마를 몰아 갑옷투구를 하고 뛰어나오는 것이었다.

조조의 간담은 뚝 떨어졌다. 들키면 큰일이었다. 얼른 한편 손을 들어 얼굴을 가리고 여포의 옆을 피하여 채질을 쳐서 말을 달렸다.

여포는 무심코 지나쳤다가 다시 말 머리를 돌이켰다. 조조를 자기편 군사로만 알았다. 방천화극으로 조조의 투구 쓴 머리를 땅, 하고 갈겼다. 조조는 간이 콩알만큼 오그라들었다.

"조조를 못 보았느냐, 어디로 달아났느냐?"

조조는 얼른 꾀를 내었다. 손을 들어 반대편을 가리키면서 음성을 변해서 대답했다.

"저 앞에 누렁 말을 타고 달아나는 놈이 조조요."

여포는 조조를 버리고 누렁 말을 찾아 반대편으로 말을 달렸다.

조조는 어마뜨거라 하고 북문도 버리고 동문을 향하여 급히 달아났다.

한 장수가 말을 채쳐 뛰어왔다. 조조의 간담은 또 떨어졌다.

"주인어른!"

큰소리로 부르짖었다. 주인어른이란 말에 조조는 얼굴을 들었다. 전위였다. 조조는 어찌나 반가운지 눈물이 핑 돌았다.

"오오, 전위냐? 나를 살려 다오."

전위는 조조를 호위하여 성문으로 달렸다.

전위와 조조는 살 길을 뚫어 전문 앞에 당도했을 때 화염은 하늘을 찌를 듯하고, 성 위에 쌓았던 짚더미에 불이 붙어서 성이며 길바닥이 모두 다 불바다였다.

전위는 창끝으로 불붙은 짚단을 헤치며 연기를 무릅쓰고 앞을 서서 나갈 때, 불타오르는 문루門樓에서는 들보가 떨어지면서 조조가 탄 말 궁둥이를 후려쳐 갈겼다.

말은 비명을 지르고 불 속으로 쓰러져 버렸다. 조조는 말 아래 떨어지면서 수염과 머리털을 함빡 태워 버렸다.

전세일전

전위典韋는 급히 조조를 불더미 속에서 구해 일으킬 때 하후연夏侯淵이 나타났다.

전위와 하후연은 조조를 구하여 하후연의 말을 타게 한 후에, 불바다가 된 성문을 뚫고 여포의 군사와 싸우면서 날이 밝은 후에 겨우 본진으로 돌아왔다.

모든 장수들은 조조한테 문안을 드리러 왔다. 조조의 수염과 머리털이 불에 그슬려서 얼굴 모습이 말이 아니었다.

"과히 다치신 데는 없습니까?"

모든 장수들은 일제히 물었다. 조조는 얼굴을 번쩍 들어 깔깔 웃었다. 기막히고 무안한 웃음이었다.

"변변치 않은 놈의 꾀에 속아 넘어가서 창피한 꼴을 당했다. 꼭 보복을 해야겠다."

"빨리 계교를 내서 원수를 갚아야 합니다."

모사 곽가郭嘉가 아뢰었다.

"좋은 수가 있네. 장계취계將計就計로 저 자들을 녹여야 하겠네. 내가 화상을 입어서 죽었다고 하면 여포는 반드시 군사를 거느리고 우리를 치러 올 것일세. 이때 우리는 마릉산馬陵山 속에 복병을 했다가 여포의 군사가 반쯤 지나간 후에 냅다 무찌르면 여포를 산 채로 잡을 수가 있을 것일세.

내 꾀가 어떤가?"

"참 좋은 꾀올시다."

곽가는 손뼉을 쳐서 조조의 꾀에 찬동했다. 조조는 군중에 영을 내려 거짓으로 자기가 죽었다고 발표했다.

모든 군사들은 소복을 입고 통곡을 하면서 발상을 했다. 울음소리는 천지를 진동했다.

여포의 염탐꾼은 조조의 진에서 발상發喪 거애擧哀하는 것을 보자 조조의 군사한테 물었다.

"웬일인가, 누가 죽었나?"

"우리 대장 조조께서 어제 복양성 안에서 화상을 입어 돌아가셨네. 신체를 모셔다가 지금 발상 거애를 하는 중일세."

염탐꾼은 큰 사건이라 생각했다. 급히 여포한테로 가서 아뢰었다.

"급히 아뢸 말씀이 있습니다."

"무슨 일이냐?"

여포가 물었다.

"조조가 어제 싸움에 복양 성중으로 들어왔다가 화상을 당해서 죽었다 합니다."

"무어, 조조가 죽었어? 정말이냐?"

"지금 조조의 군사들은 함빡 소복을 입고 통곡을 하면서 발상을 하고 있습니다."

여포는 조조가 죽었다는 말을 듣자 기쁨을 이기지 못했다. 곧 군중에 명령을 내렸다.

"조조가 죽었다 한다. 시각을 지체해서는 아니 된다. 빨리 군사를 거느려 조조의 진을 무찌르라!"

여포는 영을 내린 후에 친히 군사를 휘동하여 조조의 진으로 향했다.

여포의 군사가 마릉산을 반 넘어 지났을 때, 홀연 일성 포향이 천지를 진동하면서 조조의 복병은 사면팔방에서 쏟아져 나왔다. 뜻밖이었다. 맹장 여포로도 당해 낼 도리가 없었다. 여포는 군사 태반을 잃은 채 죽을힘을 다하여 싸워서 겨우 목숨을 구하여 성안으로 돌아와 문을 굳게 닫았다.

이때 황충蝗虫이 창궐해서 농사지어 놓은 벼를 모조리 먹어 버리니, 관동關東 일대에는 곡가가 천장 모르게 올라 뛰어서 곡식 한 휘(一斛)[3]에 값이 50관貫[4]이나 되었다. 사람들은 굶주림에 허덕이면서 사람이 사람을 잡아먹게 되었다.

조조는 군중에 양식이 떨어지니 군사를 이끌어 견성鄄城으로 돌아가고, 여포도 군사를 거느려 산양山陽으로 가니 이로 인하여 조조와 여포의 싸움은 잠깐 쉬게 되었다.

한편으로 도겸陶謙은 서주徐州에 있어 나이 벌써 63세가 되었다. 홀연 병이 들어 갈수록 침중하게 되었다. 도겸은 미축과 진등을 청하여 의논했다.

"내 병은 점점 중한데 서주를 다스릴 사람을 여태껏 정하지 못했으니 어찌하면 좋은가?"

미축이 대답했다.

"조조가 서주 공격을 중지하고 철병을 해 간 것은 여포가 연주를 습격한 까닭입니다. 지금은 황충으로 인하여 흉년이 들어서 철병을 해 갔지만 내년 봄만 되면 조조는 또 올 것입니다. 지난번에 사도께서 두 번이나 유현덕한테 서주를 양여하려 하셨으나, 현덕은 굳이 사양하고 받지 아니했습니다. 그때는 사도께서 아직 강건하신 때문에 현덕이 받지 아니했습니

---

3) 휘 : 10두斗를 1휘斛라 함.
4) 관 : 꿰미, 50관貫은 돈 50꿰미.

다마는, 이제는 사도의 병환이 이같이 침중하시니 만약 사도께서 한 말씀만 하신다면 현덕은 사양치 아니하고 받으리라 생각합니다."

도겸은 미축의 말을 듣자 기쁘게 생각했다. 즉시 사람을 소패小沛로 보내서 현덕을 청했다.

"군무軍務에 대하여 의논할 말씀이 있으니 잠깐만 와 주시기 바라오."

현덕은 도겸의 청좌를 받자 관우, 장비와 함께 10여 기 말 탄 군사를 거느리고 서주에 당도했다.

도겸은 침실로 현덕을 청해 들였다. 인사가 끝난 후에 도겸은 현덕한테 말했다.

"오늘 현덕공을 청한 것은 별일이 아닙니다. 노부의 병이 점점 깊어서 이제는 위독 지경에 빠졌습니다. 아침이 아니면 저녁에 명을 보전하기 어렵게 되었습니다. 명공明公께서는 한가漢家의 성지城池를 소중하게 생각하시어 성주의 패인牌印을 받아 주신다면 노부는 죽어도 눈을 감겠습니다."

현덕이 대답했다.

"사도한테 두 분 자제가 있습니다. 왜 자제한테 전하지 아니하시고 그러십니까."

"허허, 큰 아들 상商이 있고, 둘째 아들 응應이 있습니다마는 모두 다 중임을 감당하기 어렵습니다. 노부가 죽은 후에 이 애들을 잘 지도하여 보호해 주십시오. 그러나 절대로 고을 일을 맡겨서는 아니 됩니다."

"유비 한 명으로 어찌 이러한 대임을 맡겠습니까?"

현덕은 또 사양했다.

"내가 한 사람을 천거하여 공을 보좌하도록 하겠습니다. 북해北海 사람에 손건孫乾이란 사람이 있습니다. 이 사람으로 종사從事를 삼아 일을 하십시오."

도겸은 누워서 말을 마치자 옆에 있는 미축을 돌아보았다.

"유공은 당세當世 인걸人傑이다. 너는 잘 섬기도록 해라."

미축은 고개를 숙여 도겸의 부탁하는 말을 조용히 들었다.

그러나 현덕은 종시 추탁하고 받지 아니했다.

도겸은 마침내 손으로 유비를 가리키면서 흡연히 세상을 떠났다.

온 군중은 발상發喪 거애擧哀를 하여 도겸의 세상 떠난 것을 슬퍼한 후에 패인牌印을 받들어 현덕한테 바쳤다. 그러나 현덕은 여전히 사양하고 받지 아니했다.

다음 날 서주 백성들은 서주부 아문에 모여 절하여 울면서 하소연했다.

"만약에 유劉 사군使君께서 이 골을 아니 거느리시면 우리들은 평안히 살 수가 없습니다."

관우와 장비도 재삼 현덕을 권하였다.

현덕은 마지못하여 임시로 서주 다스릴 것을 허락한 후에 손건과 미축으로 보좌관輔佐官을 삼고 진등으로 막관幕官을 삼아, 소패 땅에 있는 군마軍馬를 입성시킨 후에 한편으로 백성들을 위안시키는 방을 붙이고, 한편으로 치상治喪을 하여 대소 군사는 모두 다 소복을 입은 후에 크게 제전祭奠을 올려 황하黃河 가에 장사 지내고 도겸의 유표遺表를 조정에 상신했다.

조조는 견성에 있다가 도겸이 죽고 유비가 서주목徐州牧이 된 소문을 듣자 크게 노했다.

"내 원수를 아직 갚지 못해서 유비가 화살 반 개도 허비하지 아니하고 앉아서 서주를 얻었으니 나는 반드시 유비를 먼저 죽인 후에 도겸의 시체를 육시하여 우리 아버지의 원수를 갚으리라."

조조는 살기가 등등했다.

곧 군사를 일으켜 서주를 공격하라는 명령을 내렸다.

순욱이 조조를 장막 안에 들어가 뵈옵고 간하였다.

"옛적에 고조高祖는 관중關中을 보전해 가지셨고, 광무光武는 하내河內에 근거를 두신 것은 모두 다 뿌리를 깊게 하고 근본을 굳게 하여 천하를 바로잡으려 한 것입니다. 이러므로, 나가면 족히 적을 이겨 낼 수 있었고 물러가도 견고하게 적을 지킬 수 있었던 것입니다. 이러므로, 처음에 비록 곤란이 있었으나 마침내는 대업을 완성한 것입니다. 지금 연주兗州 하제河濟는 천하의 요지要地요, 옛날 관중關中 하내河內입니다. 명공께서 서주로 군사를 움직이시면 여포는 반드시 연주를 취하러 올 것입니다. 만약 서주를 공격하여 이기지 못하시고, 연주는 여포한테 뺏기신다면 주인어른께서는 장차 어디로 가시렵니까? 지금 도겸이 비록 죽었다 하나 유비가 서주를 지켜 있고, 백성들은 유비한테 열복悅服하고 있으니 반드시 유비를 도와 죽도록 싸울 것입니다. 주인어른께서 연주를 버리고 서주를 취하시는 것은, 이는 큰 것을 버리고 작은 것을 취하는 것이요, 근본을 버리고 지엽을 구하는 것이요, 안전한 것을 버리고 위태한 것을 취하는 일이올시다. 깊이 생각하십시오."

순욱의 말을 듣고 있는 조조는 자기 의사를 표시하였다.

"자네 말도 그럴듯하지만 금년은 전에 없는 흉년이 들어서 관동 일대는 군사를 먹일 양식이 없네. 연주도 흉년인데 무슨 수로 군사를 먹인단 말인가. 여기서 지키고만 있는 것도 좋은 방책이 아닐세."

"좋은 수가 있습니다. 동으로 진陳 땅을 공략해서 군사를 먹이는 것이 좋으리라 생각합니다. 지금 여남汝南과 영주穎州에는 황건적의 여당인 하의何儀와 황소黃邵의 무리가 고을을 약탈해서 금과 비단과 양곡이 무진장으로 쌓여 있습니다. 이들 적도는 용이하게 깨칠 수도 있을 뿐 아니라, 그들의 양식을 빼앗아 삼군을 먹인다면 조정이 기뻐할 것이요, 백성들이 좋아할 것이요, 뿐만 아니라 하늘의 뜻을 순하게 좇는 일이니 얼마나 좋은 일입니까."

순욱은 다시 계책을 드렸다.

"그거 좋은 말일세. 도둑도 쫓아 버리고 군사도 먹이고, 돌 한 개로 새 두 마리를 맞히는 격이야. 참말 좋은 꾈세."

조조는 크게 순욱을 칭찬한 후에 하후돈, 조인으로 연주의 견성鄄城을 지키라 하고 스스로 군사를 거느려 먼저 진 땅을 공격한 후에 다음 여남, 영주를 치기로 했다. 황건적 하의, 황소는 조조의 군사가 온다는 소식을 듣자 졸개들을 모아 양산羊山으로 집결시켰다.

이때 적의 무리는 비록 많다 하나 도시 오합지졸이었다. 대오도 없고 행렬도 맞출 줄 몰랐다.

조조는 강한 활과 굳센 쇠뇌를 미리 준비한 후에 천하장사 전위에게 출전 명령을 내렸다.

전위는 쌍창을 휘두르며 말을 달려 나가니 황건적 하의는 부원수副元帥로 전위를 대항하여 싸우라 했다.

그러나 무모한 도둑의 우두머리가 천하 맹장 전위를 당해 낼 도리가 없었다. 불과 3합에 적의 부원수는 전위의 찌르는 창 한 번에 구슬피 비명을 지르며 말 아래 떨어져 죽었다.

조조는 승세하여 고함을 치며 군사를 몰아 무찔러 나가니 적병은 어마뜨거라 하고 뿔뿔이 헤어져 달아나서 죽고 상하는 자가 부지기수였다.

조조는 단번에 양산을 빼앗아 진을 쳐 버렸다.

다음 날은 황소가 적도를 이끌고 원진圓陣을 치며 대결을 하여 나왔다.

조조 편에서 바라보니 한 장수가 보행으로 나와서 고래고래 소리를 쳤다. 머리는 누른 수건으로 싸매고 몸에는 푸른 옷을 입었는데 손에는 쇠

몽둥이를 들었다.

"나는 절천截天 야차夜叉 하만何曼이다. 조조란 놈은 어데 있느냐? 쾌히 나와서 나하고 한번 싸워서 승부를 결정하자!"

조조의 부하 조홍은 차마 볼 수가 없었다.

"에이 무식한 도둑놈아, 하룻강아지 범 무서운 줄을 모르는구나!"

마주 소리를 치며 칼을 들고 말에서 뛰어내려 하만을 취하려 덤벼들었다.

천하장사 허저

도둑 하만과 조조 부하 조홍은 40~50합을 싸우나 승부가 나지 아니했다. 조홍은 슬며시 꾀를 내었다.

급히 말 머리를 돌려 패해 달아나는 시늉을 했다.

하만은 조홍이 정말 패해 달아나는 줄 알았다. 급히 말을 채쳐 조홍을 쫓았다. 찰나였다. 조홍은 급히 말 머리를 돌리면서 번개같이 등에 멘 장검을 뽑아 들어 하만의 어깨를 후려갈겼다.

하만이 뜻밖에 칼을 받고 아픈 소리를 부르짖을 때, 조홍의 두 번째 내리는 칼은 하만의 등판을 찔러 말 아래 떨어뜨렸다. 이것은 '타도배작계 拖刀背斫計'라는 무예였다. 하만은 땅에 쓰러져 죽어 버렸다.

이 모양을 본 이전은 일지 병마를 풍우같이 몰아 적진 중으로 돌격했다. 적장 황소는 급히 몸을 피하려 했으나 때는 이미 늦었다.

조조의 장수 이전한테 사로잡히고 말았다.

조조의 군사는 함성을 지르며 양편에서 무찔러 들어가니 적병은 황금 보화와 무수한 양곡을 버린 채 산지사방으로 흩어져 달아났다.

황소의 일진이 대파되니 적장 하의何儀의 형세는 외로웠다.

더 지탱할 수가 없었다. 수백 군마를 거느려 급히 갈파葛陂로 달아났다. 한동안을 달렸을 때, 산모퉁이에서 별안간 일지 병마가 쏟아져 나오면서 한 사람의 대한大漢이 앞에 서서 호통을 치면서 길을 막았다.

하의가 바라보니 신장은 8척이나 되고, 허리통은 열 아름이나 되는 거한이었다.

하의는 마음을 도슬러 먹고 장창을 비껴들어 장사한테로 덤벼들었다.

그러나 싸운 지 1합에 장사는 올가미를 홱 던져서 하의를 산 채로 사로잡았다. 적장 하의는 꼼짝달싹할 수 없이 장사의 결박을 받으니 모든 군사들은 황망히 말에 내려 장사의 결박을 받았다.

장사는 보도寶刀를 휘둘러 황건적 일당을 개 떼처럼 몰고 산골 속으로 들어갔다.

이때 조조의 아장 전위는 적장 하의를 쫓아 갈파까지 왔으나 황건적의 무리는 보이지 않았다.

전위는 의아하여 전후좌우를 살피고 있을 때, 돌연 한 떼 군마를 거느린 한 사람의 장사가 길을 막고 나타났다.

전위는 쌍창을 비껴들고 큰소리로 물었다.

"너희 놈들도 황건적이냐?"

"미친놈, 눈을 똑똑히 떠서 보아라. 황건적이면 머리에 누른 수건을 동여맸을 것 아니냐? 나는 황건적도를 잡아서 산골 속에 결박 지어 논 사람이다."

"그렇다면 너는 양민이로구나. 빨리 황건적을 나한테 바쳐라!"

장사는 소리를 높여 껄껄 웃었다.

"하하하, 네가 만약 내 손에 들어 있는 칼을 뺏는다면, 황건적을 너한테 내주마."

장사는 완전히 전위를 놀려 대고 있었다.

전위는 대로했다. 눈을 부릅떠 쌍극창을 휘두르며 장사한테로 덤벼들었다.

장사도 큰 칼을 뽑아 들고 쾌하게 응전을 했다.

두 사람은 아침 진시辰時부터 싸우기 시작해서 한낮 오시午時가 되었으나 승부가 나지 아니했다.

"잠깐 쉬었다 싸우자."

전위가 먼저 말을 했다.

"좋다, 나 역시 약간 숨이 가쁘구나."

장사가 대답했다.

두 사람은 의논하고 잠깐 쉬고 있었다.

잠깐 뒤였다.

"어떠냐? 다시 싸워 보자."

장사가 싸움을 돋우었다.

"좋다!"

전위도 쌍창을 들고 일어섰다. 두 사람은 큰 칼과 쌍창을 들고 다시 싸우기 시작했다.

칼과 창이 맞부딪는 소리는 공중에서 요란하면서 번개 같은 불을 뿜었다.

그러나 날이 어둑어둑 저물어 황혼 때가 되건만 싸움의 승부는 나지 아니했다. 사람들은 끄떡없는데 말들이 피곤해서 싸울 수가 없었다. 지쳐 쓰러진 채 일어나지 못했다.

전위의 수하 군사가 급히 대본영大本營인 조조의 영문으로 달려가 아뢰었다.

"천하장사가 갈파葛陂에 나타났습니다. 황건적의 하의를 쫓아가셨던 전위 장군이 천하장사를 만나서 아침 진시 때부터 지금 저물 때까지 싸우고 있으나 승부가 나지 아니합니다."

"무어야, 전위 장군이 여태껏 갈파에서 싸우고 있단 말이냐? 장사 그놈도 황건적이냐?"

"아니올시다. 황건적은 아닙니다. 황건적 하의를 산 채로 잡아서 이백여 명 황건적과 함께 산골 속에 묶어 놓고 있습니다."

"그럼 어떤 자란 말이냐?"

조조는 깜짝 놀랐다. 부하를 거느리고 급히 갈파로 향하였다.

이때 밤은 이미 깊었다. 두 장수는 싸움을 내일로 미루고 쉬고 있었다.

다음 날이 되었다. 장사는 말을 달려 나오자 전위한테 싸움을 돋우었다.

"자아, 어제 못다 싸운 싸움을 오늘은 결판을 내기로 하자!"

전위도 사양하지 아니했다. 말을 타고 나섰다.

조조가 나가서 장사의 모습을 바라보니 보통 사람이 아니었다. 위풍이 늠름한 천하장사의 모습이었다. 조조는 마음속으로 기뻤다.

가만히 전위한테 분부를 내렸다.

"오늘은 거짓 패한 체하고 말을 달려서 나 있는 데로 쫓겨 오너라. 다음 일은 내가 계책을 꾸밀 테니."

전위는 조조의 명을 받들고 말을 달려 나갔다.

전위와 장사는 창과 칼을 들어 다시 어우러져 싸우기 시작했다.

싸움이 30여 합에 이르렀을 때, 전위는 조조의 분부대로 슬며시 말 머리를 돌이켜 거짓 패해 달아났다.

장사는 의기가 양양했다. 급히 전위를 쫓아 조조의 진으로 뛰어들었다.

조조의 군사들은 장사를 향하여 살과 쇠뇌를 어지럽게 쏘면서 5리 밖으로 퇴진을 했다.

이날 또 하루 날이 저물었다. 두 편에서는 내일 싸우기로 하고 하루를 또 연기했다.

밤중에 조조는 가만히 영을 내려 진문 앞과 뒤에 깊은 함정을 파 놓고 쇠갈퀴를 가진 구수鉤手들을 매복해 놓았다.

다음 날 날이 밝았다. 조조는 전위한테 영을 내렸다.

"너는 군사를 거느리고 나가서 싸우는 체하다가 힘이 모자라는 듯 쫓겨 오너라."

전위는 조조의 지시대로 백여 기 군사를 거느리고 장사한테 싸움을 돋우었다.

"야아 이 자야, 오늘은 기어코 결판을 내 보자."

전위가 나오는 것을 보자, 장사는 껄껄 웃으며 응전을 해 나왔다.

"허, 허허, 못난 놈, 패군지장이 무슨 낯짝으로 싸움을 돋우러 왔느냐?"

장사는 말을 마치자 흑달마를 놓아 바람을 끊어 뛰어나왔다.

전위는 일부러 힘을 다해 싸우지 아니하고 창으로 두어 번 장사를 찌르는 체하다가 땀을 뻘뻘 흘리면서 말을 돌려 달아났다.

장사는 기승기승 신명이 났다.

"이놈 전위야, 승천입지昇天入地를 하려느냐, 어디로 달아나느냐. 쾌하게 항복을 하라."

장사는 앞만 바라보고 장검을 휘둘러 급히 말을 달렸다. 뜻밖이었다. 말굽 아래서 쿵 하는 소리가 들리면서 말과 사람은 한꺼번에 열 길 함정 속으로 콰드등 떨어져 버렸다. 아무리 천하장사라 하나 하는 수가 없었다. 말 다리는 부러지고 장사는 함정 속에 거꾸로 박혔다.

요구창수들이 우르르 달려들었다. 요구창으로 장사를 함정 속에서 끌어내어 밧줄로 꼭꼭 묶어서 조조 앞에 꿇려 놓았다.

조조는 묶어 온 군사를 일부러 꾸짖어 물리쳤다.

"영웅호걸을 묶어 오는 법이 어디 있느냐. 모셔 와야지. 무식한 놈들이로구나. 저리들 비켜라."

조조는 말을 마치자 친히 마당에 내려 장사의 결박을 끄른 후에 손을 잡고 당 위로 올랐다.

이때 장사의 의복은 흙이 묻고 땀이 배어 꼴이 아니었다. 조조는 시자에게 영을 내렸다.

"이분에게 내 의복 일습을 갖다 입혀 드려라."

시자는 조조의 분부를 받들어 좋은 의복 일습을 장사한테 내다 바쳤다.

장사는 마음속으로 은근히 감격했다. 장사가 옷을 갈아입은 후에 조조는 장사의 손을 탁 붙잡았다.

"장사의 존성대명은 누구시오니까?"

조조의 목소리는 친절하고 간드러졌다.

"예, 나는 초국譙國 초현譙縣 사람 허저許褚올시다. 지난번에 황건적 난리를 만나서 일가 수백 인을 거느리고 갈파 아래 토성을 쌓고 적을 막고 있었습니다."

"아아, 당신이 허저시오! 황건적을 많이 몰아냈다는 천하장사 허저를 이곳에서 만날 줄은 참으로 뜻밖이로구려."

조조는 허저의 손을 더 한 번 강하게 잡았다.

"그래, 황건적을 막아 싸우던 이야기를 좀 들려주구려."

조조는 허저한테 지난 일을 이야기하라고 청했다.

"갈파에 토성을 쌓고 피난을 하고 있는데, 하루는 황건적이 쳐들어왔습니다. 나는 사람들을 불러서 돌을 많이 준비해 두었다가 도둑의 떼가 들어오자 손수 돌을 던져 팔매질을 쳤습니다. 돌은 날아 백발백중 도둑놈들을 맞혔습니다. 도둑의 떼는 혼비백산이 되어 달아나 버리고 말았습니다. 하루는 도둑 떼가 또 나타났습니다. 이때 우리한테는 양식이 떨어졌습니다.

도둑과 일부러 화친을 한 후에 쌀과 소를 바꾸자고 했더니, 도둑은 쾌하게 허락을 하고 쌀을 가지고 와서 소를 끌고 나갔습니다. 이때 소들은 정든 동네를 떠나기가 싫었던지 얼마를 가다가 다시 우리 동네로 돌아왔습니다. 나는 두 손으로 두 마리 황소 꼬리를 잡아당겨 백 걸음 안으로 끌었더니 도둑놈들은 내 기운이 센 것을 보고 깜짝 놀라서 다시는 소를 가져갈 생각을 못하고 어마뜨거라 하고 달아나 버렸습니다. 그저 이래서 한편으로 도둑의 떼를 막으면서 그럭저럭 무사하게 오늘날까지 지냈습니다. 하하하, 별수 없는 헛된 이름을 가졌을 뿐입니다."

조조는 귀를 기울여 허저의 말을 들었다.

"참말 장사요, 나는 당신과 한번 일을 하고 싶소. 나한테로 돌아올 생각은 없소?"

"감히 청할 수는 없지만 원하고 싶은 바입니다."

허저는 일가 수백 사람을 거느려 조조한테로 돌아왔다. 조조는 허저에게 도위 벼슬을 준 후에 상급을 많이 주었다.

조조는 황건적도 하의何儀와 황소黃邵를 목 베어 효수하니, 여남과 영주는 조조의 절제를 받게 되었고 도둑의 발자취가 끊어졌다.

조조는 영주와 여남을 얻어 군사들의 식량 걱정을 해결한 후에, 승전고를 울려 반사班師를 하니, 조인曹仁과 하후돈이 영접하여 맞은 후에 의견을 올렸다.

"근일에 염탐꾼의 말에 의하면 연주에 있는 여포와 설란薛蘭과 이봉李封이 모두 다 노략질하러 밖으로 나가서 성읍城邑이 비었다 하니, 승전한 군사를 거느려 공격한다면 북 한 번을 울려서 우리 땅을 만들 것입니다."

조조는 두 사람의 말이 옳다고 생각했다.

곧 대군을 휘동하여 연주를 공격했다.

설란과 이봉은 조조의 군사가 뜻밖에 나타나자, 황황히 군사를 이끌고 성 밖에 나와 응전을 했다.

허저가 조조한테 아뢰었다.

"허저가 처음으로 한 번 공을 세울 기회를 얻었습니다. 설란, 이봉 두 사람의 목을 베어서 장군께 처음 드리는 폐백을 삼겠습니다."

조조는 크게 기뻤다. 허저에게 출전할 것을 허락했다.

허저가 큰 칼을 둘러 말을 달려 나오니, 이봉은 화극畫戟을 비껴들고 앞을 가로막았다.

그러나 이봉李封은 천하장사 허저의 적수가 아니었다. 말을 사귀어 어우러져 싸운 지 양합兩合이 못되어 허저는 이봉의 목을 갈겨 말 아래 떨어뜨려 버렸다.

설란薛蘭은 이 모양을 보자 겁이 났다. 마상에서 손이 떨리고 다리가 후들거렸다. 급히 말을 몰아 조교로 향하려 할 때, 이전이 급히 말을 달려 길을 가로막았다.

"이놈 설란아, 어디로 가려 하느냐?"

설란은 성으로 들어갈 수가 없게 되었다. 죽을힘을 다하여 말 머리를 돌이켜 거야鉅野로 향하여 달아났다.

그러나 뒤에서는 조조의 부하 장수 여건呂虔이 쫓아오며 급히 활을 당겨 설란을 쏘았다. 살대가 후르르 날며 설란의 등판을 맞혔다. 설란은 구슬픈 비명을 지르며 말 아래 떨어져 버렸다. 설란의 군사들은 거미 새끼 헤지듯 풍비박산이 되어 달아났다.

조조는 대군을 거느려 성으로 들어가니 연주 일대는 다시 조조의 판도가 되었다.

조조가 다시 연주를 얻으니 부하 정욱이 조조한테 권하였다.

"이제 남은 일은 복양을 뺏는 일이옵니다. 여포를 치러 나가십시다."

"좋은 말이다."

조조는 정욱의 말을 들었다.

조조는 허저, 전위로 선봉대장을 삼고 하후돈, 하후연으로 좌군 대장을 삼고 이전, 악진으로 우군 대장을 삼고 조조 자신은 중군中軍이 되고 우금于禁, 여건呂虔으로 후군 대장을 삼아 복양을 향하여 진군하니 기세가 호탕했다.

여포는 조조의 대병이 복양으로 쳐들어온다는 소식을 듣자 급히 적토마를 몰아 출전할 준비를 차렸다.

진궁이 앞을 막아 간하였다.

"아니 됩니다. 여러 장성들이 다 모인 뒤에 출전을 하셔야 합니다."

여포는 콧방귀를 뀌었다.

"누가 두려워서 내가 못 나간단 말이오!"

여포는 진궁의 말을 듣지 아니하고 군사를 거느려 성문 밖으로 나가서 방천화극 화사한 창을 비껴 잡고 큰소리로 꾸짖었다.

"조조 이놈아, 어찌해서 또 왔느냐. 천하 영웅 여포하고 싸울 놈이 있거든 빨리 나오너라."

여포의 꾸짖는 소리가 채 떨어지기 전에 허저가 큰 칼을 들고 말을 몰아 뛰어나왔다.

용양호박龍攘虎搏의 좋은 싸움이었다. 창과 칼은 부딪쳐 불을 뿜고, 말과 말은 꼬리를 흔들고 네 굽을 굴러 어흥 소리를 질렀다. 말굽 아래선 먼지가 안개처럼 자욱하게 일어났다. 20여 합이 넘었건만 승부는 나지 아니했다.

여포와 현덕

여포와 허저의 기막힌 싸움을 바라보고 있던 조조는 급히 영을 내렸다.
"여포는 용맹이 비상한 사람이다. 허저 한 사람으로는 당해 내기 어려울 것이다. 전위는 싸움을 도와주고 좌우 양익兩翼은 협공을 하라."

조조의 명령이 한번 떨어지니 육원六員 대장大將이 일시에 덤벼들었다. 전위는 허저의 뒤를 받쳐 쌍창을 둘러 나오고 하후돈, 하후연은 왼편에서 여포를 치고 이전, 악진은 오른편에서 여포를 공격했다. 아무리 천하 맹장 여포라 하나 한꺼번에 범과 같은 여섯 장수를 당해 낼 수가 없었다.

얼마 동안 방천화극 화려한 창을 들어 사면팔방으로 대항하다가 마침내 말을 놓아 복양성 안으로 들어가려 했다.

이때 성문 문루門樓 위에서 관전을 하고 있던 부호 전田 씨氏는 여포가 패해서 돌아오는 것을 보자 급히 사람을 시켜 조교弔橋를 올리게 했다. 성으로 돌아오는 여포의 길을 끊은 것이었다.

여포는 고래고래 소리를 질렀다.
"조교를 빨리 내려놓고 성문을 열어라!"

성문 위에서 전 씨가 대답했다.
"당신이 전에 나보고 조 장군한테 항복을 하라고 한 일이 있지 아니하오? 나는 이미 조 장군한테 항복한 사람이오. 사내자식이 한 입으로 두말을 할 수 없소. 복양성은 이미 조 장군의 땅이니 여 장군을 받아들일 수 없소이다."

여포는 전 씨의 말을 들으니 기가 막혔다.

"에이, 천하에 의리부동한 놈이로구나."

여포는 전 씨를 크게 꾸짖은 후에 군사를 이끌어 정도定陶로 달아났다.

복양성 안에 있는 진궁은 전 씨의 마음이 변하여 사태가 급박함을 보자 급히 동문을 열고 여포의 가족들을 구하여 성 밖으로 빠져나왔다.

조조는 복양성을 얻은 후에 전田 씨氏의 거짓 항복했던 옛 죄를 용서해 주었다.

모사 유엽劉曄이 조조한테 권하였다.

"여포는 맹호 같은 사람입니다. 오늘 비록 곤경에 빠졌다 하나 다시 일어날 것이 분명합니다. 단칼에 아주 무찔러 버리십시오."

조조는 유엽의 말을 옳게 여겼다. 유엽으로 복양을 지키게 하고 친히 대군을 휘동하여 정도定陶로 향했다.

이때 여포는 장막張邈, 장초張超와 함께 성안에 있고 고순高順, 장요張遼, 장패臧覇, 후성侯成은 양식을 약탈하러 바닷가로 돌면서 아직 돌아오지 아니했다. 조조는 군사를 거느려 정도성 밖 40리허에 진을 친 후에 제군濟郡의 풋보리를 베어 군대를 먹였다. 식량 사정이 극히 어려운 때문이었다.

여포의 염탐꾼은 조조의 군사가 정도定陶에 당도하여 성 밖 40리허에서 보리타작하고 있는 것을 알렸다.

여포는 급히 군사를 거느려 멀리 조조의 영채를 바라보았다.

왼편에 일망무제一望無際한 숲이 하늘을 가려 무성하게 있었다. 여포는 이곳에 복병이 있을까 두려웠다.

슬며시 군사를 돌려 돌아갔다.

척후는 나는 듯이 조조한테 여포가 회군한 것을 보했다. 조조는 부하 장수들을 불러 일렀다.

"여포가 숲 속에 복병이 있는 줄 알고 겁이 나서 돌아갔으니 이곳에 기를 많이 꽂아서 더욱 의심이 나도록 하라. 그리고 영문 서편 일대에 긴 둑이 있다. 이곳에는 물이 없으니 군대를 매복하기 극히 편리하다. 여기다가 복병을 시켰다가 내일 여포가 숲에 불을 지르거든 복병들은 일제히 나와서 여포의 뒤를 끊게 하라. 이같이 한다면 여포를 생금生擒할 수 있으리라."

모든 장수들은 조조의 명을 받아 본채本寨에는 마을에서 잡아 온 남녀노소의 포로들과 고수鼓手 50명만 남겨서 북을 치고 고함을 지르게 한 후에 날쌘 군사들은 함빡 둑 안에 매복시켜 놓았다.

한편으로 여포는 군사를 회군하여 성안으로 들어간 후에 모사 진궁한테 회군한 까닭을 이야기했다.

"조조가 진을 치고 있는 바로 왼편 일대에는 일망무제한 숲이 있는데, 아무리 생각해도 이곳에 반드시 복병이 있을 듯해서 그대로 돌아왔소."

"잘하셨습니다. 조조는 원래 속임수가 많은 사람이니 조심하십시오."

"내가 한번 화공법을 써서 복병들을 모조리 죽여 버리겠소."

여포는 계획을 정한 후에 다음 날 대군을 휘동하여 숲을 바라보니 어제보다 숲 속에 기치와 창검이 더 많이 꽂혀 있었다.

여포는 신명이 났다. 군사를 급히 몰아 사면팔방으로 불을 지르며 쳐들어갔다. 화공은 충전하고 연기는 자욱했다.

그러나 숲 속에는 사람은커녕 어리에 친 강아지 새끼 한 마리도 없었다. 주인 없는 깃대만이 불 속에 쓰러지고 넘어져 타 버리고 있었다.

여포는 비로소 속은 줄 알았다. 급히 본진을 치려 하는데 함성이 대진하면서 북소리가 요란했다.

여포는 망설이고 있을 때 홀연 본진 뒤에서 한 떼 군마가 짓쳐 나오는 것이었다. 여포는 말을 달려 쫓아 들려 할 때 등 뒤 둑 안에서 일성 포향이 천지를 진동하면서 복병이 쏟아져 나왔다.

앞에 선 대장은 하후돈夏侯惇, 하후연夏侯淵, 허저許褚, 전위典韋, 이전李典, 악진樂進 여섯 맹장이 일제히 말을 놓아 짓쳐 나오는 것이었다.

여포는 일시에 여섯 맹장을 당해 내기 어려웠다. 말 머리를 돌려 달아나 버렸다.

여포의 아장 성염成廉은 악진이 쏘는 화살 한 대를 맞아 말 아래 떨어져 죽으니, 여포의 군사는 골패짝 쓰러지듯 하면서 천방지축 칼과 창을 거꾸로 끌고 달아났다.

여포의 군사 한 명이 급히 성안으로 들어와 진궁한테 보하니, 진궁은 빈 성을 지키기 어려웠다.

급히 여포의 가솔을 보호해 가지고 정도를 버리고 달아났다.

조조는 승승장구하여 정도성 안으로 쳐들어가니 형세는 대를 쪼개 낸 듯했다.

장초는 스스로 불을 질러 타 죽고, 장막은 원술한테로 달아나니 산동 일대는 모두 다 조조의 땅이 되어 버렸다.

조조는 방을 붙여 민심을 위안시키고, 한편으로는 성과 못을 수리하여 정도를 편안케 했다.

한편 여포는 달아나다가 모든 장수와 진궁을 만났다.

여포는 그래도 호언장담을 했다.

"내가 패전을 해서 군사 수는 좀 줄었지만, 아직도 조조 놈 따위야 넉넉히 깨칠 수 있다."

여포는 마침내 해변에 군사를 거두었다. 패군지장인 여러 장수들이 모여들었다.

여포는 대책을 의논하였다.

"어찌하면 조조와 다시 결전을 해서 대패시킬 수 있겠는가?"

진궁이 말을 했다.

"지금 조조의 병력은 상당히 큽니다. 작은 군사로 다툴 때가 아닙니다. 먼저 안신安身할 땅을 취한 연후에 다시 싸워도 늦지 아니합니다."

"원소한테 가서 잠시 몸을 투신하는 것이 어떻겠소?"

"먼저 기주冀州로 사람을 보내서 원소의 형편을 본 연후에 가는 것이 좋겠습니다."

"좋은 말이오."

여포는 진궁의 말을 들었다.

이때 원소는 기주에서 조조와 여포가 싸우며 상지하고 있다는 소문을 들었다. 수하 장수들을 불러 정세를 의논하였다.

"지금 여포와 조조 양웅兩雄이 서로 상지하고 있는데 천하대세가 어찌 되겠는가? 누구를 도와주는 것이 좋겠나?"

모사 심배審配가 나와 아뢰었다.

"여포는 시랑豺狼이올시다. 여포가 만약 연주 땅을 차지한다면 반드시 우리 기주를 탐낼 것입니다. 조조를 도와서 여포를 치는 것이 후환이 없으리라 생각합니다."

"그럴듯한 말일세."

원소는 맹장 안량顏良에게 영을 내렸다.

"너는 오만 대병을 거느리고 조조를 도와주라."

염탐꾼은 나는 듯이 이 사실을 여포한테 고했다.

원소를 찾아 의지하려던 여포는 깜짝 놀랐다.

"어찌하면 좋단 말인가?"

진궁에게 의논하였다.

"들으니 유현덕이 새로 서주를 거느리고 있다 하니 현덕한테로 가는 것이 좋겠습니다."

여포는 진궁의 말을 들었다. 군사를 거느리고 서주로 향하여 유현덕을 찾아갔다.

보발步撥이 여포가 오는 것을 탐지하고 현덕에게 아뢰었다.

"여포가 조조와 싸워 패한 후에 갈 곳이 없어 군사를 거느리고 서주로 몸을 의탁하러 온다 합니다."

현덕은 보고를 받자 모든 사람들을 불러 의논하였다.

"여포는 당금 세상에 영특하고 용맹스런 사람이라 나가서 맞이하는 것이 좋겠다."

미축이 대답하였다.

"여포는 시랑 같은 무리올시다. 거두어 받아들이시면 아니 됩니다. 사람을 상하기가 십상팔구입니다."

"여포가 전에 연주를 습격하지 아니했다면 조조가 어찌 서주 공격을 중지하고 돌아갔겠소. 서주는 그때 여포의 덕을 많이 본 셈이오. 지금 저 사람이 궁해서 나를 찾아오는데 내가 어찌 받아들이지 않겠소."

"형님은 참으로 너무 마음이 좋으셔서 탈입니다. 그렇지만 아무리 받아들이신다 해도 마음의 준비는 가지셔야 합니다."

장비가 탄해서 말했다.

현덕은 모든 부하들을 거느리고 성 밖 30리허에 나가서 여포를 맞이한 후에 말 머리를 가지런히 하여 성안으로 들어왔다.

서주 아문衙門에 들어와 여포를 대청으로 인도하여 서로 예를 나눈 후에 여포가 먼저 말을 꺼냈다.

"여포는 본시 왕王 사도司徒와 함께 뜻을 같이하여 동탁을 죽여 나라를 바로잡으려 했더니, 뜻밖에 이각과 곽사의 변을 만나 표령飄零한 신세가 되어 광동으로 떠돌았으나 제후들은 여포 이 사람을 받아 주지 아니했습니다. 때마침 조조가 어질지 못하여 서주를 침범하는 것을 유劉 사군使君께서는 힘써 구원해 주셨고, 그때 이 사람은 연주를 습격하여 조조의 세력을 꺾으려 한 것인데, 도리어 조조의 간계에 빠져서 패군敗軍 절장折將을 하고 이제 사군께 몸을 던져 함께 대사大事를 도모하러 왔습니다. 존의尊意가 어떠하실는지요?"

현덕이 대답했다.

"도陶 사군使君께서 갑자기 세상을 떠나신 후에 서주를 관령管領할 사람이 없어서 유비 이 사람이 잠깐 고을 일을 권섭權攝하고 있는 중입니다. 이제 다행히 장군이 이곳으로 오셨으니 유비는 서주 이 땅을 장군께 양보해 드리는 일이 옳을 것 같습니다."

현덕은 말을 마치자,

"서주 장패將牌와 인뒤웅이를 가져오너라."

시자한테 명을 내렸다.

여포는 마음속으로 무한 기뻤다. 시자가 장패와 인뒤웅이만 가져오기만 하면 사양치 않고 얼른 받으려고 마음먹고 있을 때, 잠깐 유현덕의 뒤를 바라보니 관우關羽와 장비張飛 두 사람이 노한 눈을 부릅뜨고 여포를 노려보고 있었다.

여포는 깜짝 놀랐다. 얼굴에 거짓 웃음빛을 가득히 띠고 대답했다.

"여포는 한낱 용부勇夫올시다. 어찌 행정을 다스리는 주목州牧이 될 수 있겠습니까?"

사양하는 말을 보냈다.

"그래도 그렇지 않습니다. 장군이 받아 주시오."

현덕이 또 사양했다.

여포의 모사 진궁이 옆에 있다가 현덕한테 말했다.

"손이 어떻게 주인을 누르겠소이까. 그런 말씀은 하지도 마시오."

현덕은 진궁의 말을 듣자 다시 더 여포에게 서주를 맡으라고 권하지 아니했다.

이내 연회를 베풀어 여포를 대접한 후에 집을 정해 주고 가속을 편안히 거접하게 했다.

다음 날 여포는 회사回謝하기 위하여 현덕을 청했다.

현덕은 관우, 장비와 함께 여포가 청하는 연회에 참석했다.

술이 반쯤 거나하게 돌았을 때, 여포는 현덕을 청하여 후당으로 들어갔다. 관우와 장비도 뒤따라 들어갔다.

여포는 아내 초선을 불러서 현덕한테 보이려 했다.

"천만에, 나오시랄 것이 없습니다."

현덕은 두 번 세 번 사양했다.

"현제賢弟는 무얼 그리 사양하는가, 사람이 너무 얌전하단 말이야."

여포는 거만스럽게 말을 했다.

장비가 여포의 말투를 들으니 괘씸하기 짝이 없었다. 고리눈을 딱 부릅뜨며 냅다 호통을 질렀다.

"괘씸하구나. 네가 누구기에 감히 우리 형님을 현제賢弟라고 부르느냐. 우리 형님은 금지옥엽金枝玉葉이시다. 네 이놈, 나하고 삼백 합을 싸워 보자!"

장비는 벌떡 일어나 고리눈을 부릅뜨고 주먹을 번쩍 들어 여포를 치려고 했다.

"이거 왜 이러느냐, 저리 물러가거라."

현덕은 당황하여 장비를 꾸짖었다.

"분을 참고 잠깐 밖으로 나가게."

관공도 장비의 소매를 잡아 밖으로 끌었다.

현덕은 부드러운 얼굴에 웃음을 띠어 여포한테 말을 했다.

"못난 아우가 술 뒤에 미친 말을 했으니 형장은 용서하시오."

여포는 묵연히 대답이 없었다.

자리는 탐탁할 수가 없었다. 조금 있다 현덕은 자리에서 일어났다.

여포는 현덕을 보내느라고 문 밖까지 나왔다.

장비가 밖에 있다가 말을 달려 장팔사모창을 비껴들고 호통을 치며 달려들었다.

"이놈 여포야, 나하고 삼백 합을 싸워 보자!"

현덕은 급히 관공을 돌아보았다.

"얼른 가서 만류해라. 너무나 무례하구나."

현덕은 빛을 화하게 하여 여포의 손을 잡고 헤어졌다.

다음 날 여포는 현덕을 찾아왔다.

"사도께서는 여포를 사랑하시어 버리지 아니하십니다마는 아우님들이 마땅치 않게 생각하시니 여포는 다른 데로 가겠습니다."

"그게 무슨 말씀이오. 장군이 나를 버리고 가신다면 내 죄가 너무 큽니다. 용렬한 아우가 장군께 모범冒犯한 일은 다음 날 말씀하겠습니다. 이곳 근읍에 소패小沛란 곳이 있습니다. 전에 내가 둔병을 하고 있던 곳입니다. 작은 곳이라 혐의치 아니하신다면 임시로 여기 계시는 것이 어떻겠습니까? 양식과 군수는 삼가 대어 드리겠습니다."

여포는 고맙다고 인사하고 소패로 군사를 거느리고 갔다. 그러나 장비를 매원埋怨하는 것은 말할 나위도 없었다.

한편으로 조조는 산동山東을 평정한 후에 조정에 표表를 올려 아뢰니, 나라에서는 조조의 벼슬을 올려 건덕建德 장군將軍 비정후費亭侯를 봉했다. 이때 조정이란 것은 실권이 동탁의 부하였던 이각, 곽사한테 있었다. 이각은 스스로 대사마大司馬가 되고, 곽사는 자칭 대장군大將軍이 되어 거리낄 것 없이 횡행橫行 방자放恣하건만 조정에는 감히 말하는 사람이 없었다.

태위太尉 양표楊彪와 대사농 주전朱雋이 가만히 헌제獻帝께 아뢰었다.

"지금 조조는 군사 이십만여 명을 거느려 있고, 그 앞에는 모신謀臣과 무장武將이 수십 명이올시다. 만약에 이 사람을 얻는다면 사직을 부지하여 이각, 곽사의 간당奸黨을 제거할 것입니다. 이렇게 된다면 천하에 이만 다행한 일이 없겠습니다."

헌제는 울면서 대답했다.

"짐朕은 두 역적 놈의 능멸하는 것을 받은 지 오래다. 만일에 두 놈의 목을 벤다면 참으로 그런 다행이 없겠다."

양표가 엎드려 아뢰었다.

"신이 한 계교가 있습니다. 먼저 두 놈들을 이간을 붙여서 서로들 잔해殘害하게 한 후에 조조에게 밀조를 내리시어 적당을 소탕한다면 조정은 평안할 것입니다."

"어찌하면 좋겠나?"

헌제가 하문을 하였다.

"듣자오니 곽사의 아내는 질투가 심하다 합니다. 사람을 시켜서 곽사의 아내한테 반간反間하는 계교를 쓴다면 두 놈은 서로 갈등이 생길 것입니다."

헌제는,

"좋은 계교다."

칭찬한 후에 조조를 부르는 밀조密詔를 써서 양표한테 내렸다.

양표는 어전에서 물러난 후에 집으로 돌아와 아내를 시켜서 대장군 곽사의 집을 찾게 했다.

양표의 아내는 곽사의 아내한테 고했다.

"요새 별 소문이 다 떠돕니다."

"무슨 소문이?"

곽사의 아내가 물었다.

"해괴망측해서 말할 수가 없어."

양표의 아내가 상긋 웃었다.

"무엇이 해괴망측하단 말이야. 어서 말을 좀 해봐요."

곽사의 아내가 졸랐다.

"말을 해도 좋을까?"

양표의 아내는 점점 더 약을 올렸다. 곽사의 아내는 의심이 버럭 났다.

"곽 장군이 이 사마의 부인과 정을 통해서 아주 죽자 사자 한다는구먼……. 만약 이 사마가 안다면 곽 장군의 생명이 위태로울 것이니 부인께서는 앞으로 두 사람의 사이를 끊어 놓으시우."

곽사의 아내는 금방 얼굴빛이 푸르락누르락 변하였다.

"이 작자가 자꾸만 밤에 나가 자더니 이 따위 짓을 했구려. 부인이 말씀을 아니했더라면 나는 깜빡 속을 뻔했소."

이간책

"조심하시우!"

양표의 아내는 이같이 말하고 자리에서 슬며시 일어났다. 곽사의 아내는 두 번 세 번 고맙다고 치사를 하며 작별을 했다. 며칠 뒤의 일이었다. 곽사는 관청에서 돌아온 후에 새 옷을 갈아입고 출입을 하려 했다.

곽사의 아내는 의심이 더럭 났다.

"어디를 가시려우?"

"대사마 이각이 청하는구먼, 연회가 있다구."

곽사의 아내는 이각의 아내와 또 만나면 큰일이라 생각했다. 훼방을 놓아 보리라 결심을 했다.

"영감, 가시지 않는 것이 좋겠소. 이각은 성미가 불측한 사람입니다. 예로부터 두 영웅은 한데 설 수 없다 합니다. 이각은 당신을 해하려 한다 합니다. 가시지 마오."

"그럴 리가 있나. 이각이 설마 나를 어찌하겠소."

곽사는 껄껄 웃고 아내의 말을 듣지 아니하려 했다.

곽사의 아내는 바싹 매달렸다. 소매를 잡았다.

"아니 됩니다. 못 가십니다."

저사위한抵死爲限 만류했다. 곽사는 하는 수 없어 출입 중지하고 의관을 벗었다.

이날 저녁 때, 이각의 집에서는 하인을 시켜서 연회에 오지 아니하여 섭섭하다고 전갈을 하고 술과 안주를 보냈다.

곽사의 아내는 흉계를 생각해 냈다.

음식에 가만히 독약을 넣은 후에 앞으로 가지고 들어갔다.

곽사는 저를 들어 음식을 먹으려 했다.

곽사의 아내는 얼른 저를 뺏었다.

"밖에서 들어온 음식을 어떻게 함부로 잡숫는단 말씀이오."

곽사의 아내는 말을 마치자 고기 한 점을 집어 마당에 내던졌다.

그때 마침 마당에는 개가 있었다.

던지는 고깃점을 덥썩 받아 삼켰다.

개는 별안간 깽깽거리며 펄펄 뛰다가 다리를 쭉 뻗고 죽어 버렸다.

"그거 보슈, 내가 뭐랬소. 이각의 집에서 당신을 죽이려고 음식에 독약을 넣어 보냈구려! 잡숯더라면 어찌할 뻔했소."

곽사도 가슴이 뜨끔했다.

이 뒤로부터 곽사는 이각을 의심하게 되었다.

하루는 조회를 파한 후에 곽사는 이각과 마주치게 되었다.

"곽 장군, 지난번에는 청해도 아니 오셔서 매우 섭섭하게 지냈소이다. 자아, 오늘은 우리 집으로 함께 갑시다."

이각은 반가운 낯으로 곽사의 손을 잡으며 곽사를 청하였다. 곽사는 뜨악했다.

"오늘도 마침 볼일이 있어서……."

"볼일은 무슨 볼일, 내일로 미루고 같이 갑시다."

이각은 곽사의 소매를 잡아끌었다.

곽사는 하는 수 없어 이각을 따라갔다. 산해진미의 음식과 술이 나왔다.

그러나 곽사는 조심조심 궂은고기 씹듯 억지로 음식을 먹었다.

곽사가 집으로 돌아오니 복통이 몹시 났다. 배가 쥐어뜯는 듯했다. 궂은 말고기 씹듯 꺼림하게 생각하고 먹은 음식이 탈이 난 모양이었다.

"어데서 무엇을 잡숫고 오셨소?"

아내가 물었다.

"이각이가 자꾸 청하기에 마지못해 따라가서 음식을 먹었더니 복통이 몹시 나는구려."

"글쎄 당신은 참 딱하시우. 번연히 그놈의 집 음식을 먹고 우리 집 개가 죽는 꼴을 보시고도 또 그 집으로 가서 음식을 잡수셨단 말씀이오. 큰일 났구려. 어서 토해 버립시다."

곽사의 아내는 풍을 떨면서 급히 소금을 가져다 곽사에게 먹였다.

곽사는 아내가 주는 소금을 먹고 음식을 토해 버린 후에 조금 복통이 진정되었다.

곽사는 성이 불같이 났다.

"내가 이각이 놈과 천하 대사를 도모해서 저놈이 부귀영화를 누리는데, 이놈이 의리부동하게 나를 죽이려 하니 이놈을 그저 두지 않겠다."

곽사는 이를 부드득 갈았다. 즉시 본부 병마를 거느리고 이각의 집으로 쳐들어갔다.

이 소식은 나는 듯이 이각의 귀로 들어갔다. 이각도 분개했다.

"곽사가 이럴 수가 있단 말인가. 의리부동한 자다."

이각도 본부 병마를 거느리고 곽사의 집으로 향했다.

두 곳 군마의 수는 수만 명이 넘었다.

성안에서 별안간 수만 군대가 혼전을 하니 장안 성중은 시가전이 벌어져 쑥대밭이 되었다.

틈을 타서 도둑들은 백성의 집을 약탈했다.

이각의 조카 이섬은 이각의 명을 받아 군사를 거느리고 대궐을 에워싼 후에, 수레 두 채를 몰고 대궐 안으로 들어가서, 한 채에는 임금을 타게 하고 한 채에는 복伏 황후皇后를 실은 후에 가후賈謝와 좌령左靈으로 수레를 감압監押하게 하고, 내시와 궁녀들은 걸어서 후재문後宰門으로 나가게 했다. 먼저 임금을 옹위하고 있어야만 주도권을 장악하기 때문이었다.

일행은 궐문 밖으로 나가자 곽사의 군사와 마주쳤다. 곽사의 군사는 임금을 뺏으려 했다. 이섬의 군대와 정면으로 충돌이 되었다. 난전亂箭이 빗발치듯 쏟아졌다. 궁녀와 내시들은 살에 맞고 칼에 찔려 죽는 수가 부지기수였다.

이 모양을 보자 이각은 대병을 휘동하여 곽사의 군사와 부딪쳤다.

곽사의 군사는 잠깐 몰렸다. 이섬은 이 틈을 타서 임금과 황후의 수레를 몰고 이각의 본진으로 들어갔다.

곽사는 군사를 거느리고 대궐로 쳐들어갔다. 금은보화를 노략질하고 궁녀들을 겁탈한 후에 궁전에 불을 질렀다. 화광은 충천하고 백성들의 호곡 소리는 천지를 진동했다.

곽사는 이각이 임금을 겁탈한 것을 알자 다시 군사를 몰아 이각의 진을 시살했다. 임금과 황후를 뺏어 오자는 것이었다.

곽사는 이각의 진을 급히 공격했으나 이롭지 못했다. 잠깐 군대를 물려 뒤로 철수를 했다.

이각은 이 틈을 타서 임금과 황후를 미오로 옮기고 조카 이섬을 시켜 감시케 했다.

이섬은 안팎의 교통을 끊어 버리고 음식 끼니를 이어 보내지 아니하니 시신들은 모두 주린 빛이 얼굴에 현연하였다.

황제는 사람을 이각한테 보냈다.

"쌀 오 휘(斛)와 우골牛骨 다섯 벌만 보내라. 좌우에 있는 시신들에게 먹이려 한다."

이각은 불끈 골을 냈다.

"조석으로 밥을 대 주는데 무엇이 부족해서 쌀과 고기를 또 달라 하느냐?"

이각은 심사로 썩은 고기와 무른 곡식을 보냈다. 썩고 상한 냄새가 코를 찔러서 먹을 도리가 없었다.

황제의 귀에까지 들어갔다. 황제는 기가 막혔다.

"아무리 역적 놈이라 하나 이럴 수가 있단 말이냐."

괴탄을 하였다.

시중侍中 양표楊彪가 급히 아뢰었다.

"이각이란 놈은 성미가 잔폭殘暴한 자입니다. 사세가 이에 이르렀으니 폐하께서는 아직 참으시고 맞서지 마시옵소서."

헌제는 고개를 떨어뜨려 소리 없이 울었다. 눈물이 떨어져 용포龍袍 소매를 흥건히 적셨다.

홀연 사자가 아뢰었다.

"좋은 일이 생기려나 봅니다. 저편에서 일대 군마가 황제 폐하를 구하러 온다고 큰소리를 외치며 나오는데, 기치창검은 햇빛에 조요하고 금고金鼓 소리는 천지를 진동합니다."

헌제는 반색을 했다.

"누군가 알아보아라."

시자가 다시 나가서 알고 들어왔다.

"곽사의 군대라 합니다."

"곽사의 군대야?"

헌제는 다시 수심이 깊었다. 곽사나 이각이나 똑같은 놈들이었다.

이때 돌연 함성이 또 일어났다. 이각이 곽사를 맞아 싸우려고 군대를 거느려 나온 것이었다.

이각은 채찍으로 곽사를 가리키며 꾸짖었다.

"내가 너한테 박대를 한 일이 없는데 너는 어찌해서 나를 해하려 하느냐?"

"이놈, 너는 반적 놈이다. 너 같은 놈을 아니 죽이고 누구를 죽이겠느냐."

"나는 황제 폐하를 모시고 보가保駕를 하고 있다. 어찌해서 나보고 반적이라 하느냐?"

"이놈아, 네가 겁가劫駕를 했지, 보가保駕를 했어? 낯짝이 무쇠 두멍 뚜껑 같은 도둑놈이로구나."

"잔말 마라. 우리 싸워서 이기는 사람이 황제를 모시기로 하자."

이각과 곽사는 진 머리에서 칼을 빼어 서로 시살했다. 10여 합에 이르렀으나 승부가 나지 아니했다.

이때 한 사람이 급히 말을 달려왔다.

내란

모두 바라보니 헌제를 모시고 있는 시중侍中 양표楊彪였다.

양표는 말을 달려오며 큰소리로 외쳤다.

"두 분 장군은 잠깐 싸움을 중지하시오. 여러 조신朝臣들이 두 분께 화해를 하라고 늙은 사람을 보내서 청하러 왔소이다."

이각과 곽사는 싸움을 중지하고 제각기 영문으로 돌아갔다.

양표는 대사농大司農 주전朱雋과 함께 조정의 관료들 60여 명을 모은 후에 먼저 곽사의 진을 찾아 화해하기를 권했다.

곽사는 덮어놓고 모든 조신들을 감금해 버렸다.

모든 관리들은 깜짝 놀랐다.

"우리들은 화해를 붙이러 온 사람들인데 어찌해서 이같이 대접하오."

곽사는 큰소리로 공경公卿들을 꾸짖었다.

"이각이는 천자까지 겁박하는데 공경쯤을 내가 겁박하지 못할까 보냐."

양표는 분을 참지 못하여 큰소리로 꾸짖었다.

"한 사람은 천자를 겁박하고 한 사람은 공경들을 겁박하니 대체 너희들은 어찌하려는 작정이냐!"

양표의 호통을 듣는 곽사는 성이 불끈 났다. 허리에 찬 장검을 뽑아 들어 양표를 찌르려 했다.

곽사의 심복 중랑장中郎將 양밀楊密이 간하였다.

"화해를 하라고 온 늙은 대신을 죽여서는 아니 됩니다. 그대로 돌려보내십시오."

간곡하게 권하는 양밀의 말을 듣자, 곽사는 양표와 주전을 놓아 보냈다. 그러나 백관들은 의연히 영창 속에 그대로 가두어 버렸다.

양표와 주전은 곽사의 영채에서 나오면서 탄식을 하였다.

"우리가 사직의 중신이 되어 나라를 바로잡고 임금을 구해 내지 못하면서 부질없이 천지간에 살아 있으니 부끄럽기 짝이 없구려!"

말을 마치자 서로 안고 통곡을 하다가 이내 땅에 쓰러져 혼절昏絶을 하였다.

얼마 뒤에 주전은 병이 들어 다시는 일어나지 못하고 세상을 떠나 버렸다.

이 뒤로부터 이각과 곽사는 날마다 시살하면서 싸우기를 내리 50일 동안이나 했다. 이 통에 사람들의 죽는 수는 부지기수였다.

이각은 평소에 좌도左道인 요사스런 술법을 좋아했다. 항상 무녀들을 데려다가 군중軍中에서 북을 치고 춤을 추어 신神을 내리곤 했다.

가후賈詡가 여러 차례 간했으나 듣지 아니했다. 가후는 이각의 운명이 길지 않을 것을 짐작하고 혼자 우울해하고 있었다.

시중 양기楊琦는 가후의 심중을 짐작해 알았다. 가만히 헌제한테 아뢰었다.

"가후는 비록 이각의 심복이라 하나 일찍이 폐하를 잊은 적이 없습니다. 한번 가후와 의논해 보십시오."

헌제와 양기가 이야기를 하고 있을 때, 마침 가후가 들어와 임금께 뵈었다. 양기가 시치미 떼고 물러 나오니 헌제는 좌우를 물리치고 눈물을 머금고 가후한테 말하였다.

"경이 능히 한조漢朝를 어여삐 생각하여 짐朕의 목숨을 구해 줄 수 있겠는가?"

가후가 황망히 땅에 엎드려 아뢰었다.

"진실로 신의 소원이올시다. 폐하께서는 가만히 계십시오. 신이 도모해 보겠습니다."

"고맙다!"

헌제는 눈물을 거두고 가후의 손을 잡아 치사했다.

가후가 물러간 후에 이각이 임금을 뵈러 들어오는데 칼을 짚고 거만하게 걸어왔다.

헌제의 얼굴은 흙빛으로 변했다. 칼이 무서웠다.

"역적 곽사란 놈이 공경을 감금하고 폐하를 겁박하려 합니다. 신이 아니었다면 폐하께서는 잡혀갔을 것입니다."

협박조로 말했다.

"고맙소."

임금은 두 손을 마주 잡고 고맙다고 치사를 했다.

이각이 물러간 후에 서량西涼 사람 황보역皇甫酈이 임금을 뵈러 들어왔다.

헌제는 역이 말을 잘하는 것을 알고 있었다. 뿐만 아니라 역은 이각과 동향 친구였다.

"경은 말주변이 좋은 사람이다. 이각과 곽사를 화해시키라. 도대체 이래 가지고 나라 꼴이 되겠는가!"

황보역은 황제의 명을 받들고 곽사를 찾아가 달랬다.

"한 조정 안에서 두 분 장군께서 싸우시는 것은 도대체 일이 아닙니다. 폐하께서 크게 진념하시어 근심하십니다."

"이각이 만약 천자를 나한테 보낸다면 나는 화해를 응낙하고 백관들을 돌려보내겠소."

황보역은 곽사의 진에서 나와서 이각을 찾았다.

"천자께서 내가 서량 사람으로 장군과 동향이라 하여 특별히 나에게 칙령을 내려서 두 분의 화해를 권하셨습니다. 곽 장군은 이미 조칙을 받들었습니다. 장군께서는 어떠하십니까?"

"나는 여포를 쫓아낸 대공大功이 있고, 보정輔政 사 년에 훈적勳績이 큰 것은 천하가 다 아는 노릇이오. 곽사란 놈은 한 개 마적馬賊의 떼에 불과한 놈인데 함부로 공경대부를 겁박하여 나와 대항하려 하니 내 반드시 이놈의 목을 베야 하겠소. 나는 군사가 많고 방략도 있소. 그까짓 곽사 놈 따위를 못 이겨서 화해를 한단 말씀이오. 나는 결코 곽사와는 화해를 하지 않겠소."

황보역은 미소를 띠어 대답했다.

"그렇지 않소이다. 강한 것만으로 승리를 얻는 것이 아닙니다. 옛날, 유궁후有窮後羿는 자기의 활 잘 쏘는 것만 믿고 환란을 생각하지 않았다가 마침내 멸망을 당했고, 가깝게 동탁은 저렇게 강했건만 여포가 배은망덕을 하는 바람에 머리가 국문國門 위에 달린 것은 공이 목도해서 보신 바입니다."

황보역은 말을 계속했다.

"장군은 몸이 국가의 상장上將으로 있어 금부金斧 은월銀鉞과 옥절玉節을 한 손에 쥐고 자손과 일가가 온통 현달顯達한 지위를 차지했으니, 나라의 은혜가 후하다고 이르지 아니할 수 없습니다. 이럼에도 불구하고 장군은 지존至尊을 겁박해 있으니 곽사가 공경대부들을 감금하고 있는 것과 견주어 볼 때, 그 죄가 누가 강하고 누가 무겁습니까? 생각을 해보시오!"

이각은 황보역의 말을 듣자 핏대가 머리끝까지 불끈 솟았다.

내란_75

환도를 잡아 뺐다. 시퍼런 칼이 무지개를 그렸다.

"이놈, 천자가 너를 시켜서 나를 욕하라고 보냈더냐? 내가 먼저 네놈의 목을 베리라."

기도위騎都尉 양봉楊奉이 급히 뛰어가 이각의 칼 잡은 손을 잡았다.

"지금 곽사를 제거시키기 전에 천사天使를 죽인다면 곽사가 군사를 일으킨 명분이 설 것입니다. 곽사의 명분이 선다면 제후들이 와서 도와줄 것입니다. 잠깐만 참으시오."

옆에 있던 가후가 또 만류했다.

"지존의 칙사를 베어서는 아니 되오."

이각은 비로소 노염이 조금 풀렸다. 뺐던 칼을 칼집 속으로 도로 꽂았다.

가후는 황보역의 소매를 잡아 밖으로 나가게 했다.

황보역은 나가면서 큰소리로 꾸짖었다.

"이각은 천자의 조서를 받들지 아니하고 임금을 죽여서 스스로 임금이 되려 한다!"

옆에 있던 시중 호막胡邈이 급히 손을 들어 황보역의 입을 틀어막았다.

"떠들지 마시오. 신상에 해롭소."

황보역은 분함을 참지 못하여 호막의 손을 뿌리치고 크게 꾸짖었다.

"호막아, 너도 조정의 대관이다. 더럽게 역적 놈한테 붙어서 아첨을 하느냐. 군욕신사君辱臣死하는 이 마당에 충신 황보역이 역적 이각의 손에 죽는다면 나의 분수에 족하다!"

황보역은 거품을 뿜으며 역적들을 꾸짖었다.

이 소문은 당장 황제의 귀로 들어갔다. 황제는 황보역을 급히 불렀다.

"경의 충심은 백일白日이 소소히 알 것이다. 몸이 위태로우니 이곳에 있지 말고 빨리 서량으로 돌아가라."

황제는 황보역의 손을 잡아 간곡하게 당부했다.

황보역은 고향인 서량으로 돌아가 이각의 역적질하는 행동을 통탄했다.

이각의 군사들은 태반이 서량 사람과 강병羌兵들이었다. 그들의 부모 형제들은 모두 다 이각을 의심하게 되었다.

황보역이 미오에서 서량으로 돌아가니 서량 사람들은 그를 찾아가 보았다.

"이각이 정말 역적질을 합니까?"

"천자를 겁탈해서 감금하고 있네. 감금뿐인가, 끼니를 대어 드리지 아니하여 시신들은 굶고 있네. 황제 폐하께서 쌀과 우골牛骨을 좀 보내 달라 했더니, 이각 그놈은 썩고 상한 고기를 보내서 폐하께서는 울고 계시네."

"저런 변이 있습니까!"

"서량 사람들이 큰 걱정일세. 이각의 군사들은 대개 다 서량 사람들인데 나중에 역적으로 몰리는 날은 이각과 함께 적당賊黨으로 몰릴 테니 후환이 큰일일세."

"저는 자식을 이각한테로 보냈습니다. 역적으로 몰리면 어찌합니까?"

"저는 아우를 이각한테로 보냈습니다. 역적으로 몰리면 어찌합니까?"

서량 사람들은 모두 다 걱정들 하고 근심을 했다. 비밀하게 전인 편지를 써 보내서 이각을 따르지 말고 고향으로 빨리 돌아오라 했다.

이 소식은 이각의 귀에까지 들어갔다.

이각은 크게 노했다.

호분虎賁 왕창王昌을 서량으로 보내서 황보역을 잡아 오라 했다.

왕창은 황보역이 충의지사忠義之士인 것을 잘 알고 있었다.

왕창은 서량까지 쫓아가지 아니하고 이각한테 거짓 회보를 했다.

"황보역을 쫓아서 서량에 가 보니 그는 부지거처가 되어서 어디로 간지 모르겠소이다."

한편 가후는 미오에서 이각의 부하인 강인羌人들한테 넌지시 밀서를 보냈다.

"천자께서 너희들의 충의와 전공戰功을 알고 계시다. 이번에 너희들에게 이각을 돕지 말고 고향으로 돌아가라는 밀조密詔를 내리셨다. 만약 너희들이 빨리 고향으로 돌아간다면 황제께서는 나중에 후한 상금을 내리시리라."

강병의 두목들은 이각이 벼슬과 상을 주지 않는 데 불평이 많았다. 가후의 밀서를 받자 한 사람 두 사람씩 군사를 거느리고 고향으로 돌아가 버렸다.

가후는 황제께 또 아뢰었다.

"이각은 탐람하나 꾀가 없습니다. 지금 군사들이 흩어져 겁을 먹고 있습니다. 저 자가 제멋대로 대사마大司馬라고 자칭하고 있으니, 이때 폐하께서는 특별히 대사마의 실직 벼슬을 직접 주신다면 저 자는 기뻐서 더 큰 반역을 아니 일으킬 것입니다."

헌제는 가후의 말을 들어 친히 대사마 벼슬을 직접 이각한테 내렸다.

이각은 기뻤다. 이것은 모두 다 무녀들이 신한테 복을 빈 덕이라 생각했다. 무녀들에게 금은보화의 좋은 상금을 많이 내렸다. 그러나 장수들한테는 상을 주지 아니했다. 장수와 군사들은 펄쩍 뛰며 노했다.

불평객 중에 기도위騎都尉 양봉楊奉은 더욱 불평이 컸다. 동관 송과宋果를 보고 의논하였다.

"여보게 송군, 그래 이럴 수가 있나? 우리들은 목숨을 내걸고 시석矢石을 무릅써 싸웠는데 도리어 공이 무당 년들만 못하단 말인가?"

"저놈을 죽여서 천자를 구해 내는 것이 옳은 일일세."

송과가 대답했다.

"여보게, 좋은 수가 있네. 오늘 밤에 자네는 중군中軍에 불을 지르게. 이것을 군호로 해서 나는 밖에서 군사를 거느리고 쳐들어가서 이각을 죽이겠네."

"묘한 계교일세."

두 사람은 단단히 약속을 했다.

이날 밤 이경二更 때 송과는 막 거사를 하려 할 때, 돌연 이각의 부하 한 사람이 군사를 거느리고 중군으로 나와서 송과를 죽여 버렸다.

송과의 군사가 이각한테 밀고를 한 모양이었다.

이각의 부하는 송과의 목을 베어 바치니 이각은 친히 군사를 거느리고 양봉의 진으로 쳐들어갔다.

이때 양봉은 중군에서 불이 일어나기를 아무리 고대했으나 화광火光이 영영 보이지 아니했다. 초조하게 생각하고 있을 때 돌연 이각의 친군이 나타났다. 양봉은 그제야 일이 탄로 난 줄 알고 이각과 교전을 했으나 사경四更 때가 되자 양봉의 군세는 점점 불리했다. 급히 군사를 몰아 서안西安으로 달아나 버렸다.

이각은 비록 양봉을 이겼다 하나 강병羌兵도 가고 부하들마저 사면으로 흩어지니 군세는 점점 약한 중에 곽사의 군사는 항상 계속해 공격하니 군사는 줄어들고 세력은 약했다.

이각은 어찌해야 좋을지 정히 번민하고 있을 때, 돌연 보발이 급히 말을 달려 고했다.

"섬서陝西에서 장제張濟가 대병을 거느리고 미오로 쳐들어오면서 성언聲言하기를, 두 분 장군이 화해를 하지 아니하면 군사를 몰아 쳐부수겠다 합니다."

이각이 가만히 생각하니 장제의 말을 들어 화친하는 일이 상책이라 생각했다. 먼저 장제한테 사람을 보내서 편지를 전했다.

장군이 국사를 위하여 수고하시니 감사한 말씀 올릴 길 없습니다. 나는 항상 화해할 생각이 간절하나 곽사가 말을 듣지 아니합니다.

장제는 이각의 서신을 받자 곽사한테 이각의 말을 전했다. 곽사도 하는 수 없이 동의를 했다.
"이각이 화해를 청한다면 나도 별 뜻이 없습니다. 화친을 하겠습니다."
이각과 곽사는 비로소 군사를 거두게 되었다.
장제는 이 사실을 황제께 주달하니 황제는 기뻐서 장제에게 표기驃騎장군將軍을 제수했다.

난장판

장제張濟는 황제께 표表를 올려 주달하였다.

이각과 곽사의 난리 통에 미오는 폐허가 되었습니다. 동도東都 낙양洛陽, 홍농弘農으로 가행駕幸을 하시는 것이 좋을 듯합니다.

황제는 장제의 상표를 보자 기뻤다.

나는 동도東都를 그리워한 지 이미 오래다. 이제 돌아간다면 천만다행한 일이다.

비답批答이 내렸다.

장제는 길을 떠나기 전에 술과 밥을 장만하여 백관百官들을 대접하니 곽사는 볼모로 감금했던 공경公卿들을 내놓았다.

이각은 황제의 채비를 차린 후에 어림군御林軍 수백으로 창을 들어 어가를 호위하게 하고, 신풍新豊을 지나 패릉霸陵 땅에 당도했다.

때마침 가을이었다.

금풍金風이 소슬하게 일어나는 중에, 홀연 함성이 크게 들리면서 수백 군사가 다리에 나타나 황제의 어가를 가로막았다.

"일행은 누구들이냐?"

한 장수가 큰소리로 물었다.

시중侍中 양기楊琦가 말을 채쳐 나오면서 가로막는 사람을 꾸짖었다.

"성상聖上의 거동 행차시다. 누가 감히 길을 막느냐?"

양기의 말이 떨어지자 두 사람의 장수가 나와 대답했다.

"우리는 곽 장군의 영을 받들어 다리를 지키면서 간인들을 수색하는 사람이다. 그대들이 성가聖駕를 모시었다 하니, 우리가 친히 뵌 후에 준신準信할 수 있으리라."

시중 양기는 말에 내려 어가의 주렴珠簾을 높이 들었다.

황제는 친히 분부를 내렸다.

"내가 여기 있다. 너희들은 어찌 무례하냐?"

금관황포金冠黃袍가 햇빛을 받아 눈이 부시도록 환했다.

두 장수는 만세를 높이 부르며 양편으로 갈라서 길을 양보했다. 어가는 그제야 다리를 통과했다.

두 장수는 곽사한테 황제의 어가가 패릉을 통과한 사실을 보고하니 곽사는 크게 노했다.

"나는 잠시 장제의 대군을 대항하기 어려워서 화친을 허락한 것이다. 그러나 어가를 협박해서 미오로 다시 모시려 하는 중인데 네놈들이 어찌 맘대로 어가를 통과시켰느냐?"

곽사는 칼을 들어 당장 두 장수를 참해 버리고 군사를 일으켜 황제의 뒤를 쫓았다.

한편으로 임금의 어가는 화음현(華陰縣:西安府)에 막 당도했을 때, 등 뒤에서 별안간 함성이 진천振天하면서,

"어가는 잠깐 멈추고 움직이지 말라."

모두들 돌아보니 곽사가 군사를 거느려 함성을 지르며 쫓아오는 것이었다.

황제는 곽사가 군사를 거느려 뒤를 쫓는 것을 보자 울면서 대신大臣한테 호소하였다.

"겨우 승냥이 굴을 벗어났더니 또다시 범을 만난 격이 되었으니 이 일을 장차 어찌하면 좋단 말이오."

황제의 눈물이 뚝뚝 떨어져 옷깃을 적셨다.

모든 신하들도 얼굴빛이 변하여 실색을 하였다.

적군은 점점 가까이 오는 모양이었다. 함성이 천지를 진동했다.

모두 다 부들부들 떨고 있을 때, 홀연 산모퉁이에서 북소리가 둥둥 일어나면서 한 장수가 앞을 서서 말을 달려 나오는데, 큰 기 위에는 '대한大漢 양봉楊奉' 넉 자를 쓰고 군사 천여 기를 거느려 시살해 나오는 것이었다.

원래 양봉은 이각한테 패한 후에 종남산終南山 아래 군사를 주둔駐屯하고 있다가 황제의 어가御駕가 내림한다는 말을 듣고 특별히 와서 호가護駕를 하는 것이었다. 양봉은 곽사의 군사를 보자 급히 진을 벌이고 대항하니 곽사의 버금 장수 최용崔勇이 말을 타고 나와 양봉을 꾸짖었다.

"반적反賊 양봉은 무슨 낯을 들고 여기까지 와서 항거하느냐!"

양봉은 크게 노했다. 큰소리로 진중을 향하여 외쳤다.

"공명公明은 어디 있느냐?"

소리에 응하여 한 장수가 화류마驊騮馬를 몰아 대부大斧를 휘두르며 뛰어나와 곧장 최용에게로 달려들었다.

장수는 한번 싸워 최용을 찍어 말 아래 떨어뜨렸다.

양봉은 승세하여 군사를 몰아 시살해 들어가니, 곽사의 군사는 대패하여 20여 리 밖으로 패해 달아나 버렸다.

양봉은 군사를 거둔 후에 황제께 뵈니 황제는 옥음을 내려 양봉을 위로하였다.

"경은 짐朕의 몸을 구했으니 그 공이 실로 크다."

양봉은 돈수재배하고 황은皇恩을 사례하였다.

"폐하의 옥체를 이같이 괴롭게 했으니 신자의 도리가 아닙니다."

황제는 다시 물었다.

"아까 적의 머리를 벤 장사는 어떤 사람인가? 만나 보게 하라."

양봉은 어명을 받아 장사를 이끌어 거하車下에 뵙게 했다.

"이 사람은 하동河東 양군楊郡 사람, 서황徐晃이온데 자를 공명公明이라 합니다."

"그러한가? 참으로 수고했다."

황제는 옥음을 내려 장사를 위로했다.

양봉은 거가車駕를 호위하여 화음현華陰縣에 주필駐蹕하니 장군 단외段煨는 황제를 맞이하여 뵌 후에 의복과 음식을 갖추어 올렸다.

이날 밤에 황제는 양봉의 영문에 숙소를 정했다.

한편으로 곽사는 일진을 대패한 후에 다음 날 다시 군사를 점고點考하여 공격해 들어왔다. 서황이 앞에 서서 적병을 막았으나, 곽사의 군사는 팔면으로 황제와 양봉을 포위하여 위급하기 짝이 없었다.

황제와 양봉은 초민 중에 있을 때, 홀연 동남편에서 함성이 크게 들리며 한 장수가 일지 군마를 거느리고 말을 달려 쫓아오니 적군은 사면팔방으로 뭉그러져 흩어지는 것이었다.

이 모양을 바라보자 서황徐晃이 승세하여 짓쳐 들어가니 곽사의 군사는 등과 배로 공격을 받아 대패해 달아났다.

장수가 황제께 뵈니, 이 사람은 다른 사람이 아니라 나라의 척신戚臣 동승董承이란 사람이었다.

황제는 반가웠다. 울면서 지난 일을 일장 설파하니 동승은 황제를 위로했다.

"폐하께서는 근심 마옵소서. 신은 양 장군과 함께 맹세코 이각, 곽사 두 역적의 목을 베어 천하를 바로잡겠습니다."

"빨리 동도東都로 가도록 해 주오."

황제는 동승에게 당부하였다. 동승과 양봉은 황제를 모시어 주야배도하여 홍농弘農으로 향하여 나아갔다.

한편으로 곽사는 패한 군사를 이끌고 돌아가는 길에 이각과 만났다. 한때는 서로 원수가 되었으나 황제를 양봉, 동승한테 뺏긴 후에는 다시 한 덩어리가 되었다. 소인들의 상투 수단이었다.

곽사가 이각한테 말을 붙였다.

"양봉, 동승이 황제를 뺏어 가지고 홍농으로 갔으니 만약 저들이 산동 땅에 자리를 잡은 후에 천하 제후한테 영을 내려 우리들을 공격한다면 우리들의 삼족은 꼼짝 도리 없이 다 죽는 판이구려."

곽사의 근심하는 말을 듣자 이각이 말하였다.

"곽 장군은 담보도 작소. 지금 장제張濟가 군사를 거느려 장안長安에 주둔하고 있으나 가볍게 움직이지 못할 것입니다. 장군과 내가 합심이 되어 병력을 한곳에 집중시킨 후에 홍농으로 쳐들어가서 임금을 죽여 버리고 천하를 양분해 가진다면 무슨 불가한 일이 있겠소."

이각은 콧방귀를 뀌며 큰소리를 쳤다.

곽사는 기뻤다.

"좋은 말씀이오. 그렇다면 빨리 군사를 합세하여 홍농을 공격하기로 합시다."

이각과 곽사는 병력을 한곳으로 집중시킨 후에 황제를 죽이려고 홍농으로 향하여 치달렸다.

가는 곳마다 백성들의 양식과 재산을 약탈하니 지나는 곳마다 비로 쓰는 듯했다.

양봉과 동승은 적병이 온다는 소식을 듣자 군사를 돌려 섬주陝州의 서남편인 동간東澗에서 대전을 하게 되었다.

이때 이각, 곽사는 서로 의논했다.

"우리 편 군사는 많고 저들의 병력은 적으니 일시에 혼전混戰을 해서 전승을 취하는 것이 좋겠소."

두 사람은 방책을 정한 후에 일시에 군사를 거느려 나아갔다.

이각은 좌편에서 군사를 몰아 쳐들어가고, 곽사는 우편에서 군사를 지휘하여 만산편야滿山遍野하게 짓쳐 나갔다.

양봉과 동승은 양편으로 사전死戰을 하여 겨우 황제와 황후의 어가를 보호했을 뿐 백관百官과 궁인宮人과 부책符冊과 전적典籍이며 모든 어용지물을 다 버리고 달아났다.

곽사는 군사를 이끌어 홍농으로 들어가 백성들을 겁박하여 약탈하고 양봉, 동승은 임금을 모시어 섬북陝北으로 달아났다.

이각, 곽사는 다시 군사를 두 길로 나누어 동승과 양봉을 추격하니 양봉, 동승은 한편으로 사람을 이각, 곽사한테 보내서 강화를 청하고, 한편으로는 황제의 밀조를 하동에 있는 백파수 한섬韓暹과 이낙李樂, 호재胡才 세 곳 군병한테 보내서 급히 구원을 청했다.

원래 이낙이란 자는 숲 속에서 모여 있는 도둑의 괴수 녹림당綠林黨이었다. 일이 급하니 부득이해서 청한 것이었다. 세 사람은 천자가 죄를 사하고 벼슬을 주어 부르니, 아니 올 리가 만무했다.

모두 다 영채를 거두어 동승과 약속한 후에 일제히 홍농을 공격하여 다시 취하게 되었다.

이때 이각, 곽사는 가는 곳마다 백성을 겁박하여 늙고 약한 자는 죽여버리고 젊고 강한 사람은 강제로 충군充軍하여 민병을 몰아 앞에 세우고 감사군敢死軍이라 이름하니 적세는 점점 더 호대浩大했다.

이낙의 군사가 옹주雍州 경양현涇陽縣 서북편에 있는 위양渭陽에 당도했을 때 곽사는 꾀를 냈다.

"장군 이하 병졸들은 함빡 의복을 벗어서 길에 던지라!"

곽사의 호령이 한번 떨어지니 모든 장병들은 일제히 옷을 벗어 길 위에 내던졌다.

이낙의 군사들은 길에 가득 의복이 떨어진 것을 보고 다투어 집느라고 대오가 모두 다 뭉그러져 버렸다.

이 틈을 타서 이각, 곽사의 군사는 이낙의 군사를 몰아치니 이낙의 군사는 대패하게 되었다.

양봉과 동승은 막을 도리가 없었다. 황황히 황제의 수레를 몰아 북으로 달아났다. 적병은 급하게 뒤를 쫓았다. 이낙이 황제께 아뢰었다.

"일이 급하니 폐하께서는 수레를 버리시고 말에 올라 먼저 가시옵소서."

"짐朕이 어이 백관늘을 버리고 나 먼저 간단 말인가."

황제의 말을 듣자 모든 신하들은 울면서 뒤를 따랐다.

이 통에 호재胡才는 난군亂軍한테 죽음을 당했다.

적의 추병追兵은 점점 더 가까워졌다.

황제는 동승의 권고를 받아 행렬을 버리고 보행으로 황하黃河 언덕가에 당도했다.

이낙의 무리는 작은 배 한 척을 구해서 강을 건너게 하였다.

이때 천기는 엄한嚴寒이었다. 황제와 황후는 추위에 떨면서 서로 붙들고 강기슭에 당도했다.

그러나 언덕이 높아서 배를 탈 수가 없었다.

뒤에서는 쫓아오는 적병의 고함 소리가 천지를 진동했다.

양봉楊奉이 의견을 냈다.

"말고삐를 끌러서 마주 이어 가지고 폐하의 허리에 묶은 후에 배에 내리게 하는 수밖에 도리가 없다."

인총 중에서 국구國舅[5] 복덕伏德이 흰 비단 수십 필을 껴안고 앞으로 나왔다.

"난군 중에 얻은 비단입니다. 이것을 이어 가지고 하선下船을 하시도록 합시다."

행군行軍 교위校尉 상홍尙弘이 비단을 풀어 황제와 황후의 몸에 매게 한 후에, 여러 사람들은 비단 끝을 잡아 황제와 황후를 차례로 하선시켰다.

뱃머리에는 이낙이 칼을 짚고 황제와 황후를 호위해 섰다.

언덕 중복中腹에 있던 많은 사람들이 다투어 배에 오르려고 닻줄을 움켜잡고 야단법석들을 쳤다.

"놓지 못하겠느냐. 닻줄을 놓지 못하겠느냐!"

이낙은 고래고래 소리를 질렀다. 그러나 이낙의 꾸짖는 소리는 귓전으로 들어가지도 아니했다. 황제가 탄 이 배를 타지 못하면 뒤에서 쫓아오는 적병한테 모조리 죽을 판이었다. 개미 떼처럼 기어올랐다.

이낙은 칼을 뽑았다. 뱃전과 닻줄을 휘어잡고 기어오르는 사람들의 손가락을 찍었다.

---

5) 국구 : 황후의 친정아버지.

물로 떨어져 죽는 사람이 부지기수였다. 곡성이 천지를 진동했다.

황제와 황후를 건너 모신 후에 배는 몇 차례 왕래하여 남은 사람을 건넸다.

모두 다 물에 빠져 죽고 황제 옆에 모신 사람은 겨우 10여 명밖에 아니 되었다. 양봉이 우차牛車 한 채를 얻어 왔다. 황제와 황후를 태운 후에 섬주陜州 대양大陽 땅을 향하여 나갔다.

밥을 굶은 채 난리 통에 텅 빈 기와집 한 채를 발견하여 들어갔다.

촌 늙은이 한 사람이 임금이란 소문을 듣고 깡조밥 한 그릇을 올렸다.

황제는 황후와 함께 먹으려 했으나 깔깔해서 목구멍으로 넘어가지 않았다.

다음 날 황제는 이낙으로 정북征北 장군將軍을 삼고, 한섬으로 정동征東 장군將軍을 봉한 후에 우차를 타고 앞으로 나아갔다.

앞에서 두 사람의 대신이 나타났다. 모두들 보니 한 사람은 태위太尉 양표楊彪요, 한 사람은 태복太僕 한융韓融이었다.

어가 앞에 엎드려 통곡을 했다. 황제도 울고 황후도 울었다.

한동안 처절한 울음을 운 후에 한융이 아뢰었다.

"이각과 곽사 두 도둑은 신의 말을 자못 신용합니다. 신이 목숨을 내걸고 저 자들한테로 가서 군사를 파하게 할 테니 폐하께서는 용체龍體를 보중하소서."

한융은 눈물을 흘려 아뢴 후에 적진 중으로 향하여 떠났다.

한융이 역적들을 달래러 적진으로 간 후에 태위 양표가 아뢰었다.

"여기서 안읍현安邑縣이 과히 멀지 아니합니다. 잠시 그곳에 어가를 주필駐蹕하시는 것이 좋을 듯합니다."

황제는 양표의 말을 들었다. 수레를 타고 안읍에 당도하니 모두 다 황폐한 초가집뿐이었다.

 황제와 황후는 초가집 한 채를 골라 들었다.

 그러나 문도 없었고 울도 없었다. 가시나무를 베어다가 울타리를 만든 후에 황제와 대신들은 모옥茅屋에 앉고 장군들은 군사를 거느려 울 밖에 야영을 하고 있었다.

 이후부터 이낙의 행동은 전권專權을 잡아 방약무인傍若無人했다. 원래 산속에서 행인들의 주머니를 털던 도둑 떼의 무리였다.

 조금만 비위에 틀리면 백관들을 황제 앞에서 두들겨 패 주고 욕지거리를 했다.

 백관뿐이 아니었다. 임금에게도 일부러 막걸리와 쉰밥을 보냈다.

 황제는 괘씸하게 생각했으나 어찌하는 수가 없었다.

 이 자들은 연명連名으로 황제께 아뢰어 저희들의 졸개였던 무도無徒, 부곡部曲, 무의巫醫, 주졸走卒 등 2백여 명에게 교위와 어사의 벼슬을 달라고 청했다.

 황제는 그들의 말을 아니 들을 수 없었다. 첩지를 써 주는데 옥새가 있을 까닭이 없었다. 송곳으로 나무를 파서 옥새라고 찍어 주니 체통이 아니었다.

 이때 황제를 작별하고 간 태복太僕 한융韓融은 이각, 곽사 두 역적을 찾아본 후에 구변 좋은 말로 달래니, 역적들은 한융의 말을 듣고 군사를 거둔 후에 백관과 궁녀들을 돌려보내 주었다.

 엎친 데 덮쳐 이 해는 크나큰 흉년이 들었다. 백성들은 모두 다 초근목피草根木皮로 연명을 했으나, 그것마저 떨어지니 길가에는 굶어 죽은 송장들이 즐비하게 깔려 있었다.

 임금도 굶을 지경이었다. 하내河內 태수太守 장양張楊은 쌀과 고기를 황제께 바치고, 하동河東 태수太守 왕읍王邑은 왕에게 비단을 올렸다. 황제는 겨우 굶주림을 면하게 되었다.

동승董承은 양봉楊奉과 상의하고 사람을 낙양으로 보내서 대궐을 수리하고 황제를 모시려 했다. 그러나 이낙이 듣지 아니했다. 동승은 이낙을 타일렀다.

"낙양은 본시 천자天子의 도읍을 정하신 곳이고 이곳 안읍은 향촌의 무무한 좁은 땅이오. 오래 어가를 모실 수 없으니 낙양으로 모시는 일이 정당하오."

"당신들이 어가를 모시고 가겠으면 가시오. 나는 이곳에 그대로 있겠소."
이낙은 퉁명스럽게 대답했다.

동승과 양봉은 싫다는 이낙을 안읍安邑에 남겨 두고 어가를 모시어 낙양으로 떠나기로 했다.

이낙은 흉악한 맘을 먹었다. 동승, 양봉이 기어이 낙양으로 가는 것을 보자 이각과 곽사한테 밀사를 보냈다.

우리 함께 힘을 합하여 낙양으로 돌아가는 황제를 겁가劫駕해 뺏읍시다.

이낙의 밀사가 이각, 곽사한테 당도하기 전에 이 소식은 벌써 동승의 귀로 들어갔다.

동승은 양봉, 한섬과 의논한 후에 역적들의 군사가 출동하기 전에 황제를 모시어 낙양으로 향하여 풍우같이 달렸다.

이낙은 급했다. 이각, 곽사의 군대가 오는 것을 기다릴 사이가 없었다. 스스로 부하 군병을 거느리고 황제의 뒤를 쫓았다.

밤은 깊어 사경四更 때쯤 되었을 때, 이낙은 기산箕山 아래서 어가를 만났다. 이낙은 거짓말로 호통을 쳤다.

"황제의 거가車駕는 잠깐 멈추라. 이각, 곽사가 여기 있다."

이 소리를 들은 헌제는 담이 떨어지고 염통이 오그라들었다. 눈을 들어 보니 산상에는 화광이 충천하였다.

양봉이 아뢰었다.

"이것은 이각, 곽사가 아니라 이낙이란 놈이 거짓 협박을 하는 것이올시다. 놀라지 마십시오."

양봉은 말을 마친 후에 서황徐晃에게 영을 내렸다.

"나가서 이낙을 대항해 싸우라."

서황이 말을 달려 나가니 이낙은 친히 나와 서황을 맞아 싸웠다. 그러나 이낙은 서황을 당해 낼 수 없었다. 두 편 말이 어우러져 싸운 지 1합에 이낙은 서황의 도끼에 찍혀 말 아래 떨어져 죽어 버렸다.

서황은 남은 무리들을 무찌른 후에 황제의 수레를 보호하여 기관箕關을 지났다.

태수太守 장양張楊이 황제의 어가가 온다는 소문을 듣고 곡식과 비단을 싣고 와서 어가를 영접해 맞이했다.

헌제는 장양에게 대사마大司馬를 제수하니 장양은 사은숙배謝恩肅拜한 후에 군사를 거느려 야왕野王 땅에 주둔했다.

황제는 낙양으로 들어가 사면을 돌아보니 마음이 처량해서 차마 볼 수 없었다. 궁궐은 모두 다 타 버리고 저자와 거리는 폐허가 되었는데 눈에 뵈는 것은 모두 다 쑥대풀뿐이었다.

황제는 양봉에게 명하여 작은 대궐에 기와를 얹어 거처하니 백관들은 가시덤불 속에 서서 조하朝賀를 드렸다.

조서詔書를 내려 연호年號 홍평興平을 건안建安 원년元年이라 고쳤다.

흉년은 계속 들었다. 낙양에 사는 백성의 집은 겨우 수백 호밖에 아니 되건만 양식이 떨어져서 백성들은 나무껍질을 벗기고 풀뿌리를 캐어 먹었다.

굶어 죽는 사람은 백성뿐이 아니었다. 벼슬하는 사람들도 녹祿을 받지 못했다. 모두 성 밖으로 나가서 나물을 캐어 먹고 나무를 했다. 무너진 담과 넘어진 벽 사이엔 쓰러져 죽은 사람이 부지기수였다. 한말漢末의 쇠퇴한 기수가 이보다 더한 때는 없었다.

태위 양표楊彪가 황제께 아뢰었다.

"지난번에 조조를 부르시는 조서까지 내리셨건만 창황한 거동으로 인하여 사람을 보내지 못했습니다. 지금 조조는 산동에 있어 군사가 강하고 장수가 많습니다. 부르시어 왕실을 보필케 하옵소서."

대권은 조조에게

양표의 조조를 부르자는 말씀을 듣자 헌제獻帝는 얼굴에 가득 웃음을 띠어 대답하였다.

"짐朕이 이미 조서를 내려 그를 부르지 아니했는가. 새삼 다시 물을 것이 없지 않은가? 곧 사람을 보내서 조조를 입조入朝케 하라."

양표는 황제의 말씀을 들어 곧 사신을 산동山東으로 보내서 조조를 부르게 했다. 이때 조조는 산동에서 거가車駕가 낙양으로 돌아간 일을 알았다.

모사謀士들을 모아 놓고 처신할 것을 의논하였다.

모사 순욱荀彧이 나와서 말을 했다.

"전에 진晉 문공文公은 주양왕周襄王을 천자天子로 받들어 모신 까닭에 제후가 복종하였고, 한漢 고조高祖는 의제義帝를 위하여 발상發喪한 까닭에 천하가 귀심歸心을 했습니다. 지금 천자께서는 몽진蒙塵 중에 계십니다. 참으로 이때 먼저 의병을 일으켜서 천자를 받드신다면 이것은 불세출不世出의 방략方略이 될 것입니다. 만약 일찍이 도모하지 아니하신다면 남에게 뒤지실 것입니다."

순욱의 말을 듣자 조조는 크게 기뻤다. 곧 군사를 정돈하여 기병起兵을 하려 할 때, 홀연 천사天使가 조서를 받들어 선소宣召한다고 보했다.

조조는 황망히 조서를 받은 후에 당일로 군사를 일으켜 낙양으로 향했다.

한편 황제는 낙양에 있어 백 가지 일이 미비했다. 성곽이 무너졌건만 수리할 힘이 없었다.

이같이 경황이 없는 중에 이각, 곽사가 군사를 거느리고 낙양으로 쳐들어온다는 보고가 들어왔다.

황제는 크게 놀랐다. 급히 양봉楊奉을 불러 물었다.

"산동으로 간 사신이 돌아오지 아니해서 이李·곽郭의 군사가 또 온다 하니 이 일을 장차 어찌하면 좋겠나?"

양봉과 한섬韓暹이 아뢰었다.

"신의 무리가 적과 더불어 죽기까지 결전決戰을 하여 폐하를 보호하오리다."

동승董承이 옆에 있다가 아뢰었다.

"성곽이 견실하지 못하고 병갑兵甲 또한 많지 않은데 만약에 싸우다가 이기지 못하면 어찌하겠소. 다시 거가車駕를 받들어 산동으로 가서 피하는 것만 같지 못하다 생각하오."

헌제는 동승의 말이 옳다고 생각했다. 당일로 수레를 타고 산동을 바라보고 나갔다.

그러나 백관들은 타고 갈 말이 없었다. 모두 다 보행으로 수레의 뒤를 따랐으나 적을 막아 싸울 화살 한 대도 없었다.

일행이 낙양을 막 벗어났을 때, 홀연 앞에 티끌이 자욱하게 일어나면서 북소리가 하늘을 흔들 때 한없는 인마人馬가 쏟아져 오는 것이었다.

황제와 황후는 벌벌 떨며 말을 못했다.

홀연 한 사람의 관원이 급히 말을 달려 거가車駕 앞에 엎드려 뵈었다. 모두들 보니 산동으로 조조를 청하러 갔던 사신이었다.

수레 앞에 절하고 아뢰었다.

"조 장군이 조서를 받들어 산동 군사를 모조리 기병하여 오다가 이각, 곽사가 낙양을 범한다는 말을 듣고 먼저 하후돈夏侯惇으로 선봉을 삼아 상장上將 십 원員과 정병 오만을 거느리고 어가御駕를 보호하러 옵니다."

조조가 황제를 호위하기 위하여 먼저 하후돈夏侯惇을 보냈다는 말을 듣고 헌제는 비로소 마음이 조금 놓였다.

얼마 아니 되어 하후돈이 허저許褚, 전위典韋 등 여룡如龍 여호如虎한 맹장들을 거느리고 어가 앞에 이르러 군례軍禮로 뵈었다.

"조조의 장수 하후돈은 허저, 전위 등을 거느리고 먼저 정병 오만으로 어가를 호위하옵니다."

헌제는 만면에 웃음을 띠고 하후돈을 위로하였다.

"멀리 와서 나를 구하니 고맙기 한량없다. 조조 이하 너희들의 충성을 가상하게 생각한다."

황제가 위로하는 말씀을 막 내렸을 때, 시종 한 사람이 급히 아뢰었다.

"동편에서 일로군一路軍이 짓쳐 오는데 어떤 군사인지 모르겠습니다."

헌제는 하후돈에게 급히 분부를 내렸다.

"네가 빨리 가서 보고 오너라."

하후돈은 창을 잡고 말을 달려 동편을 달려 보니 다른 군사가 아니라 조조의 보군步軍이었다.

조금 있다가 조홍, 이전, 악진이 하후돈의 인도로 황제의 어가 앞에 뵙고 이름을 통해 올린 후에 조홍이 아뢰었다.

"신의 형이 적병이 점점 가까이 온다는 소식을 듣고 하후돈의 힘이 외로울까 하와 다시 신의 무리로 주야배도晝夜倍道해서 성가聖駕를 보호해 드리라 했습니다."

황제는 크게 감동했다.

"조 장군은 참으로 사직지신社稷之臣이다. 너희들은 나의 수레를 호위하라."

하후돈, 조홍은 모든 장수와 군사를 지휘하여 어가를 호위하여 앞으로 나아갔다.

얼마 동안 갔을 때, 탐마探馬가 급히 말을 달려 보했다.

"이각, 곽사가 군사를 몰고 쳐들어옵니다."

황제는 하후돈에게 영을 내렸다.

"너희들은 두 길로 나누어 적을 무찌르라."

하후돈은 조홍과 함께 군대를 양익兩翼으로 벌였다.

말 탄 군사가 먼저 나간 후에 보병이 뒤를 따랐다. 힘을 다하여 공격하니 적병은 대패하여 달아났다. 이 통에 조조의 군사는 이각과 곽사의 군사 만여 명의 목을 잘랐다.

쾌하게 전쟁에 이긴 하후돈은 황제를 모시어 다시 낙양으로 돌아간 후에 장수들은 군대를 거느리고 성 밖에 진을 치고 있었다.

다음 날 조조의 대부대는 하후돈의 일행과 합세한 후에, 조조는 성안으로 들어가 황제께 전계殿階 아래 국궁鞠躬해 뵈었다.

"폐하! 얼마나 고생을 하셨습니까?"

"몸을 평안히 하여 앉으라. 죽을 몸을 사지死地에서 구하니 경은 과연 사직의 신하다."

황제는 조조에게 너그러운 말씀을 내렸다.

"신은 일찍 국은을 입은 바 크옵니다. 마음에 깊이 간직하여 은혜를 갚으려 했더니 이제 이각, 곽사의 무리 죄악이 하늘에까지 뻗쳤습니다. 신한테는 수하 정병 이십만이 있습니다. 역적을 단번에 무찔러 기어코 이길 터이오니 폐하께서는 안심하시고 용체龍體를 보중하옵소서."

황제는 조조의 말을 가상하게 여겼다. 조조를 봉하여 영사례領司隸 교위校尉의 가절월假節鉞을 주고 녹상서사錄尙書事를 삼았다. 조조는 일약 정승의 지위에 오른 것이었다. 이각과 곽사는 패한 후에도 다시 조조와 대결할 생각을 가졌다.

"조조는 군사를 움직여 멀리 왔으니 반드시 피로할 것이다. 다시 한 번 싸워 보는 것이 좋겠다."

장수들과 의논하였다. 모사 가후가 간하였다.

"불가합니다. 조조는 군사들이 모두 다 정병精兵인데 장수 또한 맹장들입니다. 항복해서 임금을 괴롭게 한 죄를 면하십시오."

이각은 가후의 말을 듣자 벌컥 성을 냈다.

"네가 이놈, 내 예기銳氣를 꺾으려 드느냐."

큰소리로 꾸짖으며 칼을 빼어 가후의 목을 겨누었다.

모든 장수들은 깜짝 놀랐다. 이각의 손을 잡아 만류했다. 이날 밤에 가후는 단기單騎를 달려 고향으로 돌아갔다.

다음 날이 되었다. 이각은 군사를 거느려 조조의 진 앞으로 나가 진을 치고 싸움을 돋우었다.

조조는 이각이 진을 쳤다는 소식을 듣자 허저, 조인, 전위를 불러 영을 내렸다.

"너희들은 삼백 철기를 거느리고, 적을 맞아 싸우라!"

세 장수는 응명應命하고 3백 철기를 거느려 이각의 진중으로 뛰어들어 좌충우돌, 세 차례를 충돌한 후에 자리를 잡아 둥글게 원진圓陣을 쳤다.

이각의 조카 이섬李暹과 이별李別이 말을 달려 원진 앞으로 뛰어나왔다.

두 사람이 채 입을 벌려 싸움을 돋우기 전에 허저는 장검을 휘두르며 말을 놓아 이섬의 앞으로 번개같이 달리자, 칼이 번뜩 흰 무지개를 뿜는

곳에 이섬의 머리는 추풍에 낙엽 떨어지듯 말 아래로 굴러 떨어졌다.

이 모양을 보자 이별은 혼비백산이 되어 넋을 잃었다. 잡았던 말고삐를 놓치고 말 아래로 뒹굴었다.

허저는 마상에서 얼른 몸을 굽혀 이별의 목을 선뜻 벤 후에, 양편 손에 머리를 하나씩 들고 말을 채쳐 본진으로 돌아갔다.

조조는 적장의 머리 둘을 들고 돌아오는 허저를 보자 허저의 등을 툭툭 치며 칭찬했다.

"자네는 참말 나의 번쾌樊噲[6]일세."

크게 허저를 칭찬하면서 은연중 자신을 통일천하한 한漢 고조高祖한테 비했다.

조조는 다시 영을 내렸다.

"하후돈은 군사를 거느려 좌익이 되어 나가고, 조인은 군사를 지휘하여 우익이 되어 나가라. 나는 스스로 중군中軍이 되어 나가리라."

조조는 영을 내린 후에 포향砲響 일성에 삼군이 함께 움직여 쳐들어가니 적병은 당해 낼 도리가 없었다. 적의 무리는 우왕좌왕 슬픈 비명을 지르며 대패해 달아났다.

조조는 패주하는 이각의 군사를 계속 추격했다.

친히 보검寶劍을 들어 군사를 독려하면서 밤낮을 가리지 않고 무찌르니 죽은 자도 많거니와 항복하는 자도 그 수를 헤아릴 수가 없었다.

이각, 곽사는 목숨을 구하여 망망히 서편을 향하고 달아났다. 마치 초상집 개(喪家狗)[7]와 같았다. 스스로 용신할 곳이 없는 것을 알자 깊숙이 산속으로 들어가 숲 속에 숨은 녹림당錄林黨 강도가 되어 버렸다.

---

6) 번쾌 : 초한楚漢 전쟁 때, 항우項羽를 대항하던 한漢 패공沛公(고조高祖)의 명장名將.
7) 상가구 : 주인主人이 죽으니 외로워서 뜻을 얻지 못한 모습.

조조는 이곽을 대패시킨 후에 군사를 낙양성 밖에 주둔시키고 있었다.
이때 양봉과 한섬이 서로 의논하였다.
"지금 조조는 대공大功을 세웠으니 반드시 중권重權을 잡을 것이 분명하오. 저 사람이 우리를 용납할 리 만무하니 우리는 우리의 갈 길로 가야 하겠소."
양봉의 말에 한섬이 대답했다.
"좋은 말씀이오. 내 생각도 매한가지요."
한섬도 찬동을 했다.
이튿날 두 사람은 황제께 뵙고 말씀을 아뢰었다.
"저희들은 이각과 곽사의 뒤를 추격하여 국가의 환난을 뿌리째 뽑겠습니다."
황제는 두 사람에게 허락하는 영을 내렸다.
두 사람은 본부 군마를 이끌고 대량大梁 땅을 향하여 나갔다.
하루는 헌제가 조조에게 사람을 보내어 나랏일을 의논하러 궁중으로 들어오라는 분부를 내렸다.
조조는 천사天使가 왔다는 말을 듣고 청하여 만나 보았다.
조조는 천사의 얼굴을 보니 미목眉目이 청수淸秀하고 기상이 표일飄逸했다.
마음속으로 가만히 생각해 보았다.
'지금 천하가 모두 흉년이 들어 관료나 군민이 다 함께 얼굴에 주린 빛이 있는데, 이 사람은 어찌해서 얼굴이 저다지 수려하고 주린 빛이 없는가?'
혼자 이같이 생각하면서 천사한테 물었다.
"공의 존안尊顔을 대하니 청수하고 윤이 흐릅니다. 무엇을 자시기에 얼굴빛이 저다지 좋습니까?"

"별로 다른 방법이 없습니다. 삼십 년간 채식菜食을 한 것뿐입니다."

조조는 고개를 끄덕이고 다시 물었다.

"공은 지금 무슨 직위에 계십니까?"

"나는 과거에 급제한 후에 원소袁紹와 장양張楊의 종사관從事官이 되었다가 이제 황제 폐하께서 환도하셨다는 말씀을 듣고 특별히 와서 조근朝覲을 했더니, 정의랑正議郞 벼슬을 제수하셨습니다. 본시 제음현濟陰縣 정도定陶에 사는 성은 동董이요, 이름은 소昭로서 자는 공인公人이라 합니다."

조조는 자리를 고쳐 앉으며 공손히 말하였다.

"원래 존함을 들은 지 오래더니 다행히 여기서 서로 만나 보게 되었소이다. 과연 기쁘오."

곧 술을 내와 관대하면서 순욱과 함께 서로 만나게 했다.

세 사람이 한참 술을 마시는 중에 시자가 들어와 아뢰었다.

"일대 군마가 동쪽을 바라보고 가는데 어떤 사람들이 군사를 거느리고 가는지 모르겠습니다."

시자가 아뢰는 말을 듣고 조조는 곧 영을 내렸다.

"누구의 군사인지 빨리 가서 알아보고 오너라."

이때 술을 마시던 동소董昭는 알아볼 것이 없다는 듯 손을 저어 흔들었다.

"이것은 이각의 구장舊將 양봉楊奉과 백파수白波帥 한섬韓暹이 조 장군께서 이곳으로 오신 까닭에 군사를 이끌고 대량大梁으로 가는 것입니다."

"나를 의심해서 가는 것입니까?"

조조가 캐어물었다.

"그까짓 것들은 무모지배無謀之輩올시다. 명공은 족히 근심하실 것이 없습니다."

"그는 그렇고 이각과 곽사들은 어찌 되겠소?"

"범은 발톱이 없으면 죽는 것이고, 새는 날개가 없으면 오래 살 수가 없는 것입니다. 모두 다 명공한테 잡혀 죽게 될 테니 족히 개의介意할 일이 아닙니다."

조조는 동소의 대답이 대를 쪼개 내듯 사리에 맞게 명쾌하게 대답하는 것을 보자 마음에 기뻤다.

"조정 일은 어찌 되겠소이까?"

"장군께서 의로운 군사를 일으켜서 난신적자亂臣賊子를 베시어 천자를 보좌하시니 이것은 오패五覇[8]의 공에 해당합니다. 그러나 사람들의 뜻은 제각기 생각이 달라서 반드시 다 복종한다고는 할 수 없습니다. 이곳에 오래 유해 계시면 불편한 일이 있을지 모르니 천자를 허도許都로 천도케 하심이 상책일까 합니다. 지금 황제께서 환도하신 지 얼마 아니 되어 또 다시 천도를 한다면 모두들 좋아하지 아니할 것입니다. 그러나 비상한 일이란 비상한 어려움이 있어야만 되는 것입니다. 원컨대 장군은 계책으로 결정하십시오."

조조는 빙긋 웃으며 동소의 손을 덥석 잡았다.

"그것은 내가 생각하고 있던 본의本意오이다. 다만 양봉楊奉이 대량大梁에 있고 대신들이 조정에 있으니 혹시 다른 변이 없겠소?"

"그것은 쉬운 일입니다. 한편으로 글월을 양봉한테 보내서 먼저 그를 안심시키고, 다음엔 대신들한테 서울엔 양식이 없으니 양식 많은 노양魯陽이 가까운 허도로 옮긴다 하면 대신들도 이론이 없을 것입니다."

조조는 동소의 말을 듣고 크게 기뻐했다.

---

8) 오패 : 열국列國 때 돌려가며 패권을 잡았던 제환공齊桓公, 진문공晋文公, 진목공秦穆公, 송양왕宋襄王, 초장왕楚莊王. 오백五伯이라고도 쓴다.

동소가 작별하는 인사를 하니 조조는 그의 손을 잡으며 말하였다.

"조조가 하고자 하는 일을 선생은 늘 도와주시오."

"제가 무슨 재주가 있습니까."

동소는 겸사하고 돌아갔다.

이 뒤로부터 조조는 날마다 모사들을 모아 놓고 허도로 천도할 일을 비밀히 의논하였다.

이때 시중侍中 태사령太史令 왕립王立은 가만히 종정宗正 유애劉艾한테 이야기했다.

"근자에 내가 천문을 보니 이상한 일이 많소이다."

이상한 일이 많다는 말에 유애의 눈이 휘둥그레졌다.

"무슨 이상한 일이 많습니까?"

유애는 무릎을 바싹 내밀고 말했다.

"지난 봄부터 태백성太白星이 북두칠성과 견우성 사이에서 진성鎭星인 북극성北極星을 범犯하여 은하수로 지나가고, 형혹熒惑인 화성火星은 역행을 해서 천관天關에서 만났으니 이것은 곧 금金과 화火가 교체되는 현상이라 반드시 새로 천자가 날 조짐입니다. 내 생각에는 대한大漢의 기수氣數가 다하고 진위晋魏 땅에 천자 될 사람이 나타날까 하오."

유애는 듣기만 하고 입을 다물었다.

"천명天命은 거취가 있는 것이요, 오행은 성쇠가 따르는 법입니다. 화생토火生土라 화火를 이어 토土가 일어날 것이니 한漢을 대신하여 천하를 차지할 자는 위魏인가 합니다."

헌제는 마음에 뜨악했다.

이 소문은 조조의 귀로 들어갔다. 조조는 사람을 시켜 왕립王立한테 일렀다.

"공이 조정에 충성스런 것은 잘 알고 있으나 천도란 심원한 것이니 함부로 수다를 떨지 마시오."

왕립은 조조의 전갈을 받고 찔끔했다.

조조는 모사 순욱을 불러 의논하였다.

"왕립이 말한 천문을 어떻게 생각하는가?"

순욱은 옷깃을 여미고 대답했다.

"한漢은 화덕火德으로 왕천하王天下를 했고, 명공明公께서는 토명土命을 받아 세상에 태어나셨습니다. 그런데 허도許都는 토土에 속하는 땅입니다. 화생토火生土요, 토생목土生木은 오행五行이 상생相生하는 이치입니다. 동소董昭가 명공께 허도로 임금을 모시어 천도를 하라는 뜻이나, 왕립王立이 천문을 보고 말한 것이 다 맞는 이야기입니다. 명공께서는 꼭 허도로 임금을 모시고 천도를 하십시오."

조조는 마음속으로 기뻤다. 뜻을 결정하고 다음 날 황제께 들어가 아뢰었다.

"동도東都는 황폐한 지가 오래여서 수리하기가 극히 어려울 뿐 아니라 흉년이 들어서 양곡을 운반하기도 힘이 듭니다. 허도許都는 곡향穀鄕 노양魯陽이 가까워서 양곡을 운반하기 좋을 뿐 아니라 성곽城郭 궁실宮室이 모두 다 구비해 있고, 전량錢粮 민물民物이 풍부하니 제도帝都가 될 만한 곳입니다. 감히 허도로 천도하시기를 청합니다."

임금은 조조의 말을 아니 듣지 못하게끔 되었다.

군신들도 조조의 세력이 무서워서 누구 한 사람 이론을 내는 사람이 없었다.

임금은 택일하여 허도로 향하게 되었다.

조조는 대군을 거느려 호위하고 백관이 뒤에 따랐다.

어가가 10리를 채 못 가서 높은 재를 넘으려 할 때, 홀연 함성이 대진하면서 양봉楊奉, 한섬韓暹이 길을 가로막고 서황徐晃이 앞에 서서 크게 꾸짖었다.

"조조는 어가를 협박해서 어디로 가느냐?"

조조는 친히 말을 타고 나와 보았다. 서황이 앞에 서서 자기를 꾸짖는데 제법 위풍이 늠름하였다. 조조는 마음속으로 가만히 칭찬했다. 허저를 불렀다.

"저 서황을 대항하여 한번 싸워 보라."

허저가 명을 받고 칼을 두르며 말을 달려 나왔다.

허저와 서황은 교전한 지 50여 합에 승부를 가릴 수 없었다.

조조는 쟁을 쳐 군사를 거둔 후에 모사를 모아 놓고 의논하였다.

"양봉, 한섬 따위는 족히 말할 것도 못되는 사람이지만 서황은 참으로 양장良將이로구나! 차마 힘으로 잡아서 죽이고 싶지 않구나! 계교로 부를 수는 없겠는가?"

행군行軍 종사從事 만총滿寵이 아뢰었다.

"주공은 염려 마십시오. 만총이 서황과 일면지교一面之交가 있습니다. 오늘 밤에 졸개 군사로 분장扮裝을 한 후에 몰래 서황의 영채로 들어가 좋은 말로 달래서 제 발로 걸어와 장군께 항복을 하도록 만들겠습니다."

"좋은 꾀다. 어데, 그래 보기로 하자."

조조는 기쁘게 허락을 하였다.

이날 밤에 만총은 졸개 군사의 복색을 차리고 저편 군대에 섞여서 가만히 서황의 장帳 앞으로 들어갔다.

이때 서황은 갑옷을 입은 채 촛불을 돋우고 혼자 앉아 있었다.

만총은 불쑥 들어갔다. 앞에 나가 읍하고 말을 꺼냈다.

"친구는 이별한 후에 별일이 없는가?"

돌연 사람이 들어와 묻는 말에 서황은 깜짝 놀라 일어섰다. 한참 동안 바라보다가 비로소 생각이 난 모양이었다.

"자네는 산양山陽 만백녕滿伯寧이 아닌가?"

백녕은 만총의 자였다.

만총이 빙긋이 웃으며 대답하였다.

"나는 지금 조 장군의 종사從事가 되어 있네. 오늘 진 앞에서 옛 친구의 모습을 보니 하도 반가워서 한 말씀을 드리려고 죽음을 무릅쓰고 온 길일세."

"자아, 이리 앉게."

서황은 자리를 내주며 다시 물었다.

"그래, 어찌해서 나를 찾았나?"

"내가 온 것은 자네를 아껴서 온 것일세. 자네는 용맹과 지략이 세상에 드문 사람일세. 그런데 어찌해서 양봉이나 한섬 따위한테 몸을 굽히고 산단 말인가? 조 장군은 당세의 영웅일세. 어진 이를 좋아하고 선비를 예로 대접하는 것은 천하가 다 아는 노릇일세. 오늘 조 장군은 진전에서 자네의 늠름한 용기를 보고 십분 경애해서 차마 건장健將으로 결전을 하여 죽게 할 수 없다 하여 특별히 나를 보내서 자네를 맞이하라 한 것일세. 자네는 슬며시 조 장군한테로 가서 함께 대업을 이룩해 보는 것이 어떠한가?"

서황은 한동안 생각하다가 말을 내어 대답하였다.

"내 본시 양봉과 한섬이 크게 될 인물이 아닌 줄 환하게 알고 있네. 그러나 서로 상종한 지가 오라니 차마 인정상 버릴 수가 없네그려."

말을 마치자 서황은 장탄長嘆 일청一聽 한숨을 쉬었다.

만총은 다시 서황을 달랬다.

"이 사람아, 슬기로운 새는 나무를 가려서 앉고 어진 신하는 임금을 가려서 섬긴다는 말이 있지 아니한가? 섬길 만한 주인을 섬기지 않는다는 것은 장부의 일이 아닐세."

서황은 만총의 말에 감동이 되었다. 일어나 사례하였다.

"자네 말이 옳으이. 하라는 대로 하겠네."

"양봉, 한섬을 죽인 후에 목을 베어 가지고 조 장군한테로 가면 처음으로 뵙는 예도 되고 좋지 않겠나?"

만총은 슬며시 이 같은 말을 던져 보았다.

서황은 얼굴빛을 변하며 손을 저었다.

"그건 안될 말이야. 아랫사람이 윗사람을 죽인다는 일은 불의의 짓일세. 나는 결코 못하겠네."

"자네는 진정 의사義士일세. 그럼 그대로 가기로 하겠네."

서황은 그제야 수하 군병 수십 기를 거느리고 만총과 함께 조조의 진으로 말을 달렸다.

이 소식은 양봉한테로 들어갔다. 양봉은 대로했다.

급히 천여 명의 기병을 거느리고 서황의 뒤를 쫓았다.

"반적 서황은 닫지 말라!"

큰소리로 외치며 추격을 했다.

산모퉁이를 지났을 때, 홀연 일성 포향이 하늘땅을 뒤흔들면서 산꼭대기와 산 아래에 봉화가 일제히 들려지면서 복병이 쏟아져 나왔다.

양봉은 정히 당황해서 앞뒤를 돌아보고 있을 때, 일원 대장이 홍포紅袍에 백마를 타고 큰소리로 호통을 치며 길을 막았다.

"이놈 양봉아, 달아나지 마라. 내가 여기서 기다린 지 오래다."

양봉이 깜짝 놀라 바라보니 소리치는 대장은 다른 사람이 아니라 바로 조조였다.

양봉은 기급초풍이 될 지경이었다. 급히 몸을 빼쳐 군사를 돌이키려 할 때, 조조의 군사는 사면팔방에서 에워싸 들어왔다.

때마침 한섬이 급히 군사를 거느리고 양봉을 구하려고 조조의 군사를 엄습했다. 두 편 군사는 혼전을 이루어 격렬한 싸움이 벌어졌다.

양봉은 이 틈을 타서 포위망을 뚫고 말을 채쳐 달아났다.

조조는 양봉의 달아나는 것을 보자 급히 군사를 몰아 쫓아가니, 항복하는 군사는 태반이 넘었다.

양봉과 한섬은 겨우 수십 기의 패잔병을 거느리고 원술한테로 달아나 버렸다.

조조는 군사를 거느려 영문으로 들어오니 만총은 서황을 이끌어 조조한테 뵈었다.

조조는 크게 기뻐 서황을 위로하여 우대했다.

조조는 양봉, 한섬을 물리친 후에, 다시 대가大駕를 호위하여 허도로 들어갔다.

궁전을 수리하고 종묘와 사직을 배판해 세운 후에, 다시 행정 기관인 성省과 대臺와 사司와 원院 등 아문衙門을 배치하고 성곽과 부고府庫를 마련하니 허도는 제도帝都의 면목이 일신하게 되었다.

두 범이 서로 잡아먹는 계교

　조조는 허도許都의 면목을 일신하게 정돈한 후에, 황제께 아뢰어 동승董承 등 13인을 열후列侯에 봉하고 조조 자신은 대장군大將軍 무평후武平侯가 되었다.
　이로부터 조정 신하들의 상 주고 벌주는 일은 모두 다 조조의 말을 들어 처리하게 되었다.
　조조의 모사 순욱荀彧으로는 시중侍中 상서령尙書令을 삼고 순유荀攸로는 군사軍師를 삼고 곽가郭嘉로는 사마司馬를 삼고 제주祭酒 유엽劉曄에게는 사공연司空掾을 제수하고, 모개毛玠 임준任峻으로는 전농典農 중랑장中郞將을 삼아 돈과 양식을 독촉해 받는 직책을 맡게 하고 정욱程昱으로는 동평상東平相을 삼고 범성范成, 동소董昭에게는 낙양령洛陽令을 제수하고 만총滿寵으로는 허도령許都令을 삼고 하후돈夏侯惇, 하후연夏侯淵, 조인曹仁, 조홍曹洪에게는 모두 다 장군의 칭호를 내리고 여건呂虔, 이전李典, 악진樂進, 우금于禁, 서황徐晃에게는 교위校尉의 칭호를 내리고 허저許褚, 전위典韋는 도위都尉를 삼고 그 나머지 장수들은 각각 적당한 벼슬을 주니 이로부터 나라의 대권은 함빡 조조한테로 돌아가게 되어 조정의 큰일은 먼저 조조한테 품한 연후에 천자께 아뢰게 되었다.
　조조는 큰일을 정한 후에 잔치를 후당에 베풀고 모든 모사들을 모아 의논하였다.

"이 사이 들으니 유비劉備가 서주徐州에 둔병屯兵한 이후에 스스로 서주를 거느려 서주목徐州牧이 되었고, 여포呂布는 패전한 후에 유비한테 몸을 던져 소패小沛에 둔병을 하고 있다 하니, 만약에 두 사람이 마음을 합하여 군사를 거느려 침범한다면 이것은 바로 심복心腹에서 병이 나는 것과 매한가지라, 무슨 묘계로 저들을 도모할지 제군은 생각해 보라."

허저가 일어나 말을 하였다.

"저에게 정병 오만을 주신다면 유비와 여포의 목을 베어 승상께 바치오리다."

모사 순욱이 허저의 말을 막았다.

"허 장군이 미상불 용맹하기는 하오마는 저들을 취하는데는 꾀로 취하는 것만 같지 못합니다. 지금 상공께서는 새로 도읍을 정하셨는데 군사를 일으키는 일은 좋지 아니합니다. 저한테 한 계교가 있습니다. 이것은 두 범이 서로 잡아먹는 '이호경식지계二虎競食之計'입니다. 지금 유비가 비록 서주를 거느렸다 하나, 조명詔命을 받들어 정식으로 서주목徐州牧이 된 것이 아닙니다. 명공께서는 황제께 아뢰시고 유비한테 조서를 내리시어 서주목을 제수하신 후에, 밀서密書 한 장을 내리시어 여포를 죽이라 교사敎唆하십시오. 이쯤 되면 유비는 군사가 적으니 고립이 될 것이요, 반대로 여포가 유비를 죽인다 해도 한 가지 후환을 제하는 것이 될 것입니다. 이것이 곧 두 범이 서로 잡아먹으라고 싸움을 붙이는 계교올시다."

"좋은 계교다!"

조조는 손뼉을 치며 깔깔 웃었다.

즉시 황제께 아뢰고 유비에게 정동征東 장군將軍 의성宜城 정후亭侯 영서주목領徐州牧을 봉하는 칙령을 내린 후에 따로 여포를 죽이라는 밀서를 써서 유비한테 칙사를 보냈다.

이때 유현덕劉玄德은 서주에서 황제가 허도許都로 도읍을 옮겼다는 소식을 듣고 표表를 올려 경하하려 할 때, 홀연 천사天使가 이른다 보했다.

현덕은 성 밖까지 나가 영접한 후에 고을로 들어와 은명恩命을 절하여 받고 잔치를 베풀어 천사를 관대했다.

천사는 현덕에게 향하여 은근히 말을 꺼냈다.

"사도가 이번에 은명을 받으신 것은 실상인즉 조 장군께서 황제께 간곡하게 아뢰어 힘써 천거한 덕택입니다."

"고맙소이다. 조 장군의 덕을 잊을 수 없소이다."

현덕은 옷깃을 여미 사례했다.

"조 장군이 따로 편지 한 장을 사도께 보냅디다."

천사는 말을 마치자 품속에서 편지 한 장을 꺼내서 은근히 현덕한테 전했다.

현덕은 편지를 읽어 본 후에 소매 속에 넣고 천사한테 말했다.

"좀 의논을 해 보아야겠소이다."

"조 장군께서 신신당부를 하십디다."

천사는 현덕한테 더 한 번 당부한 후에 사관으로 돌아갔다.

조조가 보낸 밀서는 순욱荀彧이 말한 대로 여포呂布를 죽이라는 편지였다.

유현덕은 밤에 모든 사람들을 모아 놓고 의논하였다.

"조조가 나를 보고 여포를 죽이라 하니 어찌하면 좋은가?"

장비張飛가 벌떡 일어나 대답했다.

"여포는 의리가 부동한 자입니다. 의부義父를 두 사람씩이나 죽이고, 의부 동탁의 계집 초선이를 빼앗아 사는 놈입니다. 까짓 놈 죽여 버립시다."

유현덕이 점잖게 대답했다.

"저 사람이 세궁역진勢窮力盡해서 나를 찾아왔는데, 내가 만약 죽인다면 나 역시 의리 없는 사람이 되지 않는가?"

"형님은 너무 사람이 좋아서 탈이오!"

장비는 불끈 성이 나서 볼에 밤을 물었다.

그러나 현덕은 장비의 말을 듣지 아니했다.

다음 날 여포는 현덕의 벼슬 받은 것을 치하하러 왔다.

"감축합니다. 이번에 조정에서 은명 내리신 것을 치하하러 왔소이다."

"자격 없는 사람이 외람되이 대임大任을 맡게 되니 황은皇恩이 망극罔極할 뿐이오이다."

현덕은 만면에 미소를 띠어 공손히 대답했다.

이때 돌연 장비는 시퍼런 칼을 빼어 들고 마루 위로 뛰어올라 여포를 죽이려 덤벼들었다.

현덕은 깜짝 놀라 여포를 가로막았다.

여포도 크게 놀랐다. 급히 몸을 피하며 물었다.

"익덕翼德이 무슨 까닭에 나를 죽이려 하오?"

"네놈은 의리가 없는 놈이라고 조조가 우리 형님보고 너를 죽이라 했다."

장비는 씨근씨근하면서 큰소리로 외쳤다.

현덕이 장비를 꾸짖었다.

"익덕아, 물러가지 못하겠느냐! 어찌 이리 손님한테 무례하냐."

장비는 하는 수 없어 당 아래로 물러갔다.

현덕은 장비를 꾸짖어 물리친 후에 여포를 후당으로 청해 들였다.

"아우 장비가 무례한 것을 용서하시오. 실상인즉 조조가 이런 편지를 보냈소이다."

현덕은 소매 속에서 편지를 꺼내어 여포에게 주었다.

여포는 편지를 받아 보자 눈에 눈물이 글썽거렸다.

"이것은 조조가 우리 두 사람이 불화不和하도록 만들려는 계교입니다."

현덕은 조용한 말씨로 타일렀다.

"형은 근심하지 마시오. 유비는 맹세코 이 같은 불의의 일을 하지 아니할 것입니다."

"고맙소이다. 진정 말이지 고맙소이다."

여포는 두 번 세 번 고맙다고 사례를 했다.

유비는 술을 내와 여포를 대접한 후에 밤늦게야 돌아갔다.

관우, 장비가 현덕에게 말했다.

"형님께서는 왜 여포를 죽이지 아니하십니까?"

"자네들이 모르는 말일세. 이것은 조조가 나와 여포가 합심이 되어 자기를 칠까 봐 겁이 나서 이 계교를 써서 여포와 나의 사이를 이간질해 논 후에, 저는 중간에서 어부지리漁夫之利를 취하려는 공교로운 계책일세. 내가 조조 제 꾀에 넘어가겠나?"

현덕의 말을 듣자 관공은 고개를 끄덕여 점두點頭하면서,

"옳습니다. 참 그렇군요."

대답하고 장비는,

"나는 기어코 여포란 놈을 죽여서 후환을 끊겠소이다."

하고 고집을 부려 굽히지 않았다.

"아니 된다. 그것은 대장부의 할 짓이 아니다."

현덕은 장비의 말을 눌러 버렸다.

다음 날 현덕은 사신을 찾아가 황제께 사은謝恩하는 상소를 올리고 따로 조조한테 천천히 여포를 도모해 보겠다는 글월을 써서 전한 후에, 사신은 허도로 돌아갔다.

천사는 돌아가 조조한테 유비의 상소와 서신을 올리고 유비가 여포를

죽이지 아니한 일을 보고하니 조조는 순욱을 불러 의논하였다.

"계교가 성취되지 않으니 어찌하면 좋겠나?"

순욱이 한참 생각하다가 대답했다.

"한 가지 또 좋은 계책이 있습니다. 이것은 '범을 몰아 이리를 삼키는 계교(驅虎呑狼之計)'입니다."

"이야기를 해 보게."

"슬며시 원술한테 사람을 보내서 유비가 원술의 점령하고 있는 남군南軍을 치겠다고 황제께 밀표密表를 올렸다 하면 원술이 크게 노하여 유비를 공격할 것입니다. 이때 상공께서는 유비한테 원술을 공격하라 명령을 내리시면 원술과 유비는 싸움이 벌어질 것입니다. 그렇게 된다면 여포呂布가 가만히 있지 않을 것입니다. 이것이 범을 몰아 이리를 삼키는 계교올시다."

조조는 크게 기뻐서 손뼉을 쳤다. 즉시 사람을 원술한테로 보내고 다음엔 거짓 조서를 꾸며서 유비한테로 보냈다.

이번엔 범을 몰아 이리를 삼키는 계교

현덕은 또다시 사자가 온다는 말을 듣고 성 밖에 나가 영접한 후에 조서詔書를 받들어 보니 군사를 일으켜 원술을 치라는 밀조密詔였다.

"그렇게 하겠습니다."

명을 받고 사신을 먼저 돌려보냈다.

미축이 유비한테 아뢰었다.

"암만해도 이것은 조조가 또 꾀를 낸 것 같습니다."

현덕이 대답했다.

"아무리 계책이라 하나 왕명이 지중한데 어길 수가 있는가?"

현덕은 곧 군사를 점고한 후에 당일로 길을 떠났다.

손건孫乾이 아뢰었다.

"먼저 성 지킬 사람을 정해 놓고 가셔야 합니다."

현덕은 관공과 장비를 둘러보았다.

"두 아우 중에 누가 서주를 지키겠는가?"

"제가 지키고 있겠습니다."

관공이 대답했다.

현덕은 고개를 가로흔들었다.

"나는 너와 항상 일을 의논해야 할 텐데, 어찌 잠시라도 떨어질 수 있겠느냐."

장비가 나와 아뢰었다.

"제가 성을 지키고 있겠습니다."

현덕이 한참 생각하다가 말을 했다.

"너는 성을 지키기 어려울 것이다. 첫째로 너는 술을 과히 마신다. 그리고 술 뒤가 좋지 않단 말이야. 술만 마시면 성미가 급해서 군사들을 두들겨 패 준단 말이야. 그리고 둘째는 일을 경솔하게 처리해서 남의 간하는 말을 아니 들으니 내가 마음을 놓지 못하겠다."

장비는 손을 모아 잡고 대답했다.

"이제부터는 술도 아니 마시고 군사도 때리지 아니하고, 모든 사람의 간하는 말을 잘 듣겠습니다."

옆에 미축이 있다가 빙긋이 웃으며 탄하였다.

"마음은 그렇게 먹지만 입이 말을 듣지 않는 것을 어째. 목이 컬컬할 때 막걸리를 보고 아니 마실 수 있나."

미축의 비양거리는 말을 듣자 장비는 성이 벌컥 났다.

"내가 우리 형님을 따라다닌 지 여러 해지만 여태껏 한 번도 실신을 해본 적이 없네. 자네는 어째 경솔하게 남을 비양거리나!"

"아우 말이 아무리 그렇지만 암만해도 방심이 되지 않는걸!"

현덕은 이같이 말한 후에 진등을 불렀다.

"자네가 도와서 술을 좀 적게 마시도록 하고 실수가 없도록 하게."

"네, 분부대로 하겠습니다."

진등이 응낙을 했다.

현덕은 모든 분별을 한 후에 기병과 보병 3만을 거느리고 서주를 떠나 남양南陽으로 향하여 진군을 했다.

한편으로 원술은 유비가 상소를 하여 자기의 영토를 공격하러 쳐들어

온다는 말을 듣자 크게 노했다.

"돗자리를 짜고 짚신을 삼아서 팔던 천한 유비 놈이 건방지게 대군大郡을 점거하여 제후와 동렬同列이 되었다 하므로, 내 한 번 치려 했더니 도리어 이놈이 나를 치러 온다! 괘씸하기 짝 없는 놈이다."

원술은 크게 노하여 상장上將 기령紀靈으로 10만 대병을 일으켜 서주를 치게 했다.

유비의 군사와 원술의 대병은 우이盱眙 땅에서 마주쳤다.

현덕의 군사는 적으니 산을 의지하고 물을 곁에 두어 진을 쳤다.

원술의 장수 기령紀靈이란 사람은 원래 산동 사람으로 한 자루 삼첨도三尖刀 무게가 50근이나 되는 칼을 잘 썼다.

군사를 거느리고 진에 나와 크게 외쳤다.

"유비劉備 촌부村夫는 어찌 감히 우리 경계를 침범하느냐?"

현덕도 말을 타고 마주 나와 기령을 꾸짖었다.

"나는 천자의 조서를 받들어 불신不臣하는 너희들을 치는 것이다. 네 감히 천자의 군사를 대항하니 만 번 죽어 마땅하다."

기령은 크게 노하여 말을 채쳐 칼을 춤추며 현덕을 취하려 했다.

관공이 대갈일성 꾸짖었다.

"필부匹夫는 우리 형님에게 손을 대지 마라. 관우가 여기 있노라."

관공은 말을 달려 82근 청룡도를 휘두르며 나왔다.

두 사람은 연하여 30여 합을 싸웠으나 승부가 나지 아니했다.

그러나 기령은 힘에 부치는 모양이었다.

"잠깐만 쉬자!"

큰소리로 외쳤다.

관공은 유유히 말을 돌려 진문 앞에 기다리고 있었다.

기령은 급히 본진으로 돌아가자 부장副將 순정荀正을 내보냈다.

관공이 큰소리로 외쳤다.

"기령보고 나와서 자웅을 겨루자 일러라."

"너 같은 것은 이름 없는 하장下將인데 감히 기 장군의 적수가 되겠느냐."

관공은 버럭 성이 났다. 무른 대춧빛 얼굴이 더한층 붉어졌다. 봉이 눈을 부릅뜨고 삼각수三角鬚를 바람에 흩날리며 말을 달려 82근 청룡도를 한번 휘두르니, 찰나였다. 1합이 못되어 순정의 목은 아싹 소리를 내면서 말 아래로 떨어져 굴렀다.

이때였다. 현덕은 크게 군사를 몰아 장수와 군사를 시살하니 기령은 대패하여 군사를 이끌고 회음淮陰 하구河口로 달아나 감히 싸움을 하지 못하고, 밤이면 현덕의 진으로 가만히 몰려와서 겁채劫寨만 하다가 현덕의 군사한테 죽음을 당할 뿐이었다.

한편으로 장비는 현덕의 대군을 보낸 후에 조그마한 잡사雜事는 진등한테 맡기고 군기軍機의 크나큰 일만 자기가 관리하고 있었다.

하루는 잔치를 차리고 모든 관원을 청하여 자리에 좌정한 후에 장비는 쾌한 얼굴로 말을 하였다.

"우리 형님께서 가실 때 나한테 분부하시기를 술을 조금 마시라고 당부하셨소. 그러나 이것은 혹시 실수가 있을까 염려한 때문이오. 여러분은 오늘 한번 쾌하게 취하도록 마시고 내일은 모두 계주戒酒를 해서 성을 잘 지키도록 합시다."

장비는 말을 마치자 벌떡 자리에 일어나 친히 술병을 들고 모든 관원 앞에 한 잔씩 가득가득 부었다.

모든 사람들은 장비의 술을 받았다.

장비의 술주정이 빚어낸 비극

장비의 술 따르는 순배巡盃는 조표曹豹란 사람 앞에 당도했다.

장비가 술을 따르려 하니 조표는 황망히 손을 들어 막았다.

"나는 본시 술을 마실 줄 모릅니다."

"마실 줄 모르더라도 내가 따라 주는 술이니 한 잔 마시어 보구려."

"정말 마실 줄 모릅니다. 입에 접구도 못합니다. 아마 천계天戒인가 봅니다."

"똥 같은 수작 마라. 천계가 무슨 놈의 천계야. 나는 자네한테 꼭 술을 먹이고야 말겠네."

장비는 고리눈을 부라렸다.

조표는 장비의 위엄에 눌려서 억지로 죽는 시늉을 하여 한 잔 술을 마셨다. 장비는 여러 사람에게 술을 죽 돌린 후에 혼자서 커다란 사발로 연거푸 10여 그릇을 마셨다.

장비는 대취했다. 다시 일어나 비틀거리며 여러 사람한테 술을 권하였다.

장비가 술병을 들고 조표 앞으로 다시 가서 권하니 조표는 진정 먹을 수가 없었다.

"정말 이번엔 못 마시겠습니다."

장비는 취한 고리눈을 부릅떴다.

"아까는 곧잘 먹더니 왜 또 아니 먹겠다 하는가?"

"아까도 못 먹는다고 하지 않았소? 억지로 어떻게 마시란 말이오."

조표는 발끈했다.

"이놈, 장령將令을 어기느냐! 네, 저놈을 잡아내려 곤장 백 대를 때려라."

장비는 큰소리로 군사에게 영을 내렸다.

군사들은 우르르 몰려들어 조표를 끌어내리려 했다.

진등이 급히 일어나 장비한테 간했다.

"현덕공께서 가실 때 신신당부를 하시지 아니하셨습니까? 장군, 참으시오."

장비는 왈칵 골을 냈다.

"너는 문관이다, 네 맡은 일이나 해라. 주제넘게 남의 일까지 간섭을 하느냐?"

진등이 머쓱해서 물러서니 군사들은 조표를 잡아 끌어내렸다.

조표는 손을 싹싹 빌며 애걸을 했다.

"익덕공翼德公! 내 사위의 낯을 보아 나를 좀 용서해 주시오. 그저 살려 주오."

"네 사위가 누구란 말이냐?"

장비는 또다시 취한 고리눈을 부릅떴다.

"내 사위는 여포입니다."

여포란 말을 듣자 장비는 왈칵 열이 올랐다.

"여포가 네 사위야. 이놈, 네가 네 사위 놈의 세를 믿고 나를 위협하느냐? 내가 너를 용서할 것이로되, 네 사위가 여포라 하니 단연코 용서치 못하겠다. 내가 너를 때리는 것은 너를 때리는 것이 아니라 여포를 때리는 것이다."

장비는 조표를 끌어내려 곤장 50도를 때렸다.

"장군, 고정하십시오."

"조표를 한 번만 용서해 주십시오."

모든 사람들이 간청을 해서 겨우 매 때리는 것을 그쳤다.

연회는 수라장이 되어 파하고 조표는 장비를 원망하면서 집으로 돌아갔다.

앙심을 먹은 조표는 밤중에 가만히 편지를 써서 사람을 소패小沛에 있는 여포한테로 보냈다.

장비란 자가 술을 먹고 대취해서 나한테 심히 무례한 짓을 했네. 늙은 몸이 크나큰 곤욕을 당하고 있네. 그리고 지금 유현덕은 회남淮南으로 가서 서주에 있지 아니하니 장비의 취한 틈을 타서 오늘 밤에 군사를 거느리고 서주를 친다면 문제없이 서주는 자네 땅이 될 것일세. 이 기회를 놓치지 말도록 하게.

여포는 장인 조표의 글을 본 후에 진궁陳宮을 청해서 의논하였다.

"자, 이 편지를 보오. 어찌하면 좋겠소?"

진궁이 조표의 서신을 본 후에 대답했다.

"소패는 땅이 좁고 척박해서 오래 있을 곳이 못됩니다. 지금 이런 기회를 타서 서주를 차지하는 것이 좋겠습니다."

여포는 진궁의 말을 좇았다. 곧 갑옷투구로 옷을 바꾼 후에 5백 기를 거느리고 서주를 향하여 말을 달리면서 진궁한테 일렀다.

"당신은 고순高順과 함께 대군大軍을 거느리고 나의 뒤를 따르게 하오."

밤은 깊어 사경四更인데 달빛은 은빛을 부어내리며 맑고 밝았다. 소패에서 서주는 불과 40~50리밖에 아니 되는 가까운 거리였다.

여포는 삽시간에 성문 아래 당도했다.

"유劉 사군使君의 기밀을 받들어 온 사람이다. 성문을 빨리 열어라."

여포는 수문장한테 큰소리로 외쳤다.

수문장은 급히 조표한테 보했다.

"사도한테서 기밀을 전할 일이 있다고 사람이 와서 성문을 열라 합니다."

조표가 황망히 문루門樓에 올라 보니 확실히 여포였다.

"문을 열어 주어라."

조표는 수문장한테 영을 내렸다. 성문이 활짝 열렸다.

여포는 손가락을 입에 대어 휘파람을 불었다.

여포의 군사는 휘파람을 군호로 하여 일제히 성안으로 몰려들었다. 고함 소리가 천지를 진동했다. 이때 장비는 대취해서 마을 속에 누워 있었다.

좌우가 급히 흔들어 깨웠다.

"장군, 일어나십시오. 큰일 났습니다. 여포가 군사를 거느리고 쳐들어왔습니다."

장비는 취중에도 대로했다.

"무어, 여포란 놈이?"

황망히 자리에 일어나 갑주로 바꾸어 입은 후에, 손에 장팔사모창을 잡고 성문으로 뛰어 달리다가 들어오는 여포와 마주쳤다.

이때 장비는 작취昨醉가 미성未醒이었다. 술이 취해서 역전力戰을 할 수 없었다.

여포도 장비의 용맹을 전부터 잘 알고 있으니 가까이 덤벼들지 못했다.

장비의 부하인 연장燕將 10여 인이 급히 장비를 옹위하여 동문을 뚫고 달아나 버렸다.

성중에는 유비의 가족들이 고스란히 있었다. 장비는 돌아볼 틈이 없었다.

조표는 장비가 달아나는 것을 보자 급히 백여 기를 거느리고 장비의 뒤를 쫓았다.

장비는 조표가 쫓아오는 것을 보자 취한 중에도 분통이 꼭두에까지 올랐다.

"이놈, 의 아닌 조표 놈아!"

장비는 버럭 소리를 지르며 장팔사모창을 비껴들어 조표한테로 달렸다. 원래 조표는 장비의 적수가 아니었다. 싸운 지 3합이 채 못되어 조표는 황망히 말 머리를 돌려 강변으로 달아났다.

장비는 급히 쫓아 장팔사모창을 번쩍 들어 조표의 등판을 푹 찔러 염통을 꿰뚫었다. 조표는 기막힌 비명을 지르며 말과 함께 강물에 떨어져 죽었다.

장비는 성 밖으로 나온 군사를 거느리고 창황히 회남淮南으로 향하고 달렸다.

한편으로 여포는 서주성에 입성하여 백성들을 안무한 후에 군사 백 명을 풀어 현덕의 집을 호위하고 잡인의 출입을 엄하게 금했다.

이때 장비는 주야배도하여 우이肝眙에 당도하자 현덕을 뵙고 통곡을 했다.

"네가 웬일이냐?"

현덕, 관공 이하 모든 사람은 깜짝 놀랐다.

장비는 울면서 전후 사실을 자세히 고했다.

"형님, 이놈을 죽여주십시오!"

현덕은 얼굴에 아무런 표정을 드러내지 아니하고 한숨을 쉬어 탄식했다.

"서주를 얻었다고 족히 기쁠 것이 없고, 서주를 잃었다고 근심할 것이 없느니라. 이왕 그리된 것을 어찌하겠느냐. 울음을 그치고 정신을 차려라."

관후장자寬厚長者인 현덕의 말은 여유가 작작했다.

옆에서 관공이 장비한테 물었다.

"아주머님들은 어찌 되셨느냐?"

"성안에 그대로들 계십니다."

현덕은 묵연히 말이 없고, 관공은 발을 동동 굴러 원망하였다.

"네가 그래 사람이냐? 본시 성을 지키겠다고 할 때 형님께서 얼마나 너한테 술을 마시지 말라고 당부를 하셨더냐. 또 너는 맹세까지 아니했더냐. 오늘날 성을 뺏기고 아주머니도 적진 중에 빠뜨려 놨으니 이 일을 장차 어찌하면 좋단 말이냐!"

장비는 황공하고 부끄러워 어찌할 줄을 몰랐다. 번뜩 허리에 찬 칼을 뽑아 목을 찔러 죽으려 했다.

현덕은 급히 장비를 껴안고 칼을 앗아 땅에 던졌다.

"옛말에 형제는 수족과 같고, 처자는 의복과 같다 했다. 의복은 찢어지면 새로 해 입을 수 있지만, 수족이 끊어지면 이을 도리가 없다. 우리 삼형제가 도원桃園에서 결의형제를 할 때, 한날에 나기를 원치 아니하고 한날 죽기를 원했다. 비록 성지城池와 가솔을 잃었다 한들 어찌 네가 죽어서야 되겠느냐. 항차 서주는 본시 내 땅이 아니다. 가권이 성중에 떨어져 있다 하나 여포가 죽이지는 아니할 것이다. 네가 죽어서는 아니 된다!"

말을 마치자 현덕은 방성대곡을 했다. 관공과 장비는 모두 다 감동이 되어 서로 붙들고 통곡을 했다.

이때 원술은 여포가 유현덕의 서주를 습격했다는 말을 듣자 손뼉을 치며 기뻐했다.

즉시 여포한테 유비를 협공해 주면 양식 5만 휘(斛)와 말 5백 필과 금은 1만 냥兩과 채단綵緞 1천 필疋을 주겠다고 약속을 했다.

"어떻든 유현덕을 협공만 해 주시오. 그러면 꼭 약속을 지키리다."

사신을 보내서 간곡하게 당부했다.

여포는 입이 딱 벌어졌다. 버금 장수 고순高順에게 영을 내렸다.

"너는 군사 오만을 거느리고 현덕의 배후를 무찔러 버려라."

고순은 응명하고 군사를 거느려 유비의 등을 찌르러 나갔다.

현덕은 이 소식을 듣자 부슬부슬 비 내리는 틈을 타서 가만히 우이盱眙에서 군대를 거두어 광릉廣陵으로 향하여 떠났다.

고순이 군사를 거느리고 와 보니 벌써 유현덕은 우이에 있지 아니했다.

고순은 원술의 장수 기령紀靈을 찾아보고 약속을 이행하라 했다.

"유비를 협공하면 양식 오만 휘와 말 오백 필과 금은 일만 냥과 채단 일천 필을 주겠다 했으니 약속을 이행하시오."

교섭했다.

"공은 아직 그대로 돌아가시오. 우리 주공을 뵙고 의논한 후에 선처하오리다."

고순은 기령의 말을 듣고 서주로 돌아가 여포한테 기령의 말을 전했다.

여포는 더럭 의심이 났다.

"우리를 속이는 것이 아니냐?"

정히 의심하고 있을 때 원술한테서 편지가 왔다.

여포가 얼른 뜯어보니 사연은 아래와 같았다.

고순高順이 비록 왔다 하나 유비를 제거하지 못했소이다. 유비를 잡은 후에야 약속한 물건을 보내오리다.

여포는 편지를 보자 대로했다.

"원술이란 놈이 나를 속였구나. 이같이 실신失信하는 놈이 세상 천하에 있단 말이냐. 내 이놈을 정벌하리라!"

모사 진궁이 간하였다.

"아니 됩니다. 원술은 수춘壽春을 차지하고 있어 군사도 많고 양식도 풍부합니다. 경적輕敵을 해서는 아니 됩니다. 그것보다는 유현덕을 청해서 소패小沛로 돌아오게 한 후에 우리의 우익을 삼아서 다른 날 현덕으로 선봉을 삼아 가지고 먼저 원술을 취하고, 다음에 원소를 잡는다면 가히 천하를 통일할 것입니다."

여포는 진궁의 말을 들었다.

곧 편지를 써서 현덕에게 서주로 돌아오기를 권했다.

이때 현덕은 우이에서 떠나 광릉廣陵을 취하려 하다가 원술의 야습을 만나 군사를 태반이나 잃었다. 정히 번뇌하고 있을 때 여포의 사신을 만났다.

현덕은 여포의 글월을 보자 크게 기뻐했다.

옆에서 관공과 장비가 아뢰었다.

"여포는 의리가 부동한 자올시다. 믿을 수가 없습니다."

현덕이 대답했다.

"아니 될 말이다. 저 사람이 좋은 마음으로 나를 대접하는데 의심한다는 것은 군자의 일이 아니다."

두 아우를 타이른 후에 서주로 향하여 떠났다.

현덕이 서주에 당도하니 여포는 현덕의 의심을 풀기 위하여 먼저 사람을 시켜 현덕의 가권家眷인 감甘 부인夫人과 미糜 부인夫人을 돌려보냈다. 감 부인은 제일 부인이요, 미 부인은 서주에서 장가든 미축의 누님이었다.

두 부인은 현덕을 뵌 후에,

"여포는 우리들을 참 잘 보호해 주었습니다. 군사들을 파수하여 집을 보호하여 잡인의 출입을 금한 후에 항상 시녀를 보내서 안부를 묻고 식량 범절을 대 주어서 군색함이 없게 지냈습니다."

현덕은 미소하면서 관공과 장비를 돌아보며 말했다.

"나는 여포가 내 가솔을 해치지 않았을 줄 이미 알았다."

한마디 한 후에 여포한테 치사를 하러 서주성으로 들어가고, 장비는 여포를 만나 보기가 싫어서 감 부인과 미 부인을 모시고 소패小沛로 향해 갔다.

현덕이 여포를 만나 치사를 했다.

"나 없는 동안에 가권들을 보호해 주셔서 감사합니다."

어디까지나 너글너글한 대인군자의 태도였다.

여포의 얼굴이 잠깐 붉어졌다.

"나는 서주성을 앗으려고 온 것이 아닙니다. 영계솜季 장비가 너무나 술주정이 과해서 사람을 죽이려 하니 혹여나 실수가 있을까 해서 성을 지키러 왔던 것입니다."

여포의 말을 듣자 유비는 만면에 웃음을 띠며 대답했다.

"유비는 형한테 서주를 양보해 드리려고 한 지가 벌써 오랩니다."

"천만에 그게 무슨 말씀이오. 당치 않은 말씀 마시오."

여포는 마음속으로 좋았으나 짐짓 이같이 대답했다.

"두말씀 마시고 장군은 서주를 맡아서 잘 다스려 주시오. 나는 소패로 나가겠습니다."

유현덕은 여포를 작별하고 소패로 다시 돌아갔다.

관공과 장비는 분함을 이기지 못했다.

"배 주고 배 속 빌어먹는다더니 영락없는 그 격이로구려!"

투덜거렸다.

"아예 불평을 하지 마라. 몸을 굽히고 분수를 지켜서 천시天時를 기다리는 것이 제일 상책이다. 천명과 다투어서는 아니 된다."

유비는 아우를 위로해 타일렀다.

여포도 현덕의 바다같이 넓은 마음에 감동이 되었다. 양식과 피륙을 항상 보내 주었다.

이로부터 두 집은 항상 화평하게 지내게 되었다.

한편으로 원술은 수춘壽春에서 장수를 모아 놓고 크게 호궤犒饋하여 잔치하고 있을 때, 강동江東 손책孫策이 여강廬江 태수太守 육강陸康을 정벌하고 싸움에 이겨 돌아온다는 보고가 들어왔다.

원술은 크게 기뻤다.

"손책이 승전고를 울려 돌아온단 말이냐. 곧 불러들여라!"

원술은 거만하게 상에 걸터앉아서 손책을 대면했다.

묘소년 손책은 갑옷투구에 화려한 보도寶刀를 허리에 차고 당 아래서 국궁鞠躬하여 군례를 드려 절을 했다.

원술은 오만하게 군례를 받은 후에,

"수고했다. 올라와 모든 장수와 함께 술을 마시라."

손책은 당에 올라 말석에 앉아 시연侍宴을 하고 있었다.

손책과 태사자의 무용

 원래 손책은 일방의 영웅이었던 그의 아버지 장사 태수 손견孫堅이 형주 자사 유표劉表와 싸우다가 전쟁터에서 살과 돌을 맞아 37세의 아까운 나이로 죽은 후에, 강남에 물러가 살면서 어진 이를 예로 대접하고 사졸한테는 몸을 굽혀 사랑하니, 모든 사람들은 그의 장래를 예찬하는 이가 많았다. 그러나 단양 태수 오경吳璟은 그의 외숙으로서 서주 자사 도겸陶謙과 사이가 좋지 못하여 자주 핍박을 받으므로 손책은 그의 어머니와 가족을 곡아曲阿로 옮겨 살게 하고 자기는 원술한테 몸을 의탁하고 있었다.
 원술은 손책으로 회의懷義 교위校尉를 삼아 경현涇縣 태수太守 조랑祖郎을 공격하여 크게 이기고, 이번에 또다시 여강廬江 태수太守 육강陸康을 쳐서 여강을 차지하게 되니 원술은 항상 사람 앞에서 손책의 등을 두드리면서,
 "자식을 두면 너 같은 자식을 두어야 하겠다."
하고 손책을 귀여워했다.
 손책은 20이 넘었다. 원술의 대하는 태도가 손책한테는 커다란 모욕이었다. 한편으로 창피도 하고 한편으로 신세 생각을 하니 슬프기도 했다.
 당일 연회가 파한 후에 손책은 자기의 거처하는 곳으로 돌아오니 마음이 산란하고 답답했다.
 영문 뜰 앞에 달빛은 낮과 같이 밝았다.
 손책은 추연히 달빛이 가득한 뜰을 거닐면서 아버지 손견의 생각이 간

절했다.

"아버지는 저렇듯 영웅이셨는데 나는 오늘날 윤락된 신세가 되어 남의 집 곁방살이를 하고 있으니, 기막힌 일이 아닌가!"

손책은 혼자 중얼거리면서 슬픔이 복받쳐 소리를 내어 울었다.

홀연 한 사람이 깔깔 웃으며 뜰 안으로 들어섰다.

"여보게, 백부伯符! 어째 이리 못난 수작을 하나? 나는 자네 아버지께 많은 은고恩顧를 받았던 사람일세. 슬픈 일이 있으면 왜 나한테 문의를 하지 않나?"

손책은 자기의 자를 부르는 사람이 누군가 하고 놀라 바라보니 단양丹陽 고장故鄣 사람 주치朱治였다. 일찍이 아버지 손견의 종사관을 지낸 사람이었다.

손책은 눈물을 거두고 대답했다.

"책이 우는 바는 다름이 아니라 아버님의 큰 뜻을 계승하지 못하니, 이것을 한탄하는 것입니다."

"왜 자네는 원술한테 말해서 군사를 빌려 가지고 자네 외숙을 구하러 간다고 핑계한 후에 대업을 성취하지 아니하고 남의 밑에서 곤궁하게 세월을 보내는가?"

두 사람이 말을 하고 있을 때, 한 사람이 쑥 들어오면서 말했다.

"공 등이 의논하는 일을 나는 벌써 다 알고 있소. 내 수하에 장사 백 명이 있소이다. 한 팔 힘을 써서 도와 드리리라!"

손책이 바라보니 원술의 모사인 여남汝南 세양細陽 사람 여범呂範이었다. 손책은 크게 기뻤다. 덥석 여범의 손을 잡고 세 사람이 서로 의논하였다.

"지금 주 선생은 원술의 군사를 빌리라 하셨지만 원술은 호락호락 군사를 빌려 주지 않을 것입니다."

여범이 말을 했다.

원술이 군사를 아니 빌려 주리라는 여범의 말을 듣자 손책은 자기의 의사를 말했다.

"나한테 우리 아버지께서 전해 주신 전국 옥새가 있습니다. 이것을 전당으로 해서 군사를 빌려 달라면 어떻겠습니까?"

"전국 옥새! 그것 참 된 수야. 춘부장께서 대궐 안 연못 안에서 얻으신 것 아닌가? 원술은 이것을 무척 탐을 냈거든."

주치는 손뼉을 치며 찬성했다.

여범도 찬동을 했다.

"좋소, 그렇게 해봅시다!"

세 사람은 계교를 정했다.

다음 날, 날이 밝자 손책은 옥새를 가지고 원술을 찾았다. 울면서 하소연을 했다.

"불초한 소자는 아비의 원수를 갚지 못하여 한이 되는 중에, 지금 저의 외숙은 또다시 양주楊州 자사刺史 유요劉繇한테 곤욕을 당하고 있습니다. 외숙한테 의지하고 있는 늙은 어미가 해를 당하기 십상팔구올시다. 장군께서 다행히 저에게 정병 수천을 빌려 주시면 강을 건너 어미를 구하고 근친을 할까 합니다. 장군께서 제 말을 믿지 아니하신다면 망부亡父의 유물인 전국 옥새를 바쳐서 이것을 전당으로 하겠습니다."

원술은 처음 손책의 말을 듣자 얼굴을 외면했다가 전국 옥새로 전당을 삼겠다는 말을 듣자 귀가 번쩍 뜨였다.

"옥새가 지금 너한테 있느냐?"

"예, 여기 가지고 왔습니다."

손책은 보에 싼 옥새를 끌러 원술한테 바쳤다.

용트림으로 조각을 한 옥새의 광채가 눈을 부시게 했다. '수명우천受命
于天 기수영창其壽永昌'이란 전서篆書 글자가 완연했다. 틀림없는 진 시황
때부터 써 내려오던 황제의 전국 옥새가 분명했다.

원술의 입은 귀밑까지 찢어질 듯 벌어졌다.

"군사 삼천 명과 말 오백 필을 줄 테니 빨리 평정한 후에 속히 돌아오게
하라. 네 벼슬이 너무 낮아서 군사를 거느리기 어려울 것이다. 내가 조정
에 표表를 올려 절충折衝 교위校尉 진구殄寇 장군將軍을 봉하게 할 테니 불
일로 군사를 거느려 떠나라. 그리고 내가 옥새는 원하지 않지만 잠깐 내
게 맡겨 두어라."

손책은 절하여 사례한 후에 옥새를 원술한테 맡기고 곧 주치와 여범이며
옛 장수 정보, 황개, 한당 등과 함께 군사를 거느려 역양歷陽 땅까지 나갔다.

이때 앞에서 한 장수가 군사를 거느리고 나오는데 용모와 의표가 수려
하고 단정했다.

손책은 문득 말에서 내려 자세히 보니 다른 사람이 아니라 곧 여강廬江
서성舒城 사람 주유周瑜였다.

원래 이 사람의 자는 공근公瑾이라 부르는데, 일찍이 손책의 아버지 손
견이 동탁董卓을 치러 갈 때 집을 서성에 옮겼는데, 손책은 주유를 이곳에
서 알았다. 뿐만 아니라 손책과 주유는 나이가 같은 동갑이었다. 정이 더
욱 두터워 의를 맺어 형제가 되었다. 손책이 주유보다 두 달이 위가 되므
로 주유는 손책을 형으로 섬겼다.

주유의 숙부 주상周尙이 단양丹陽 태수가 되었으므로 주유는 숙부에게
근친을 가다가 지금 손책을 만난 것이었다.

손책과 주유는 서로 반가워서 얼싸안았다.

"자네 어디로 가는가?"

"형님은 군사를 거느리고 어디로 가시오?"

두 사람은 제각기 가는 목적을 말했다.

"그렇다면 아우도 견마犬馬의 힘을 다하여 형님과 함께 대업을 도모하리다."

주유의 말을 듣자 손책은 기쁨을 이루 다 이길 수가 없었다.

"내가 공근公瑾을 만났으니 이제는 염려가 없네."

손책은 말을 마치자 주치와 여범을 불러 서로 상면을 시켰다.

주유가 손책한테 말했다.

"형님께서 큰일을 하시려면 강동江東의 두 사람 장張 씨氏를 쓰셔야 합니다."

"두 장 씨는 어떤 사람들인가?"

"한 사람은 팽성彭城 사람 장소張昭요, 한 사람은 광릉廣陵 사람 장현張紘인데, 모두 다 경천위지經天緯地하는 큰 재주가 있습니다. 난을 피해서 강동에 숨어 있으니 한번 이 사람들을 청하여 쓰십시오."

손책은 크게 기뻤다. 곧 사람을 보내서 폐백을 드리고 초빙했다. 그러나 두 사람은 모두 다 사양하고 응하지 아니했다.

손책은 친히 두 사람을 찾아서 몸을 낮추고 예를 다하여 간절히 함께 큰일 할 것을 부탁하니 두 사람은 비로소 허락했다.

손책은 장소에게 장사長史 겸 무군撫軍 중랑장中郎將을 시키고, 장현으로 참모參謀 정의正義 교위校尉를 시킨 후에 유요劉繇를 칠 것을 상의했다.

유요는 본시 동래東萊 모평牟平 사람으로 한漢의 종친인 태위太尉 유총劉寵의 조카요, 연주兗州 자사刺史 유대劉岱의 아우였다. 전에 양주 자사가 되어 수춘壽春에 있었는데 원술한테 쫓기어 강동으로 와서 곡아曲阿에 있는 중이었다.

유요는 손책의 군사가 온다는 말을 듣자 급히 장수들을 모아 의논했다.

"손책이 나를 치러 온다 하니 어찌하면 좋을꼬?"

부장 장영張英이 아뢰었다.

"제가 군사를 거느려 우저牛渚에 진을 치고 있으면, 비록 백만 대병이 온다 해도 감히 가까이 오지 못할 것입니다."

호언장담을 했다. 장영의 말이 떨어지기 전에 한 사람이 큰소리로 외쳤다.

"장 장군이 간다면 제가 선봉이 되겠습니다."

모두 바라보니 동래東萊 황현黃縣 사람 태사자太史慈였다.

태사자는 일찍이 황건 여당을 물리쳐 북해北海 공융孔融을 구해 준 후에 유요를 찾아가니, 유요는 장하帳下에 머물러 있게 했다. 이날 손책이 유요를 치러 온다는 말을 듣자 선봉대장이 되기를 자원한 것이었다.

유요는 웃으며 말했다.

"네 나이 아직 어리니 선봉대장은 될 수 없다. 그저 내 옆에서 전령을 맡아보아라."

태사자는 실쭉해서 물러났다. 장영은 군사를 거느리고 우저탄에 나가 군량미 10만 석을 저각邸閣에 쌓아 놓았다.

손책의 군사는 마침내 우저탄 앞에 당도했다.

장영은 군사를 휘동하여 손책을 맞아 크게 꾸짖었다.

"네 어찌 우리를 치러 왔느냐? 하룻강아지 범 무서운 줄을 모르는구나."

손책의 진에서는 황개가 말을 달려 소리쳐 나왔다.

"네 이놈, 누구한테 감히 하룻강아지라 하느냐. 목을 늘여서 선뜻 내 칼을 받아라!"

두 장수가 어우러져 싸울 때, 몇 합을 싸우지 못해서 장영의 진중이 별안간 어지러워졌다.

"불이야!"

"불이야!"

불이 났다는 소리가 소란하게 일어나면서 불길이 충천했다.

장영은 황개를 버리고 급히 진중의 불타는 곳으로 말을 달렸다. 손책은 이 기회를 타서 군사를 몰아 함성을 지르며 쳐들어갔다. 장영의 군중은 크게 어지러웠다.

장영은 대패해서 우저牛渚를 버리고 산골로 향하여 달아나 버렸다.

원래 장영의 진 뒤에 불을 지른 사람은 구강九江 수춘壽春 사람 장흠蔣欽과 구강九江 하채下蔡 사람 주태周泰였다.

두 사람은 난세를 당하여 양자강 중에서 겁탈하고 노략질하는 것으로 생계를 삼았다. 손책이 강동의 호걸로서 어진 사람을 초빙하고 호걸들을 받아들인다는 소문을 듣고, 그의 졸개 3백여 인을 거느리고 싸움을 도우러 왔던 것이었다.

손책은 두 사람을 만나 보자 크게 기뻤다. 거전車前 교위校尉를 삼은 후에 우저 저각邸閣에 있는 양식과 군기며 항복한 군졸 4천여 명을 얻은 후에 군대를 진강부鎭江府 단양현丹陽縣 신정神亭으로 옮겼다.

한편으로 장영은 패잔병을 거느려 돌아가니 유요는 크게 노하여 장영의 목을 베려 했다. 모사 설예薛禮가 급히 간하였다.

"지금 손책의 군사가 앞에 있는데 장수를 죽인다는 것은 일이 아니올시다. 영릉성零陵城에 둔병을 시켜서 적을 막아 패군한 일을 속죄케 하소서."

유요는 모사의 말을 들어 장영을 용서한 후에 스스로 군사를 거느려 신정 남편에 진을 쳤다.

이날 밤에 손책이 잠깐 조는데 한의 광무光武 황제皇帝가 조칙을 내려 부르는 꿈을 꾸었다.

손책은 깜짝 놀라 깼다. 하도 이상해서 이곳에 사는 토인土人을 불러 물었다.

"이 근처에 혹시 한漢 광무光武의 사당이 있느냐?"

"네, 바로 지금 유요가 진을 치고 있는 신정 고개 남편에 한 광무의 사당이 있습니다."

손책은 토인을 보낸 후에 부리나케 옷을 갈아입고 나섰다.

장사長史 장소張昭가 물었다.

"어디를 가시렵니까?"

"간밤 꿈에 광무 황제가 나를 부르는 꿈을 꾸었소. 하도 이상해서 토인한테 물으니 고개 남편에 광무제의 사당이 있다는구려. 가서 승전을 해 달라고 기원을 하겠소."

장소는 깜짝 놀랐다.

"아니 되십니다. 고개 남편은 유요劉繇가 진을 치고 있는 곳입니다. 만일 복병이 쏟아져 나온다면 어찌하실 텝니까?"

"천만에, 신이 나를 돕는데 내 무엇이 두려울 것이 있겠소."

손책은 장소의 말을 일소一笑에 부치고, 투구 쓰고 창을 들어 말을 타고 나갔다.

정보와 황개와 한당, 장흠蔣欽, 주태周泰 등 12기가 호위해서 뒤를 따랐다.

손책은 고개를 넘어 사당에 당도했다. 말에 내려 분향하고 절한 후에 무릎을 꿇어 축원하였다.

"손책이 강동에서 옛 아버지의 대업을 부흥시키게 된다면 사당을 중수重修한 후에 춘하추동 사시절에 제사를 받들겠습니다."

손책은 축원을 마친 후에 다시 말에 올라 모든 장수들을 보고 말을 했다.

"내 이왕 이곳까지 왔으니 고개에 올라서 유요의 진을 돌아보리라."

"아니 됩니다. 위험합니다."

모든 장수들이 일제히 간하였다.

손책은 듣지 아니했다. 고개에 올라 남편에 유요가 진을 치고 있는 촌락을 바라보았다. 모든 장수들이 뒤를 따랐다.

산골 속에 엎드려 있던 유요의 보발이 급히 산 아래로 내려가 보고를 올렸다.

"지금 손책이 고개에 올라와서 우리 편 영문을 엿보고 있습니다."

유요는 겁이 많은 인물이었다.

"아니다. 이것은 손책이 우리를 유인하려는 계책이다. 쫓아가서는 아니 된다."

태사자太史慈가 옆에 있다가 펄쩍 뛰어 일어났다.

"이때 손책을 잡지 아니하시면 어느 때 손책을 잡으려 하십니까?"

태사자는 유요의 장령將令을 기다리지 아니하고 갑주에 투구 쓰고 장창을 잡아 마상에 앉은 후에,

"담력이 있는 사람은 나의 뒤를 따르라!"

큰소리로 외쳤다.

모든 장수들은 한 사람도 응하는 사람이 없었다.

명색도 없는 조그마한 장수 한 사람이 뛰어나왔다.

"태사자는 참말 맹장이다. 내가 나가서 도와주겠다!"

말을 달려 쫓아 나갔다. 모든 장수들은 소리를 높여 깔깔 웃었다.

이때 고개 위에서 손책은 한동안 유요의 진세陣勢를 살핀 후에 말 머리를 돌이켜 고개 아래로 내려가려 할 때,

"손책아, 닫지 말라!"

고개 위에서 누가 큰소리로 외쳤다.

손책이 머리를 돌려 보니 두 필 말이 쏜살같이 고개 아래로 내려오는 것이었다.

손책 이하 여러 장수들은 일제히 고개 아래서 말을 멈추고 창을 들어 대기하고 있었다.

태사자는 말을 달려 내려오자 큰소리로 물었다.

"누가 손책이냐?"

손책이 앞으로 나섰다.

"내가 손책이다마는 너는 누구냐?"

"나는 동래 태사자다. 특별히 너를 잡으러 왔다!"

우렁찬 목소리로 얼러 댔다.

손책은 태사자를 향하여 크게 웃었다.

"네놈 두 놈이 한꺼번에 덤벼들어 보아라. 내가 까딱이나 할 줄 아느냐? 내, 만일 너희들을 무서워한다면 손백부孫伯符가 아니다."

"나도 그렇다. 너희들 열세 기가 한꺼번에 대든다 해도 조금도 두려울 것이 없다!"

태사자는 말을 마치자 창을 비껴들고 말을 달려 손책을 취하려 했다.

태사자와 손책은 좋은 적수였다. 창과 창이 맞부딪쳐 50여 합에 이르렀으나 전연 승부가 나지 아니했다.

정보와 황개며 손책의 아장들은 마음속으로 두 사람의 기막힌 무예를 가만히 칭찬했다.

태사자는 손책의 창 쓰는 법이 반점의 착오가 없는 것을 보자 역시 마음속으로 감탄했다.

태사자는 슬며시 계교로 손책을 유인할 생각이 들었다.

오던 길을 취하지 아니하고 산모퉁이를 돌아 산 뒤로 달아났다. 손책은 쫓아 나가면서 대갈일성 꾸짖었다.

"병신아, 달아나지 마라. 사내답지 못하다."

태사자는 마음속으로 생각해 보았다.

'손책의 뒤에는 열두 장수가 있다. 내가 손책을 산 채로 잡는다 해도 저들 많은 사람한테 도로 뺏기기가 십상팔구다. 딴 길을 취하여 으슥한 곳에서 산 채로 한번 잡으리라.'

태사자는 이같이 마음을 정한 후에 한편으로 싸우며 한편으로 말을 달려 달아났다.

손책은 태사자를 놓칠세라 살같이 달리며 뒤를 쫓아 마침내 넓은 평지에 당도했다.

달아나던 태사자는 돌연 말 머리를 돌이켜 창을 번쩍 들어 손책을 찔렀다.

손책도 창을 비껴들고 태사자를 향하여 찔렀다. 태사자의 창이 나는 듯이 손책의 들어오는 창을 막아 냈다. 순간, 태사자의 창끝은 손책의 명치로 향하여 들어갔다. 이번엔 손책의 창이 번개처럼 태사자의 들어오는 창을 막아 냈다. 창끝 부딪는 소리가 처절하게 일어났다. 두 사람은 30여 합을 싸웠으나 여전히 승부가 나지 아니했다.

돌연 손책의 창끝이 태사자의 명치를 향하여 백금 빛을 뿜으며 꿰뚫으려는 찰나였다. 태사자는 한 손으로 손책의 창을 잡아낚고, 한 손으로 손책의 목줄띠를 향하여 창끝을 들이댔다. 싸늘한 창끝의 상화霜華가 일며 손책의 눈을 부시게 했다. 손책은 얼른 태사자의 창을 잡아 뺏었다. 서로들 마상에서 창을 뺏으려 했다. 모두 다 온몸의 힘을 다해 썼다. 제각기 몸이 밀렸다. 말 아래로 뚝 떨어졌다. 그러나 두 사람은 잡은 적의 창을 서로 놓지 아니했다.

이 통에 두 사람의 말은 놀라서 비명을 지르며 어디론지 뛰어 달아났다.

두 사람은 마침내 창을 내던지고 육탄전을 벌였다.

주먹으로 갈기고 발길로 찼다. 엎치락뒤치락 숨소리가 높아서 씨근거리며 싸웠다. 이때 태사자의 나이는 갓 30이요, 손책의 나이는 21세였다. 모두 다 기운 많은 천하장사였다. 백중伯仲을 가리기 어려웠다. 땅이 꺼지고 청산靑山이 울렁이는 듯했다. 두 사람의 옷이 갈기갈기 찢어졌다.

범 같은 두 장수는 육탄전을 벌여서 의복이 갈기갈기 찢어지면서 손책은 땅에 짓눌리고 태사자는 손책을 깔고 앉아 주먹으로 손책의 코쭝배기를 내리치려는 찰나였다. 손책은 넙죽 자빠진 채 얼른 태사자의 등에 꽂힌 단검을 쑥 뽑아 들었다. 새파란 비수가 태사자의 염통을 겨누며 들어갔다. 태사자는 얼른 손책의 머리에 쓴 투구를 벗겨 들었다. 들어오는 단검을 막아 댔다.

홀연 함성이 천지를 진동하며 산 뒤가 소란했다. 유요가 천여 명 군사를 이끌고 태사자를 응원하러 오는 것이었다.

손책은 황망했다. 어찌할지 모르고 있을 때 정보, 황개 등 손책의 부하 열두 장수도 급히 말을 달려 소리치며 쫓아왔다.

손책과 태사자는 그제야 떨어졌다. 태사자는 유요의 후원하는 군사한테 말 한 필을 얻어 타고 창을 꼬나 나오고 정보程普는 손책의 달아나는 말을 잡아 가지고 왔다.

손책은 몸을 날려 마상에 다시 앉아 태사자와 마주 싸웠다.

유요와 태사자의 천여 명 군사는 손책의 열두 장수와 함께 크나큰 혼전을 하면서 신정神亭 고개 아래까지 왔을 때 돌연 함성이 진동하면서 주유가 군사를 거느려 손책을 도우러 나오고, 유요劉繇는 태사자를 후원하러 나왔다.

한참 전세가 다시 어우러지려 할 때, 날은 이미 황혼이 되었는데 일진 광풍이 일어나면서 폭우가 쏟아지기 시작했다.

양편 군사는 하는 수 없이 싸움을 중지하고 제각기 진으로 돌아갔다.

이튿날 날이 밝자 손책은 군사를 거느려 유요의 진 앞으로 나가니 유요가 군사를 이끌고 마주 나섰다.

두 편 군사는 둥글게 원진圓陣을 치고 서로 대치해 있을 때, 손책은 군사를 시켜서 어제 뺏은 태사자의 비수를 창끝에 높이 달고 군사들로 하여금 일제히 조롱을 퍼붓게 했다.

"태사자는 도망을 했기에 망정이지 까딱했다면 이 비수에 찔려 죽었을 것이다!"

악머구리같이 떠들어 댔다.

태사자는 불끈 노했다. 이편에서도 군사를 시켜서 어제 얻은 손책의 투구를 장대에 꿰어 들고 일제히 외치게 했다.

"손책의 머리가 여기 있다. 자, 보아라. 손책의 대가리다!"

투구를 흔들며 고함을 쳤다.

두 편 군사의 들레는 소리는 땅이 울먹이고 하늘도 도리질을 치는 듯했다.

한참 떠들어 댈 때, 태사자는 말을 채쳐 나오며 큰소리로 호통을 쳤다.

"손책아, 나오너라. 오늘은 기어코 너하고 승부를 가리리라!"

손책이 창을 들고 말을 달려 나가려 하니 옆에서 정보가 아뢰었다.

"주공은 가만 계십시오. 제가 태사자를 사로잡아 오리다."

말이 채 떨어지기 전에 정보는 장창을 비껴들고 태사자를 취하러 나갔다.

태사자는 정보를 보자 픽 웃었다.

"네까짓 놈은 내 적수가 아니다. 네 주인 손책보고 빨리 나오라 해라!"

정보는 크게 노했다. 장창을 비껴들고 큰소리로 꾸짖으며 태사자한테로 덤벼들었다.

"하룻강아지 범 무서운 줄 모르는구나!"

정보는 대갈일성, 태사자한테로 덤볐다. 교전 30여 합에 역시 승부가 나지 아니했다.

유요가 급히 쟁을 쳐서 군사를 거두었다.

태사자는 하는 수 없이 말을 달려 돌아와 유요한테 말했다.

"적장 정보를 꼭 잡을 판인데 어찌 쟁을 쳐서 군사를 거두십니까?"

"지금 급한 보고가 들어왔는데 주유가 군사를 거느리고 곡아曲阿를 습격했고, 진무陳武가 내응內應되어 성문을 열고 주유를 맞이했다 하니, 내 집 기업基業을 다 뺏긴 셈일세. 빨리 말릉秣陵으로 가서 설예薛禮와 책융笮融과 함께 곡아를 치는 수밖에 없네."

태사자는 하는 수 없었다. 유요를 따라 퇴군을 했다.

손책은 유요와 태사자가 물러가는 것을 보고 애써 추격을 할 까닭이 없다고 생각했다.

모사 장소가 말했다.

"주유가 곡아를 습격하는 것을 보고 저들은 싸울 맘이 없어 돌아가니, 이 틈을 타서 오늘 밤에 겁채劫寨를 하면 꼭 이길 것입니다."

손책은 장소의 말을 좇았다.

이날 밤에 손책은 삼군에 영을 내려 군사를 다섯 길로 나누어 겁채를 하러 나갔다.

별안간 홍수 밀듯 밀려드는 손책의 군사를 보자, 유요의 군사들은 자다가 낭패해 달아났다. 사분오열四分五裂이 되었다.

태사자는 아무리 효용이 절륜한 사람이나, 혼자 힘으로 당해 내는 수가 없었다. 겨우 수하인 10여 기를 거느리고 밤을 도와 경현涇縣이란 곳을 바라보고 달아났다.

손책의 편인 주유가 곡아를 칠 때 내응이 된 장수 진무陳武는 여강廬江 송자松滋 사람인데 신장이 7척이요, 얼굴은 누르고 눈은 붉어서 형용이 고괴古怪했다.

손책은 주유의 소개로 진무를 대해 보자 공경하고 사랑하는 마음이 들었다.

진무로 교위를 삼아 말릉秣陵으로 나가 유요를 구원하는 설예薛禮를 치게 했다.

진무는 영을 받아 10여 기를 거느리고 적진 중으로 돌입하여 50여 명의 목을 베었다.

설예는 겁이 나서 성문을 굳게 닫고 다시는 응전을 하지 아니했다.

손책은 진무와 함께 말릉성을 총공격하고 있을 때 파발把撥이 뛰어와 급히 고했다.

"유요가 책융과 함께 회동하여 급히 우저牛渚를 취하러 군사를 이끌고 갔습니다."

손책은 크게 노했다.

몸소 대군을 휘동하여 우저로 달려가니 유요, 책융 두 사람이 말을 달려 나왔다.

손책은 큰소리로 유요를 꾸짖었다.

"패장 유요는 빨리 항복하라!"

손책의 꾸짖는 말이 채 떨어지기 전에 유요의 등 뒤에서 한 장수가 소리치며 창을 잡고 말을 달려 나왔다. 유요의 부장 우미于麋였다.

손책은 우미와 싸운 지 불과 3합에 비호처럼 팔을 늘여 우미를 사로잡아 옆구리에 끼고 말 머리를 돌려 진으로 돌아갔다.

손책의 군사들은 손뼉을 치며 환성을 올렸다.

손책이 우미를 사로잡아 말을 달려 진으로 돌아가는 것을 보자, 유요의 부장 번능樊能은 가만히 앉아 볼 수가 없었다. 장창을 휘두르며 말을 달려 뒤를 쫓았다.

번능의 장창이 번뜩 하면서 손책의 후심後心을 꿰뚫어 찌르려는 찰나였다. 손책의 군사들이 큰소리로 외쳤다.

"장군! 뒤에서 창으로 찌르는 놈이 있습니다."

손책이 얼른 머리를 돌이켜 보니 번능의 창이 곧 등판을 찌르려는 찰나였다. 손책은 급히 말 위에서 몸을 피하여 대갈일성 벽력같이 꾸짖었다.

"이놈! 누구를 찌르려 하느냐!"

손책의 목소리는 마치 우렛소리 같았다.

번능은 깜짝 놀라 창을 주춤했을 때, 번능의 탄 말이 손책의 벽력같은 소리에 놀랐다. 어홍 소리를 치며 소스라쳐 뛰었다. 번능은 말 아래로 뚝 떨어지면서 돌에 부딪쳐 두골이 깨져 죽어 버렸다.

손책은 우미를 옆에 끼고 유유히 다시 말을 달려 진문 문기門旗 아래 당도했다. 옆에 낀 우미를 땅에 내려놓으려 하니, 우미는 이미 죽어서 이 세상 사람이 아니었다. 번능을 꾸짖어 벽력같은 호령을 지를 때, 손책은 옆에 껴안은 우미의 몸을 겨드랑이로 껴 눌러 숨이 막혀 죽은 것이었다.

눈 깜짝할 사이에 한 장수는 껴 눌러 죽이고, 한 장수는 호통을 쳐서 죽였다. 마치 한 번 소리를 질러 천 사람이 쓰러진 패왕霸王 항우項羽의 용맹과 같았다. 사람들은 이 뒤로부터 손책을 소패왕小霸王이라 불렀다.

이날 싸움에 유요는 크게 패했다. 손책은 유요의 군사 만여 명을 죽이니 항복하는 군사가 태반이 넘었다. 유요는 책융과 함께 목숨을 구하여 유표한테로 달아났다.

손책은 크게 이긴 후에 다시 말릉성을 공격했다. 몸소 말을 몰아 성문 앞, 못 앞에 가서 큰소리로 외쳤다.

"유요와 책융이 전멸이 되어 달아났다. 너 혼자 버텨야 아무 소용이 없을 것이다. 빨리 성문을 열고 항복하라!"

고요하기 짝 없던 문루門樓 위에서 별안간 큰소리가 일어나면서 살이 날았다.

손책이 미처 몸을 피할 사이 없이 화살은 손책의 왼편 넓적다리를 맞혔다. 손책은 몸을 번득여 말 아래로 떨어져 버렸다.

모든 장수들은 급히 손책을 구해서 진으로 돌아온 후에 금창약金瘡藥을 붙였다.

손책은 부상을 당하여 아픈 중에도 군략을 생각했다. 군중에 급히 전령을 내렸다.

"너희들은 주장主將인 내가 살에 맞아 죽었다고 거짓말을 낸 후에 발상發喪 거애擧哀를 하여 통곡해 울면서 철병撤兵을 한다고 소문을 내라."

모든 장수와 군사들은 손책의 명을 받아 손책의 관을 짜고 발상 거애를 하면서 온 군사가 통곡을 했다. 정탐꾼은 나는 듯이 손책의 죽음을 설예薛禮한테 보했다.

"손책이 오늘 살에 맞아 죽었다 합니다."

보발꾼의 말을 듣는 설예의 입은 딱 벌어졌다.

"손책이 죽었단 말이냐?"

밤을 도와 군사들을 정돈하고 날랜 장수 장영張英과 진횡陳橫에게 영을 내렸다.

"손책이 아까 성에서 쏜 살을 맞고 죽었다 한다. 대군을 거느려 무장지 졸無將之卒을 엄습하라."

명을 받은 장영과 진횡은 성안 군사를 다 몰아 손책의 진을 엄습했다.

홀연 복병이 사면에서 일시에 일어나면서 손책이 칼을 잡고 창을 비껴 들어 앞을 서서 나왔다.

"손책이 여기 살아 있다!"

손책은 벼락 치듯 호통을 질렀다.

손책이 살아 있다는 말에 설예의 군사들은 깜짝 놀랐다. 죽었다던 맹장 손책이 앞을 가로막아 섰으니 혼과 담이 일시에 스러지고 떨어질 지경이 었다. 간담이 서늘했다.

싸움도 하기 전에 겁부터 나서 산지사방으로 도망질을 쳐 버렸다.

항복하는 군사도 부지기수였다.

손책은 급히 진중에 전령을 내렸다.

"항복하는 군사는 한 사람도 죽이지 마라!"

죽이지 않는다는 말을 듣자 항복하는 수는 더욱 많았다.

적장 장영은 뜻밖에 손책이 살아 있는 것을 보자, 놀란 가슴을 진정하고 급히 말 머리를 돌려 달아나다가 뒤를 쫓는 진무의 창에 찔려 죽고, 진 횡은 장흠의 화살에 맞아 죽고, 설예는 난군 중에 칼에 맞아 죽었다.

손책은 크게 승리를 거둔 후에 말릉성 안으로 들어가 백성들을 위로하여 생업에 평안히 종사케 했다.

손책은 군사를 경현涇縣으로 진공시켰다. 유요의 맹장 태사자를 생금生 擒하자는 것이었다.

이때 태사자는 자기의 거느린 군사 이외에 새로 군사 2천여 명을 모병 했다. 유요를 위하여 한번 원수를 갚아 주자는 생각이었다.

그러나 손책은 손책대로 기어이 태사자를 생금하고 싶었다.

손책은 주유한테 계교를 물었다.

"태사자는 영특한 인물인데 꼭 산 채로 잡아서 내 사람을 만들고 싶소. 어찌하면 생금을 하겠소."

주유가 대답했다.

"동문을 막지 말고 삼면으로 경현을 쳐서 태사자의 달아날 곳을 남겨 준 후에, 성 밖 육십 리에 또다시 삼로의 군사를 매복해 둔다면 태사자를 반드시 사로잡을 것입니다."

손책은 크게 기뻤다. 곧 주유의 계책을 썼다.

원래 태사자가 초모한 군사들은 모두 다 산과 들에서 농사짓고 나무하던 백성들이었다. 기율도 없고 병기를 다룰 줄도 몰랐다.

이런데다가 경현은 성이 낮아서 요해처가 못되었다.

이날 밤에 손책은 진무陳武를 시켜서 단검에 짧은 옷을 입어 몸을 경첩하게 한 후에 성에 올라 불을 지르게 했다.

태사자는 성문에 화광이 충천한 것을 보자 급히 말을 몰아 동문을 열고 달아났다.

등 뒤에서는 손책의 군사가 함성을 지르며 급히 쫓았다.

태사자는 캄캄한 밤에 홋홋이 말을 달려 뒤쫓는 손책의 군사를 피하여 달아났다.

30리쯤 달리고 보니 쫓는 군사의 함성이 들리지 아니했다. 다시 50리쯤 또 달렸다. 사람도 지치고 말도 피곤했다.

그러나 아니 달릴 수는 없었다. 태사자는 또다시 말을 달려 앞으로 나갈 때, 홀연 갈대 속에서 함성이 자지러지게 일어났다.

태사자는 깜짝 놀라 급히 말을 채쳐 달아났다. 함성 소리는 더욱 급하면서 갈대 속에서는 말을 얽어 쓰러뜨리는 반마색絆馬索을 든 복병들이 우르르 쏟아져 나오자 사면팔방에서 반마색을 던졌다.

번개같이 던져지는 반마색들은 태사자의 말굽을 얽었다. 말은 쓰러지고 태사자는 가로 떨어져 버렸다. 손책의 복병들은 일제히 달려들어 태사자를 산 채로 잡아 꽁꽁 묶어서 손책의 진으로 돌아갔다.

손책은 친히 뜰에 내려 태사자를 묶은 동아줄을 풀어 주고 손을 잡아 당상으로 올랐다.

"장군은 과연 맹장이외다. 당신이 대군을 통솔했다면 크게 성공을 했을 것을 유요 같은 어리석은 무리가 사람 쓸 줄을 몰라서 오늘날 패하셨소이다."

손책은 은근하게 태사자를 위로했.

태사자는 손책이 자기를 죽이지 아니하고 우대해서 대접하는 데 감동이 되었다.

"일찍이 대명大名을 익히 들어 알았고, 이번에 여러 차례 장군과 결전을 해 보니 진실로 장군은 일세의 영웅임을 알았소이다. 태사자는 오늘부터 장군을 도와 드리겠습니다. 다행히 거두어 주시면 행복이올시다."

손책은 크게 기뻤다. 덥석 태사자의 손을 잡았다.

"나를 도와주신다니 고맙기 한량이 없소이다. 우리가 신정神亭에서 서로 싸울 때 만약 당신이 나를 잡았다면 어찌하였겠소?"

손책은 웃으며 물었다

태사자는 진실한 사람이었다. 빙긋 웃으며 대답했다.

"글쎄 알 수 없습니다. 공을 잡아 보지 못했으니 그때 심경이 어찌 되었을지 모르겠소이다."

태사자의 말을 듣자 손책은 깔깔 웃고 태사자의 손을 이끌어 장帳 안으로 들어가 술을 내다 관대했다. 술이 서너 순배 돌았을 때 태사자는 손책한테 말했다.

"유요가 새로 패한 후에 군사들의 마음은 흔들리기 시작했습니다. 제가 가서 군사들을 수습하여 명공을 도와 드리고 싶습니다. 그러나 명공께서 저를 믿어 주시어 허락하실지 의문이올시다."

손책은 자리에 일어나 치사를 했다.

"그같이 해 주신다면 참말 고맙습니다. 이것은 손책의 원하는 바올시다. 내일 오정 때까지 한을 하고 약속을 이행해 주서야겠습니다."

"염려 마십시오. 꼭 약속을 지키겠습니다."

태사자는 손책의 승낙을 받고 유요의 진으로 돌아갔다.

천하를 삼분할 손가의 기업

손책이 태사자를 유요의 진으로 돌려보내는 것을 보자 모든 장수들은 불평을 했다.

"태사자는 이번에 가면 다시는 아니 옵니다."

손책이 미소하여 대답했다.

"태사자는 신의 있는 사람일세. 배신 행동을 아니할 것을 내가 아네."

그러나 모든 장수들은 고개를 가로흔들었다.

다음 날 손책은 영문에 장대를 세워 일영日影을 살폈다.

꼭 해가 한낮이 되었을 때, 태사자는 말굽 소리 드높게 1천 명 군사를 거느리고 영문에 당도했다.

손책은 크게 기뻐하고 모든 장수들은 손책의 지인지감을 탄복했다.

손책은 태사자를 얻은 후에 모든 군사를 점고하니 그 수가 수만 명이었다. 강동으로 내려가 백성을 평안케 하고 군사들을 어루만지니 항복하는 자가 수없이 많았다.

처음에 손책의 군사가 강동으로 온다는 말을 듣자 백성들은 겁이 나서 달아나더니, 손책의 군사가 온 후에 추호도 백성을 범하지 아니하니 닭과 개도 놀라지 아니했다. 인민들은 크게 기뻐서 소를 잡고 술을 걸러 군사들을 대접했다.

손책은 미안히 생각하여 백성들에게 황금과 비단을 주어 답례하니 백성들의 기뻐하는 소리는 산과 들에 가득했다.

손책은 항복한 군사에게 자유를 주었다.

"종군하고 싶은 사람은 나의 진에 머물러 있고 원치 않는 사람은 자유 행동을 취하여 고향으로 돌아가 농사를 지어 부모를 편안케 하라. 노잣돈은 따로 마련해 주리라."

항복한 군사를 죽이지 않고 노자까지 주어서 고향으로 돌아가라 하니, 손책의 어질고 후한 명성은 강남 일대까지 자자했다.

인심을 얻은 손책은 나날이 군사가 부풀어 늘었다.

손책은 비로소 어머니와 아저씨며 어린 아우들을 곡아曲阿로 데려와 거접하게 하고, 다음 아우 손권孫權에게 대장 주태周泰를 주어 선성宣城을 지키게 한 후에, 자기는 친히 군사를 거느리고 남으로 향하여 오군吳郡을 취하러 나섰다.

이때 오군에는 엄백호嚴白虎란 사람이 있었다.

자칭 동오東吳의 덕왕德王이라 하면서 오군을 차지하고 부장을 보내서 오성烏城과 가흥嘉興을 지키고 있었다.

백호白虎는 손책의 군사가 온다는 급보를 받자 아우 엄여嚴輿에게 군사를 주어 풍교楓橋에서 손책을 대항하게 했다.

엄여는 친히 진 머리에 나와 손책의 군사를 향하여 싸움을 돋우었다.

손책이 또한 말을 몰아 나가려 하니 장굉張紘이 급히 간하였다.

"장군께서는 삼군을 거느리신 주장主將이십니다. 작은 적장과 싸우지 마십시오."

한당이 갑주에 투구 쓰고 말을 몰아 뛰어나왔다.

"소장이 나가서 엄여를 잡아 오리다."

손책은 한당의 출전을 허락했다.

한당이 말을 달려 풍교 다리 위에 당도하니 장흠, 진무가 배를 타고 냇가로 내려와서 풍교楓橋의 배후를 찌른 후에 장흠, 진무 두 장수는 벽력같은 소리를 지르고 배 위에서 다리 위로 뛰어올라 칼과 창으로 엄여의 군사를 찍어 죽이니 엄여의 군사들은 당해 낼 수가 없었다. 혼비백산이 되어 뿔뿔이 헤져 달아났다. 한당이 군사를 몰아 뒤를 쫓으니 엄여의 군사는 성문 안으로 몰려들었다.

손책은 군사를 수륙으로 나누어 오성烏城을 에워싸 포위해 버렸다.

그러나 포위한 지 사흘이 되어도 성안에서는 한 사람도 응전하는 사람이 없었다.

손책은 친히 군사를 거느리고 성문 밖에 당도하여 큰소리로 항복하기를 권했다.

이때 성 위에 한 사람의 비장神將이 나타났다.

왼손으로 문루의 보를 짚고, 오른손으로 성 아래 있는 손책을 가리키며 욕설을 퍼부었다.

태사자가 손책의 곁에 말을 타고 있다가 급히 활을 당기며 옆의 사람들을 돌아보며 말했다.

"내 저놈의 왼편 손을 맞힐 테니 자세히 보시오."

말이 채 떨어지기 무섭게 살은 유성처럼 날아 비장의 왼손을 꿰뚫고 보위에 콱 박혔다.

구슬픈 비명을 지르며 손이 화살과 함께 보에 박힌 채 문루 바닥으로 쓰러졌다. 성 아래 있는 여러 사람들은 일제히 손뼉을 쳐 환성을 올렸다.

엄백호의 군사는 급히 비장을 구하여 성 아래로 내려갔다.

이 사실은 엄백호한테 알려졌다.

백호는 깜짝 놀랐다.

"손책의 군중에 저렇듯 활 잘 쏘는 사람이 있단 말이냐! 큰일 났구나. 저런 신궁神弓을 어찌 대항할 수 있느냐."

모든 장수를 모아 화친할 것을 상의하고, 다음 날 그의 아우 엄여를 손책한테로 보내서 화친하기를 간청했다.

손책은 술을 내와 엄여를 대접한 후에 화친을 청하는 조건을 물었다.

"어떠한 조건으로 화친을 하려 하는가?"

"장군과 강동을 반분해 가지려고 합니다."

손책은 서슬 푸른 호령을 내렸다.

"쥐 같은 무리가 어찌 감히 나하고 동등한 권리를 가져서 강동을 반분한단 말이냐. 이 엄여란 놈의 목을 베라!"

손책은 시자한테 명을 내렸다. 시자가 달려들기 전에 엄여는 칼을 빼어 들고 손책을 찌르려 했다. 손책도 벌떡 일어나 장검을 뽑았다.

손책의 칼은 흰 무지개를 그리며 선뜻 엄여의 목을 갈겼다. 붉은 피가 자리에 가득했다.

"이놈의 목을 성안으로 내던져라!"

손책은 칼에 묻은 피를 씻으며 명령을 내렸다.

엄여의 목은 성안으로 던져졌다. 엄백호는 아우의 목이 성안으로 떨어지는 것을 보자 깜짝 놀랐다. 화친이 깨어진 줄 비로소 알았다.

급히 성을 버리고 달아났다. 손책은 군사를 몰아 백호를 추격하고, 황개는 가흥을 공격해 취하고 태사자는 오성을 함락시키니 강동 일대는 모두 손책의 점령한 바 되었다.

엄백호는 여항餘杭이란 땅으로 달아나면서 백성의 재물과 양식을 겁탈해 뺏으니, 고을 사람 능조凌操는 동네 백성들을 거느리고 엄백호의 군사를 두들겨 쫓았다.

백호는 여기서도 대패하여 회계會稽로 향하여 달아났다.

능조凌操의 부자는 손책을 맞아들이니 손책은 능조에게 종정從征 교위校尉 벼슬을 주고 함께 강을 건너 엄백호를 추격했다.

엄백호는 잔당을 서진西津 나루터에 배치하고 있다가 손책의 장수 정보와 싸워서 다시 패하여 회계로 달아났다.

회계 태수 왕랑王郎은 소식을 듣자 군사를 거느려 백호를 구하려 하니 한 사람이 나와서,

"아니 됩니다."

하고 간하였다.

왕랑이 바라보니 고을 아전 우번虞飜이었다.

"왜 아니 된단 말이냐?"

"손책은 어질고 의로운 사람이고, 엄백호는 포악한 사람입니다. 백호를 잡아서 손책한테로 보내는 것이 좋습니다."

왕랑은 우번을 꾸짖었다.

"네까짓 소리小吏가 무엇을 안다고 함부로 지껄이느냐?"

왕랑은 우번을 꾸짖어 물리쳤다. 우번은 탄식하고 물러났.

왕랑은 곧 군사를 거느려 백호와 만난 후에 산음山陰에 진을 쳤다.

손책도 군사를 거느려 진을 치니, 두 편 군사는 둥글게 원을 그려 대진하고 있었다.

손책은 말을 내어 진 머리에 서서 왕랑을 꾸짖었다.

"나는 의로운 군사를 일으켜서 절강浙江을 평안케 하러 왔는데, 네 어찌 악한 무리를 도와주느냐?"

왕랑도 지지 않고 손책을 꾸짖었다.

"너는 탐심이 많은 사람이다. 오군吳郡을 얻었으면 족하지 무엇이 또 부

족해서 내 지경까지 쫓아왔느냐? 네 행동이 괘씸해서 나는 엄 씨를 위하여 원수를 갚으러 왔다."

손책은 대로하여 칼을 뽑아 들어 싸우려 할 때, 태사자가 말을 달려 왕랑과 어우러졌다.

말은 뛰고 칼은 부딪칠 때, 왕랑의 장수 주흔이 싸움을 도우러 나왔다. 이 모양을 보자, 손책의 진에서 황개가 뛰어나와 주흔을 가로맡아 싸웠다. 양편 진에서는 후원하는 북소리가 천지를 진동했다. 한참 어울려 싸울 때, 홀연 왕랑의 후진이 소란하게 어지러우면서 일지 군마가 뒤를 찔렀다.

왕랑은 대경실색하면서 급히 말을 달려 본진으로 달려갔다.

원래 왕랑의 등 뒤를 엄습하는 군사는 주유와 정보의 군사였다.

왕랑은 앞뒤로 협공하는 손책의 군사를 도저히 당해 낼 수 없었다. 백호와 주흔과 함께 죽음의 길을 뚫고 성중으로 들어가 조교弔橋를 거둔 후에 성문을 굳게 닫아 버렸다.

손책은 앞뒤 군사를 몰아 사대문四大門을 에워싸고 성을 무찌르기 시작했다.

회계성은 위태로움이 조석에 달려 있었다.

왕랑王郞은 손책의 공격이 극렬하니 성안에서 죽는 것보다 차라리 결사전을 하여 성 밖으로 나가는 것이 상책이라 생각했다.

곧 성문을 열고 싸우려 했다. 엄백호가 만류했다.

"손책의 군세는 매우 강성하니 장군은 성문을 굳게 닫고 나가지 아니하면 한 달이 채 못되어 손책은 양식이 떨어져 자연 군사를 거두어 갈 것입니다. 이때를 타서 뒤를 쫓는다면 싸우지 않고도 손책을 대패시킬 수 있습니다."

왕랑은 백호의 말을 옳게 들었다. 성문을 굳게 닫고 나오지 아니했다.

손책은 연일 회계성을 공격했으나 성공을 하지 못했다.

모든 장성들을 청하여 의논하였다.

"공격한 지 수일이 되어도 왕랑이 응전하지 아니하니 어찌하면 좋겠소?"

손책의 숙부 손정孫靜이 계책을 말했다.

"왕랑이 문을 닫고 싸우지 아니하니 회계성은 졸연히 뺏기 어려울 것이다. 왕랑의 군량미는 태반이 사독渣瀆에 있으니, 그곳은 여기서 남편으로 수십 리밖에 아니 된다. 먼저 군사를 몰아 방비 없는 그곳을 출기불의出其不意로 치는 것이 좋겠다."

손책은 기뻤다.

"숙부의 말씀대로 하면 곧 적병을 격파하겠습니다."

즉시 영을 내려 영문마다 횃불을 높이 켜서 허장성세로 군사들이 많이 있는 것처럼 꾸며 놓고, 밤을 도와 군사를 남으로 옮겼다.

주유가 또다시 꾀를 냈다.

"주공께서 군사를 움직이시면 왕랑이 성에서 나와 쫓아올는지도 모릅니다. 기병을 내어 엄습한다면 크게 승리를 거둘 것입니다."

손책은 주유의 계책을 쓰고 곧 군사를 움직였다.

한편으로 왕랑은 성안에서 손책의 군사가 물러간다는 말을 듣자, 여러 사람과 함께 성문에 올라 진세를 관망하고 있었다.

그러나 성 아래 손책의 진에는 의연히 봉화가 휘황찬란하고 깃발이 바람에 펄럭였다. 왕랑은 의심이 더럭 났다.

"손책은 철병을 한다고 헛소문을 퍼뜨리고 우리를 유인하는 것이 아닌가?"

주흔이 말했다.

"이것은 계교로 우리를 현혹시키는 것입니다. 손책은 확실히 군사를 거두어 갔습니다. 이때 우리는 군사를 내어 뒤를 습격한다면 반드시 크게 이길 것입니다."

엄백호가 말했다.

"손책이 까닭 없이 철병을 할 리 만무합니다. 반드시 사독渣瀆으로 향한 것이 분명합니다. 내가 군사를 거느려 주 장군과 함께 뒤를 쫓겠습니다."

왕랑이 깜짝 놀랐다.

"사독은 내가 양식을 쌓아 둔 곳이오. 반드시 지켜야 하오. 당신은 먼저 가시오. 나는 곧 뒤를 따라가리다."

백호는 주흔과 함께 5천 병마를 거느리고 성을 나와 손책의 뒤를 쫓았다.

이때 밤은 정히 초경初更이었다.

백호와 주흔은 으스름 달밤에 성문을 나와 20리쯤 달렸을 때, 홀연 밀림 속에서 큰 북소리가 두둥둥 울리면서 횃불이 일제히 들려 하늘을 사를 듯했다.

백호는 깜짝 놀라 말 머리를 돌려 달아나려 할 때, 일원 대장이 큰소리를 치며 앞을 가로막았다.

백호는 화광 중에 얼른 살펴보니 다른 사람이 아니라 바로 손책이었다.

백호의 뒤에 있던 주흔이 칼을 춤추어 맞이해 나오는 찰나, 손책의 한번 찌르는 창끝에 허구리를 찔려 구슬픈 비명을 지르며 말 아래로 떨어졌다.

백호의 군사들은 어마뜨거라 하고 외마디소리를 치며 산지사방으로 흩어져 달아났다. 엄백호도 당황했다. 혈로를 뚫고 눈이 뒤집혀 여항餘杭으로 달아났다.

왕랑은 엄백호의 패한 소식을 듣자 감히 회계성으로 들어가지 못하고 해우海隅로 달아나 버렸다.

손책은 군사를 회군하여 회계성으로 들어가 인민들을 편안히 안정시켰다.

하루를 격하여 한 사람의 장수가 엄백호의 목을 베어 손책의 군문에 바쳤다.

손책이 백호의 목을 베어 온 장수를 만나 보니 키는 8척이나 되는데 얼굴은 모지고 입이 넓었다.

"그대는 누구인가?"

손책의 묻는 말에 장수는 대답했다.

"소장은 회계會稽 여조餘姚에 사는 동습董襲이올시다."

"장한 일을 했소. 국가를 위하여 백성을 괴롭게 하는 악한 자를 베었으니 다행한 일이오."

손책은 동습의 공로를 칭찬한 후에 그에게 별부別部 사마司馬의 직책을 주었다.

이로부터 동편 길은 모두 평정이 되었다. 손책은 숙부 손정孫靜으로 회계를 지키게 하고, 주치朱治로 오군吳郡 태수太守를 삼은 후에, 자기는 군사를 거느려 강동으로 돌아갔다.

한편으로 손책의 아우 손권은 주태와 함께 선성宣城을 지키는데, 하루는 산적 떼가 사면팔방으로 몰려들었다.

때는 마침 깊은 밤중이었다. 모두들 잠이 곤히 들어 창졸에 도둑의 떼를 저당할 수가 없었다.

주태는 손권을 깨워 급히 말에 오르게 한 후에, 자기는 발가벗은 몸으로 칼 한 자루를 들고 손권을 보호하여 도둑의 떼를 뚫고 나갔다.

산적의 떼는 앞뒤에서 고함을 치며 달려들었다. 주태는 칼을 둘러 덤비는 놈들을 모조리 후려치니 죽고 쓰러지는 자 수십 명이나 되었다.

주태가 포위망을 뚫고 나섰을 때, 뒤에서 한 놈이 말을 타고 창을 들어 쫓아오며 주태의 등판을 강하게 찔렀다. 주태는 자기 몸보다 손권을 잘 보호해야만 할 책임이 더욱 중했다. 주태는 아픔을 참고 왼손으로 등에 꽂힌 적의 창을 빼어 잡고 오른손으로 칼을 들어 적의 허구리를 힘껏 찔렀다. 도둑도 용맹이 대단했다. 허구리를 찔린 채 주태가 잡은 창을 다시 빼앗아 주태의 넓적다리를 찔렀다. 주태는 칼을 들어 도둑의 볼따구니를 찔렀다.

천하 명의 화타

알몸뚱이 주태와 말을 탄 도둑의 괴수는 찌르고 치고 갈기고 비틀어 치열한 격투를 일으켰다.

도둑의 힘은 점점 약해지기 시작했다. 주태는 기회를 잃지 않고 도둑의 내리지르는 창을 휘어잡아 다시 뺏은 후에 장검을 번쩍 들어 도둑의 어깨와 등판을 내리쳤다. 도둑은 고래 같은 아픈 소리를 지르며 말 아래로 떨어졌다.

주태는 도둑이 탔던 말을 빼앗아 타고 손권을 보호하여 손책한테로 돌아갔다. 이때 주태는 손권을 보호하느라고 몸에 열두 곳이나 창상槍傷을 입었다. 점점 뒤끝이 좋지 아니했다. 금창이 터져서 목숨이 경각에 달려 있게 되었다.

손책은 깜짝 놀라 모든 사람과 의논하였다.

"주태가 열두 곳이나 창에 찔려 금창이 발했으니 어찌하면 좋은가?"

"가엾은 일이올시다. 명재경각이올시다."

아우 손권이 자기를 구해 준 은인의 생명을 걱정했다.

동습이 말했다.

"제가 전에 해적과 싸워서 몸이 여러 곳 상한 일이 있었습니다. 회계會稽 군리郡吏 우번虞翻이 좋은 의사를 천거해 주어서 반달 만에 전쾌된 일이 있습니다. 한번 우번을 청하여 물어보십시오."

"우번? 우번이란 우중상虞仲翔이가 아닌가?"

"예, 그러하오이다. 중상은 우번의 자올시다."

"우번은 참 현사賢士지. 내가 이 사람을 쓰겠소. 그렇다면 장소張昭와 함께 가서 우번을 청해 오시오."

장소와 동습은 손책의 명을 받아 우번을 청해 왔다.

손책은 우번을 예로써 대접한 후에 공조功曹[9]의 책임을 맡기고 우번한테 물었다.

"전에 동습이 창에 찔려 독이 발했을 때, 좋은 명의를 천거하셨다 하니 그 명의가 지금은 어디 있소?"

"예, 그 사람은 패국沛國 초군譙郡 사람 화타華陀라는 사람이올시다. 조조와 동고향이지요. 자를 원화元化라고 부르는데 참말 당세의 신의神醫입니다."

손책은 무릎을 바싹 당기어 청했다.

"한번 그 사람을 만나 볼 수 없으리까? 내 장수에 주태라는 사람이 있는데 적과 싸우다가 몸에 열두 곳이나 창상을 입어서 지금 목숨이 경각간에 달려 있소. 사람의 귀한 목숨을 하나 구해 주도록 하시오."

"어려운 일 아니올시다. 제가 청하면 꼭 올 것입니다."

"그렇다면, 폐백을 가지고 가시오."

손책은 높은 선비를 대접하는 술과 육포肉脯에 종이와 필묵筆墨과 향다香茶를 받들고 가게 했다.

우번은 떠난 지 하루가 못되어 화타를 동반해 왔고, 손책은 당에 내려 화타를 맞이한 후에 상좌에 앉히고 인사를 했다.

---

[9] 공조 : 제사祭司와 예악禮樂과 교육敎育, 학교學校, 선거選擧, 의무醫巫, 상장喪葬의 일을 맡은 한漢 시대時代의 주州와 군郡의 관리官吏. 사공司功이라 하기도 함.

손책이 화타의 모습을 살펴보니 동안童顔 학발鶴髮에 표연히 진세 사람이 아닌 신선神仙의 풍도가 있었다.

손책은 화타를 경대敬待하여 상빈上賓을 삼은 후에 주태의 병세를 진찰시켰다.

화타는 두루 주태의 상처를 살핀 후에 미연히 웃음을 웃고 손책에게 말했다.

"쉬운 일이오. 죽지 않게 하리다."

손책은 기뻤다.

"그저 살려만 주십시오."

화타는 곧 처방을 내어 먹는 약을 짓게 하고 바르는 고약을 고게 하여 한편으로 내복을 시키고 한편으로 금창에 바르게 했다.

화타의 약은 어찌나 효험이 빠른지 약을 바른 지 얼마 아니 되어 독한 기운이 순식간에 쭉 빠지면서 아픈 증이 없어지고 열두 군데 상처에서 올라오던 독기와 화기가 단번에 가라앉아서 한 달이 못되어 합창이 되었다.

손책은 천하 명의를 얻은 것이 기뻤다.

화타를 상빈으로 대접하여 후한 예물을 바쳐서 감사한 뜻을 표했다.

손책은 주태를 구한 후에 다시 군사를 내어 산적들을 몰아내니 강남 일대도 마저 평정이 되었다.

장수들을 나누어 요해처마다 지키게 한 후에 한편으로 표문表文을 올려 조정에 아뢰고, 한편으로 사람을 조조한테 보내서 교제를 터놓고 한편으로 원술한테 글월을 보냈다.

빌려 간 옥새를 돌려보내 주시오.

하고 청구했다.

그러나 원술은 한 번 황제 노릇을 하고 싶은 야망이 있었다. 옥새를 얼른 돌려보내지 아니했다.

내가 옥새를 먹겠나? 곧 돌려보내 줌세. 염려 말게나.

이쯤 답장을 보낸 후에 급히 장사長史 양대장楊大將, 도독都督 장훈張勳, 기령紀靈, 교유橋蕤, 상장 뇌부雷薄, 진란陣蘭의 무리 30여 인과 의논하였다.
"손책이 당초에 군사를 빌려 가지고 가서 오늘 강동 일대를 모두 차지했는데, 이 자가 은혜 갚을 생각은 아니하고 도리어 옥새를 달라 하니 무례하기 짝이 없다. 무슨 방법으로 저 자를 도모할꼬?"
장사 벼슬한 양대장이 아뢰었다.
"손책은 지금 장강長江의 험한 곳에 웅거하여 군사는 강하고 양식이 많으니 얼른 도모하지 못할 것입니다. 지금 형편으로는 먼저 유비를 쳐서 전날 연고 없이 우리를 침공한 한을 푼 후에 손책을 취하는 것이 늦지 아니합니다. 제가 계책을 한번 낼 테니 써 보시기 바랍니다."
"어떤 계교를 쓴단 말인가?"
원술이 바싹 다가앉았다.
"유비는 지금 여포한테 서주를 넘겨주고 소패로 나가 있습니다. 유비의 군세는 약하니 유비를 치기는 쉽습니다. 그러나 곁에 여포가 있으니 이것이 걱정입니다. 우리는 전번에 여포한테 돈과 비단이며 양식과 말을 준다 해 놓고 여태껏 아니 주었으니 여포는 반드시 유비를 도와줄 것이 분명합니다. 그러니 우리는 지금이라도 곧 여포한테 돈과 양식이며 말을 보낸다면 욕심 많은 여포는 우리가 유비를 공격한다 해도 군사를 움직여 유비를 도와주지 아니할 것입니다. 이때 가서 유비를 사로잡기는 여반장如反掌의 일입니다. 이러한 후에 여포를 치면 서주는 우리 땅이 되고, 다음에 손책의 강동을 친다면 천하는 명공의 것입니다."

영웅 여포의 묘한 활 솜씨

원술은 양대장의 계책을 듣자 손뼉을 치고 기뻐했다.

곧 곡식 20만 휘를 실어 여포한테 보낸 후에, 한윤韓胤에게 밀서를 가지고 가서 여포한테 전했다.

여포는 의리 없는 자였다. 양식 20만 휘를 받아서 마음이 흐뭇한데다가 소패小沛에 눈엣가시처럼 있는 유비를 원술이 친다면, 서주는 영영 제 땅이 된다고 생각했다. 자기는 유비를 치고 싶은 생각이 굴뚝같지만 서주를 자기한테 내준 유비를 차마 칠 수 없었다. 이런 판에 원술이 유비를 친다 하니 불로소득이 되어 좋다고 생각했다. 여포는 원술의 사자 한윤을 후대해 보냈다.

한윤이 돌아가 원술한테, 여포의 모른 체하겠다는 허락을 맡은 것을 전하니 원술은 곧 군사를 일으켰다.

기령으로 대장을 삼고 뇌부, 진란으로 부장을 삼아서 군사 수만을 거느려 소패를 치러 했다.

유현덕은 이 소식을 듣자 급히 장수를 모아 의논하였다.

"원술이 못된 야심을 먹고 나를 치러 온다 하니 어떤 방도를 취하는 것이 좋겠나?"

"그깟 놈 원술이쯤이 무엇이 무섭소? 내가 한번 싸워서 그놈을 사로잡아 오리다."

손건이 옆에서 아뢰었다.

"지금 우리 소패는 양식도 적고 군사도 약합니다. 어떻게 강적을 저당할 수 있습니까. 급히 여포한테 사람을 보내서 구원을 청하는 일이 옳은 일인가 합니다."

장비가 버럭 고함을 질렀다.

"그깟 놈의 의리 없는 새끼가 어찌 우리를 구하러 오겠소."

현덕이 말했다.

"건의 말이 옳다!"

곧 글월을 써서 여포한테 보냈다.

장군께서 비備로 하여금 소패 땅에 용신하도록 허락을 내리시어 이 몸이 이곳에 의지해 있으니 하늘 같은 덕이라 생각합니다. 연하오나 지금 원술이 사사 원수를 갚으려 하여 기령을 보내어 소패를 공격하니 망하는 운명이 조석에 달려 있게 되었습니다. 장군이 아니시면 구해 줄 분이 없습니다. 일 여단의 군사를 보내시어 거꾸러지는 사람을 구해 주신다면 다행하기 짝이 없겠습니다.

여포는 유비의 편지를 본 후에 진궁과 의논하였다.

"앞서서 원술이 양식을 보낸 것은 나보고 현덕을 구원해 주지 말라고 한 짓인데, 이제 유현덕이 구원해 주기를 청하니 만약 아니 구해 준다면 소패 땅은 원술의 것이 되고 마오. 그리된다면 원술은 북으로 태산泰山의 모든 장수와 힘을 합하여 나를 도모할 것이오. 이리되면 나는 베개를 편안히 베지 못할 터이니 현덕을 구해 주는 것만 같지 못하오."

진궁도 찬성을 했다.

"옳은 말씀이올시다. 잘 살펴보셨습니다."

여포는 곧 군사를 휘동하여 소패로 나아갔다.

여포는 현덕의 편지가 하도 공손하니 순식간에 마음이 이같이 옳게 돌아선 것이었다.

여포가 아직 소패에 당도하지 아니했을 때, 원술의 장수 기령紀靈은 크게 군사를 몰아 벌써 소패의 동남편에 당도하여 진을 쳐서 영채를 세우니 낮에는 기치창검이 산과 내를 가려서 기세가 굉장하고 밤에는 횃불을 들어 북을 치니 천지가 휘황하고 산천이 진동했다.

이때 현덕의 소패에는 군사라고는 겨우 5천여 명뿐이었다. 억지로 읍내 밖에 나와 진을 치고 있을 때 홀연 파발이 보했다.

"여포가 군사를 거느리고 고을 밖 일 리허 서남편에 당도하여 진을 치고 있습니다."

현덕은 마음이 놓였다.

한편으로 원술의 장수 기령은 여포가 군사를 거느려 유비를 구원하러 온 것을 알자 급히 글월을 띄워 그의 신용 없는 행동을 책망했다.

여포는 빙긋 웃고,

"내가 한 계교가 있다. 유비와 기령을 한자리에 청하여 술을 마시게 하리라."

여포는 말을 마친 후에 곧 사람을 보내어 유비와 기령을 자기 진으로 청했다.

현덕은 여포가 청하는 것을 받자 일어나 여포의 진으로 가려 했다.

관우가 만류했다.

"형님께서는 가시지 못합니다. 여포가 딴맘을 먹을까 두렵습니다."

현덕은 얼굴빛을 정색해 대답했다.

"내가 저한테 박하게 한 일이 없는데 제가 나를 해할 것이냐?"

현덕은 말을 마치자 곧 말을 타고 나갔다. 관우와 장비가 급히 그의 뒤를 따랐다.

현덕이 여포의 진으로 들어가니 여포는 현덕을 맞이하여 말했다.

"내가 어제 특별히 와서 공의 위급한 것을 구원했으니 다른 날 잘된 후에 나를 잊어서는 아니 됩니다."

"천만에. 장군의 은덕을 잊을 리가 있습니까. 마음속으로 장군의 은혜를 깊이 간직하고 있습니다."

현덕이 사례하니 여포는 현덕을 자리에 앉게 했다. 관우와 장비가 칼을 짚고 뒤에 모시어 서 있었다.

조금 있으려니 군사가 여포한테 아뢰었다.

"원술의 대장 기령 장군이 오셨습니다."

이 말을 들은 현덕은 놀라서 몸을 일으켜 피하려 했다.

여포는 피하는 현덕을 만류했다.

"내가 특별히 두 분을 청한 것이니 의심하지 말고 앉아 계시오."

그러나 현덕은 무슨 일로 적장과 자기를 한자리에 앉게 하는지 알 길이 없었다. 여전히 마음은 불안했다.

한편으로 기령도 여포의 청좌를 받고 말에 내려 여포의 처소로 들어오다가 좌상에 유현덕이 앉아 있는 것을 보자 깜짝 놀라 몸을 되돌려 피해 나갔다. 좌우 옆에서 기령을 만류했으나 기령은 돌아보지도 아니하고 횡허케 나가 버렸다.

여포가 쫓아가서 기령을 잡고 번쩍 들어 끌고 오니 마치 어린아이가 끌려오듯 대롱대롱 매달려 왔다.

기령은 깜짝 놀랐다.

"장군이 기령이를 죽이려 하십니까?"

"아니오."

여포는 고개를 가로흔들었다.

기령은 잼처 물었다.

"그럼 귀 큰 대이아大耳兒를 죽이려는 계획입니까?"

"아니오."

여포는 이번에도 고개를 가로흔들었다.

"그럼 어쩌려고 나와 유현덕을 한자리에 청했습니까?"

여포는 빙긋 웃으며 대답했다.

"유현덕은 나와 형제지간입니다. 장군이 현덕을 곤란케 하시니 내가 구하러 온 것입니다."

"그렇다면 기령이 이놈을 죽이시구려!"

"천만에, 그럴 리가 있소. 여포는 평생에 싸움하기를 좋아하지 아니하고 싸움 말리기를 좋아합니다. 나는 이제 두 집 싸움을 만류하려는 것입니다."

"어떤 방법으로 하실 텝니까? 방법을 말씀하십시오."

"내가 한 가지 방법이 있는데 이것은 하늘이 결정할 노릇이고 사람의 힘으로는 아니 될 것입니다."

여포는 말을 마치자 강제로 기령을 끌고 들어가 유현덕과 상면을 시켰다.

두 사람은 제각기 의아심을 품었다.

여포는 중간에 앉고 기령은 좌편에 앉게 하고 유비는 우편에 앉힌 후에 시자侍者에게 명하여 술상을 내왔다.

술이 두어 순배 돈 후에 여포가 말을 꺼냈다.

"당신들 두 집에서는 나의 낯을 보아 각기 군사를 파하여 돌아가시오."

현덕은 잠자코 말이 없었다.

기령이 대답했다.

"나는 주인의 명을 받들어 십만 대병을 거느리고 유비를 잡으러 왔는데 어떻게 내 마음대로 군사를 파해 돌아가겠소."

기령의 말이 채 떨어지기도 전에 장비가 칼을 빼어 손에 들고 호통을 쳤다.

"우리가 비록 군사 수는 적다마는 네까짓 것들은 아이들의 장난같이 본다. 우리는 백만 황건적을 소탕한 사람들이다. 네 어찌 감히 우리 형님을 상하겠느냐?"

관공이 급히 장비를 꾸짖었다.

"여 장군의 주장이 어떻게 되는 것을 보아 결정할 일이다. 가만있거라. 하회를 보아서 각기 영채로 돌아가 시살을 해도 늦지 않다."

여포가 버럭 소리를 질렀다.

"나는 두 집을 청해서 화해를 하라고 하는 것이지 시살하라는 것은 아니오."

좌편에서는 기령이 분함을 못 이겨 씨근대고 있고, 우편에서는 장비가 한바탕 드잡이를 치려고 고리눈을 부릅떠 벼르고 서 있었다.

여포는 대로했다.

큰소리로 시자에게 영을 내렸다.

"내 창을 가져오너라!"

시자가 두 손으로 눈이 부신 방천화극을 받들어 올렸다.

여포는 손에 방천화극을 잡고 벌떡 일어섰다.

기령과 현덕의 얼굴빛이 노랗게 질렸다.

"나는 너희 두 집보고 싸움을 하라는 것이 아니라, 싸움을 하지 말라는 것이다. 그러나 말들을 듣지 아니하니 천명天命에 맡길 수밖에 없다!"

여포는 말을 마치자 창을 시자한테 넘겨주면서 다시 말했다.

"이 창을 원문轅門 밖에 멀찌감치 꽂아 놓아라."

시자는 달음질쳐 원문 밖에 창을 꽂아 놓았다.

여포는 기령과 현덕을 돌아보며 말했다.

"원문 밖은 중군中軍에서 백오십 보가 떨어져 있소. 내가 한번 활을 쏘아 창끝 옆에 달린 작은 곁가지를 맞힌다면, 당신네 두 집에서는 즉시 군사를 파할 것이고, 만약 내가 쏘아 맞히지 못한다면 당신네들은 소원대로 시살해 싸우시오. 내 말을 거역하는 자는 힘으로 처치하리라!"

여포의 말을 듣자 기령은 마음속으로,

'창이 백오십 보 밖에 있는데 여포가 제아무리 활을 잘 쏜다 하나 어찌 능히 맞힐 수가 있는가.'

이쯤 생각한 후에,

"네, 그렇게 해 보시오."

허락을 하고 현덕도,

"장군 말씀대로 하오리다."

승낙을 했다. 여포는 다시 한 잔 술을 마신 후에

"활을 가져오너라."

영을 내렸다. 시자는 여포한테 호화찬란한 화궁畵弓을 갖다 바쳤다.

여포는 활을 받아 들고 일어났다.

현덕은 마음속으로 가만히 축원했다.

'그저 여포가 활을 쏘아 창끝 곁가지를 꼭 맞히도록 해 주십시오.'

이때 여포는 붉은 비단 전포 소매를 걷어올린 후에, 동개에서 화살을 꺼내 시위에 메겨 들고 한번 큰소리로 힘을 주어 부르짖어 팔을 벌리고 활을 당겼다. 가득히 벌려진 활은 마치 가을달이 둥두렷이 하늘 한복판에 달려 있는 듯하고, 나는 화살은 흡사 흐르는 별이 허공으로 떨어지는 듯했다.

마침내 화살은 딱 소리를 내며 창끝 곁가지를 보기 좋게 맞혔다. 장상 장하에 있는 장수와 군사들은 일제히 고함을 질러 갈채를 보냈다.

"용하다!"

"장하다!"

"천하 영웅이다!"

"천하 명궁이다!"

소리가 쏟아져 일어났다.

여포는 한번 껄껄 웃고 활을 땅에 던진 후에 기령과 현덕의 손을 잡았다.

"이것은 내 재주가 아니라 하늘이 당신네 두 집 싸움을 말리는 것이오! 자, 군사를 파해서 제각기 돌아가시오."

"술을 다시 한 잔씩 부어라."

여포는 계속해서 영을 내려 대백大白으로 술을 돌리고 자기도 한 잔 마셨다. 현덕은 한편으로는 다행하고 한편으로는 부끄러웠다. 고개를 숙여 말이 없고, 기령은 한동안을 잠자코 있다가 천천히 입을 열었다.

"장군의 말씀을 아니 들을 수 없습니다. 그러나 주인이 믿지 아니할 테니 어찌하면 좋습니까?"

괴탄을 했다.

"염려 마오. 내가 사실대로 편지 한 장을 써 주리다."

또다시 술상이 나왔다. 두어 순배가 돈 후에 기령은 여포의 편지를 가지고 먼저 돌아가고, 현덕은 여포의 은공을 사례한 후에 관공과 장비와 함께 소패로 돌아가니 세 곳 군마는 다 파병이 되었다.

깨어지는 정략결혼

 기령紀靈은 회남淮南으로 돌아가 원술을 보고, 여포가 원문에서 창을 쏘아 화해 붙인 일을 말하고 여포의 서신을 올리니 원술은 크게 노했다.
 "여포는 나한테 허다한 양식을 받고 도리어 아이들 같은 장난으로 유비를 두호하니, 이런 놈은 버릇을 좀 톡톡히 가르쳐 주어야 하겠다."
 곧 군사를 일으켜 유비와 여포를 친히 치러 나갔다.
 기령이 간하였다.
 "주공께서는 서두르지 마십시오. 여포는 용력이 과인過人한데다가, 겸하여 서주라는 큰 땅을 가지고 있습니다. 만약 여포와 유비가 머리와 꼬리를 연하여 힘을 합해 나간다면 도모하기가 용이치 아니합니다. 제가 듣건대 여포의 아내 엄嚴 씨氏의 몸에 딸 하나가 있는데, 시집갈 나이가 되었다 합니다. 주공께서 자제가 계시니 사람을 보내서 청혼을 하십시오. 여포가 만약 허락한다면 필경엔 자진해서 유비를 죽이고야 말게 됩니다. 이것이 묘한 계교올시다."
 원술은 그럴듯하게 생각했다.
 문득 동탁을 놀려 대던 초선이 생각이 났다.
 "초선은 어찌 되었나?"
 "지금도 첩으로 데리고 살지요."
 "또 장비한테 죽은 조표의 딸이 여포의 아내로 있지 않은가?"

"엄 씨는 조강지처고 조 씨는 여포가 소패에 있을 때 유처취처有妻娶妻 한 둘째 마누라고 초선이는 작은 집으로 있습니다."

"그놈 계집도 많다. 하하하."

원술은 드높게 웃었다.

"예로부터 영웅은 호색好色을 한다 합니다. 천하장사가 계집 셋쯤 못 거느리겠습니까."

기령도 빙긋 웃으며 대답했다.

원술은 기령의 말을 좇아 한윤韓胤으로 사자를 삼아 예물을 가지고 서주로 가서 여포를 만나게 했다.

"우리 주인 원술공은 항상 장군의 영웅적 기상을 사모하고 계십니다. 이번에 화살로 창가지를 백오십 보 밖에서 쏘아서 단번에 맞혔다는 말씀을 듣고 더욱 감탄하시기를 마지아니하셨습니다. 우리 주인장께서 아드님이 한 분 계신데 참 잘생겼습니다. 영애令愛가 계시다는 말씀을 듣고 나를 보내어 장군께 청혼을 하라 하시었습니다. 원 씨네 집은 사대를 내리 정승으로 지낸 엄지손가락 같은 양반의 집안입니다. 어떠하십니까?"

여포의 귀에 구수하게 들렸다. 곧 안으로 들어가 아내 엄 씨한테 의논하였다. 여포는 기령이가 원술한테 말한 대로 원래 이처二妻 일첩一妾이었다. 먼저 엄 씨한테 장가들어서 이 여자가 정처正妻가 되었고, 다음에 초선을 동탁한테 뺏어서 첩妾을 삼았고, 유현덕을 찾아와서 소패에 있을 때 조표의 딸한테 장가들어서 차처次妻를 삼았다. 조 씨는 먼저 죽어서 소생이 없고 초선이도 아이를 낳지 아니하고, 다만 엄 씨한테 난 딸 하나만 있어서 무남독녀 외딸로 무한한 총애를 받고 있는 터였다.

"여보 마누라, 원술이가 사람을 보내서 우리 애기와 혼인을 하자는데 어찌하면 좋겠소?"

여포는 아내 엄 씨한테 물었다.

"아니 원술이가 우리 애기를 자기 아내로 삼겠다고 한단 말씀이오?"

"아냐, 아냐. 원술의 아들이 있어 며느리를 삼겠단 말이지."

그제야 엄 씨도 솔깃했다.

"원술은 오랫동안 회남을 차지하고 있어 군사도 많고 양식도 풍족하여 제후 중에 제일가는 분이라 합니다. 멀지 아니해서 천자가 될 사람이라 하는데 만약 대사를 성공한다면 우리 딸은 황후가 되겠구려. 그분이 아들은 몇 형제나 두었소?"

"그편에도 무녀독남 외아들이래."

"그렇다면 아주 천정연분이로구려. 저편엔 외아들이고, 이편엔 외딸이구. 설사 황후가 못 된다 치더라도 우리 서주는 앞으로 근심이 없겠구려! 해보십시다."

여포의 마음은 결정이 되었다. 한윤을 관대한 후에,

"돌아가 원 장군께 말씀하시오. 여포가 장군의 좋은 뜻을 허락했다고."

한윤은 곧 돌아가 원술한테 보했다.

원술은 붉고 푸른 청홍靑紅 채단綵緞을 좋은 함에 담아 예물로 한 후에 다시 한윤을 시켜 서주로 가지고 가게 했다.

여포는 자리를 펴 예물을 받은 후에, 한윤을 우대하여 역관驛館에서 편안히 쉬게 했다.

다음 날 일이었다. 여포의 모사 진궁은 원술한테서 약혼하는 예물이 왔다는 말을 듣자, 한윤을 역관으로 찾았다. 서로 수인사 끝난 후에 진궁은 좌우에 있는 사람을 물리치고 조용히 한윤한테 물었다.

"누가 이 계교를 내었소?"

"계교라니, 원공이 여 장군의 딸이 어질다는 소문을 듣고 청혼을 하여 혼인이 이룩되게 된 것이지요."

한윤은 시치미를 뚝 떼고 대답했다.

"원공과 봉선이를 사돈이 되도록 하는 일은 유현덕의 머리를 베자는 음모가 숨어 있지 아니하오?"

진궁은 말을 마치자 빙긋 웃으며 한윤을 바라보았다.

한윤의 얼굴빛이 변했다. 진궁은 여전히 빙긋 웃으며 한윤을 바라보았다.

한윤은 얼른 일어나 진궁한테 절을 하고,

"공은 절대로 누설하지 마시오."

"내가 누설을 할 리가 있겠소마는 혼인이 지체되어 다른 사람이 알게 되면 중간에 변이 생길까 보아 걱정이오."

"그렇다면 어찌하면 좋겠소? 일이 잘되도록 마련을 해 주시오."

"곧 성친成親을 해야 합니다. 내가 여 장군을 만나 보고 따님을 원 씨한테로 보내라 하리다."

"그렇다면 원 장군이 얼마나 좋아하겠습니까? 명공明公의 명철한 머리를 칭찬할 것입니다."

진궁은 한윤을 작별한 후에 여포를 만나러 서주 장청으로 들어갔다.

진궁이 여포의 방으로 들어가니 여포는 반갑게 맞이했다.

"그렇지 아니해도 좀 만나려 했던 길이오. 내 딸을 원술의 아들한테 허가許嫁한 일을 알았소?"

"아아, 그렇게 되었습니까?"

"원 장군의 집은 참 좋은 집안이지. 치마 양단에 사주단자까지 받았는데, 어느 날 결친結親을 할지 모르니 여기 대해서 좀 의논해 봅시다. 언제쯤 성혼하는 것이 좋겠소?"

"옛 법에 약혼을 해서 폐백을 받은 후에 성혼成婚까지 가는 기간을 각각 정해 논 예법이 있습니다."

"어떻게 되는 것이오."

"천자天子는 일 년이고 제후는 반년이고 대부大夫는 석 달이고 서민庶民은 한 달입니다."

"원술은 국보인 옥새를 하늘이 주다시피 했으니 조만간에 황제가 될 것이 분명하오. 천자의 예를 따르는 것이 좋겠지."

여포가 말했다.

"아니 됩니다."

진궁이 대답했다.

"왜, 천자의 예를 따른다면 너무 참람한가? 그렇다면 제후의 예를 따라 보지."

"그것도 아니 됩니다."

"제후의 예도 참람하단 말이오? 정 그렇다면 경대부卿大夫의 예를 따라서 석 달 뒤에 성혼을 하도록 하지."

"그것도 아니 됩니다."

여포는 어이가 없었다. 빙긋 웃으며 진궁을 보았다.

"그럼 나보고 서민의 예를 따라서 한 달 만에 혼인을 하란 말인가?"

"그것도 아니 됩니다."

여포는 진궁의 뜻을 알 수가 없었다. 어리둥절했다.

"그럼 이도 아니요, 저도 아니라면 어떻게 하란 말이오?"

"지금 천하의 제후들은 모두 다 영웅호걸로 자처하여 천하를 다투는 판국이올시다. 이제 공과 원술이 혼인을 하여 사돈지간이 된다는 소문이 나면, 시기를 하는 제후들이 많을 것입니다. 만약 택일이 멀게 난다면 이

기회를 타서 혼인을 깨뜨리기 위하여 길에 복병을 매복했다가 따님을 뺏어 갈는지도 모릅니다. 일이 이쯤 되면 어찌하실 텝니까? 아직 여러 제후가 알기 전에 곧 따님을 수춘壽春으로 보내서 별관에 거처케 한 연후에, 택일 성친을 하신다면 만에 하나도 실수가 없을 것입니다."

여포는 진궁의 말이 옳다고 생각했다. 곧 안으로 들어가 아내 엄 씨한테 말하고 밤을 도와 경대와 의장이며 의속과 보마寶馬, 향거香車를 준비한 후에, 송헌宋憲과 위속魏續으로 한윤韓胤과 함께 신부를 배행해 가게 하니 호화로운 행렬은 서주성 안에서부터 성 밖 10리허에 뻗쳐서 북소리와 풍악 소리는 천지를 진동했다.

이때 진원룡陳元龍의 아버지 진규陳珪는 나이 많아 집에 누워 있다가 거리에서 자지러지게 일어나는 풍악 소리를 듣고 옆 사람에게 물었다.

"저게 무슨 소리냐?"

"여 장군이 딸하고 원술의 아들이 혼약이 되어서 지금 여 장군의 딸이 원술이 있는 수춘壽春으로 가는 길입니다. 그래서 풍악 소리가 저렇게 장합니다."

"원술의 아들하고 여포의 딸하고 혼인이 된다. 아하, 이게 까닭이 있는 계교 속 혼인이로구나. 유현덕이 위태롭겠는걸!"

진규는 말을 마치자 병든 몸을 무릅쓰고 급히 여포를 찾아보았다.

"노인장께서 어떻게 나오십니까."

여포는 늙은이를 경대하여 공손히 맞이했다. 진규는 주름진 얼굴에 푸른 눈을 깜짝이며 한 동안 여포를 바라보다가,

"장군의 죽을 때가 가까웠기에 조상弔喪을 하러 나왔소이다."

진규는 흰 수염을 쓰다듬고 또렷하게 말했다.

여포는 깜짝 놀랐다. 등에 소름이 쭉 끼쳤다.

"제가 죽을 때가 왔다니 무슨 말씀이십니까?"

마음에 뜨악했다.

"전번에 원술이가 금백金帛을 장군한테 많이 보내서 유현덕을 죽이라 했습니다. 그때 장군은 의를 지켜 창을 쏘아 화해를 붙였던 것입니다. 잘한 일이올시다. 이제 원술이는 홀연 사신을 장군한테 보내서 혼인을 청했으니 이것은 장군의 영애令愛로 볼모를 삼아서 나중에 유현덕을 쳐서 소패 땅을 뺏자는 계획입니다. 소패 땅이 원술한테로 돌아가면 다음에 서주가 위태로울 것은 정한 이치입니다. 원술은 앞으로 장군과 사돈이 된 후엔 반드시 양식을 빌려 다오, 군사를 빌려 다오 하고 별의별 청을 다할 테니 이때 가서 그의 말을 듣지 아니하면 이것은 사돈을 버리는 것이 됩니다. 장군은 불가불 원술의 청을 아니 들을 수 없게 됩니다. 이렇게 된다면 한평생 원술의 명령에 복종해서 장군은 동분서주해야 되고 유비와는 영영 원수지간이 될 것입니다. 만약에 원술의 청을 아니 듣는다면 사돈을 버리는 것뿐 아니라 전쟁이 일어나는 화근이 될 것입니다. 그리고 소문을 들으니 원술은 참람하게 황제가 되려는 야심을 가졌다 합니다. 이것은 역적의 짓입니다. 이리된다면 장군은 역적의 친속이 됩니다. 천하 사람들은 장군을 용서하지 아니할 것입니다."

여포는 진규의 말을 들으니 과연 옳은 소리였다.

"아뿔싸, 진궁이 나를 그르치게 했구려!"

여포는 혼잣말을 하고 급히 장요를 불렀다.

"너는 군사 일 대대를 거느리고 급히 신행新行 행차를 쫓아서 우리 딸을 도로 데려오너라."

장요는 여포의 말을 받고 30리를 달려서 여포의 딸을 도로 데리고 왔다.

원술의 사신 한윤韓胤은 무슨 곡절인지 몰랐다. 함께 왔다가 감금이 되어 버렸다.

여포는 따로 사람을 원술한테 보내서,

"아직 혼수가 마련되지 아니하여 신부를 보내지 못합니다."

하고 전갈을 했다.

진규는 다시 여포한테 진언을 했다.

"원술의 사람 한윤을 천자가 계신 허도로 묶어 보내십시다. 한윤은 역적의 사신입니다. 그러면 조조도 좋아할 것입니다."

여포가 뜻을 결정하지 못하고 있을 때, 돌연 보발이 여포한테 보했다.

"현덕이 소패에서 군사를 모집하고 말을 많이 사들입니다. 무슨 뜻인지 모르겠습니다."

"군마軍馬를 정돈하는 것은 장수의 본분이 아닌가? 족히 의심할 것이 없다."

갈려지는 여포와 유비

여포는 대수롭게 생각하지 아니하고 있을 때, 송헌宋憲과 위속魏續이 여포한테 들어와 고했다.

"저희 두 사람이 장군의 명을 받들어 산동에 가서 좋은 말 삼백여 필을 사 가지고 돌아오는 길에, 패현沛懸 땅에서 강도를 만나 반 이상을 도둑한테 뺏겼습니다. 나중 소문을 들으니 말을 뺏어 간 자는 진정한 강도가 아니라 유비의 아우 장비가 거짓 산적의 모양을 꾸미고 말을 뺏어 간 것이 올시다."

"무어야? 장비란 자가 도둑의 탈을 쓰고 내가 사 오는 말을 뺏어 갔다! 괘씸하기 짝 없는 일이로구나."

여포는 불끈 성이 났다.

곧 군사를 점고한 후에 장비와 싸우러 소패로 향했다.

유현덕은 이 소문을 듣고 크게 놀랐다. 황망히 군사를 거느리고 성문 밖으로 나섰다.

여포와 현덕의 군사는 마주치게 되었다.

현덕이 말을 타고 여포의 앞으로 향해 나왔다.

"형장께서 무슨 까닭에 군사를 거느려 이곳까지 오셨습니까?"

공손히 물었다.

여포는 현덕을 바라보자 노기가 등등했다.

"나는 원문에서 창끝에 활을 쏘아 너희 큰 재난을 구해 줬는데, 너는 도리어 내 말을 뺏어 갔으니 배은망덕하는 자다!"

고래고래 현덕을 꾸짖었다.

유비는 까닭을 몰랐다.

"그럴 리가 있습니까. 원래 소패에 말이 귀하므로 사면으로 사람을 보내서 좋은 말을 사들이라고 한 일은 있습니다마는 어찌 감히 장군의 마필을 뺏었겠습니까."

"무슨 잔말이냐? 네가 장비를 시켜서 나의 좋은 말 백오십여 필을 뺏어 가고 무슨 낯을 들고 변명을 하고 있느냐?"

이때 장비가 현덕의 뒤에서 장팔사모창을 들고 고리눈을 부릅뜨고 말을 달려 나왔다.

"그래, 내가 네 말을 뺏었다! 어찌할 테냐?"

큰소리로 호통을 쳤다.

"에이, 이 눈깔 큰 도둑놈아. 너는 매양 나를 얕잡아만 보느냐!"

여포의 말을 듣자 장비는 지지 않고 소리를 버럭 질러 꾸짖었다.

"이놈아, 내가 네 말을 좀 뺏었기로서니 그렇게도 원통하냐? 이놈아, 네가 우리 형님의 서주 뺏은 것을 좀 생각해 보아라!"

장비의 꾸짖는 말을 듣는 여포는 열이 벌컥 올랐다. 방천화극 화려한 창을 비껴들고 적토마를 몰아 장비를 취하려 덤벼들었다. 장비 또한 여포한테 질 사람이 아니었다. 술에 취하여 여포한테 서주 뺏겼던 옛 분한이 골수에까지 사무쳤다. 장팔사모창을 비껴 잡고 고리눈을 부릅뜨며 대갈일성에 여포의 염통 한복판을 창으로 겨누었다. 여포는 방천화극으로 얼른 장팔사모창을 받아넘겼다.

치고 찌르고 막고 부딪치는 창 소리는 알연히 허공에서 일어나고, 솟구처 뛰는 말굽 아래는 누른 티끌이 자욱하여 천 길 연막을 두른 듯했다.

범 같은 두 장수의 자지러진 무예는 하늘에서 신장神將이 내려와 반 공중에서 다투는 듯했다.

여포와 장비는 백여 합을 싸웠건만 승부가 나지 아니했다.

현덕은 장비가 혹시 실수가 있을까 하여 급히 쟁을 쳐서 군사를 거두어 성으로 들어가니, 여포도 군사를 나누어 소패성을 사면으로 에워싸고 다음번 싸움에 대기하고 있었다. 현덕은 성으로 들어간 후에 장비를 책망했다.

"이번 일은 도시 네가 남의 말을 뺏은 까닭에 공연한 풍파를 평지에 일으킨 것이다. 지금 말은 어디 두었단 말이냐?"

"각처 절간(寺院)에 나누어 두었습니다."

현덕은 곧 사람을 여포의 진으로 보냈다.

아우 장비가 무례한 짓을 했소이다. 말을 곧 돌려보내 드릴 테니 서로 군사를 헤치는 것이 좋겠소이다.

여포는 그럴듯하게 생각하고 있을 때, 진궁陳宮이 눈치를 채고 간하였다.

"이 기회에 아주 유비를 쳐서 죽이십시오. 그대로 두면 뒤에 반드시 후환이 있을 것입니다."

여포는 진궁의 말을 듣고 사자에게 회답을 주지 않은 채 맹렬하게 소패성을 두들겨 쳤다.

유비는 여포의 공격을 막으려 했으나 적은 병력으로 도저히 저항하기 어려웠다.

유비는 미축과 손건을 불러 의논하였다.

"어찌하면 좋겠나?"

손건이 아뢰었다.

"지금 조조가 눈엣가시처럼 생각하는 사람은 여포 한 사람이올시다. 성을 버리고 조조가 있는 허도許都로 가서 군사를 빌리어 여포를 치는 것이 상책일까 합니다."

"누가 먼저 포위망을 뚫고 적진을 헤쳐 나가겠느냐?"

유비는 좌우를 돌아보았다.

"제가 죽기 한하고 앞을 뚫고 나가겠습니다."

장비가 자원해 나섰다.

현덕은 장비를 앞세우고 관우를 뒤에 서게 한 후에 현덕은 가운데 있어 늙고 어린 식구들을 보호한 후에 삼경三更에 달빛을 밟아 북문을 열고 달아났다.

이때 송헌宋憲과 위속魏續은 장비가 북문으로 나오는 것을 보자, 양편으로 군사를 몰아 합세하여 길을 가로막았다.

장익덕은 고리눈을 부릅뜨고 장팔사모창을 마상에 높이 들어 좌충우돌 휘두르니, 적병들은 가을바람에 낙엽이 흩날리듯 쓰러지고 자빠졌다. 장비는 일진을 대패시킨 후에 쏜살같이 달리니 유비와 관우도 뒤를 쫓아 말을 달렸다. 뒤에서 적장 장요가 급히 군사를 거느려 쫓아오다가 봉의 눈을 부릅뜨고 삼각수三角鬚를 거슬러 82근 청룡도青龍刀를 들어 마상에 우뚝 서 있는 관운장을 보자, 감히 덤벼들지 못하고 닭 쫓던 개 지붕 쳐다보는 격으로 바라만 보고 섰다. 이 틈을 타서 유비의 일행은 거칠 것 없이 허도로 달아났다.

여포는 보고를 받자 유비를 더 쫓지 아니했다.

여포는 소패성에 들어가 백성들을 안돈한 후에 고순高順으로 소패 땅을 지키라 하고, 군사를 거두어 서주로 들어갔다.

현덕은 허도에 당도하자 성 밖에 군사를 머무르고 먼저 손건을 조조한테 보냈다.

"서주는 본시 유비의 관할하던 땅인데 여포가 뛰어 들어왔기로 좋은 맘으로 양보해 주고 소패로 옮겼는데, 여포는 배은망덕을 하고 소패를 또 침공합니다. 하는 수 없이 상공께 몸을 의탁하러 왔습니다."

손건의 호소를 듣자 조조는 흔연히 대답했다.

"유현덕은 나의 형제나 다름없소. 성에 들어오면 곧 만나 보겠다 전하오."

손건은 지체 않고 돌아가 현덕한테 보했다. 현덕은 이튿날 관우와 장비를 성 밖에 머무르게 한 후에 손건과 미축을 데리고 조조를 찾았다. 조조는 반갑게 현덕을 맞이했다.

"유劉 서주徐州, 이거 얼마 만이오. 참으로 잘 오셨소."

얼굴에 간드러진 웃음을 웃으며 현덕의 손을 덥석 잡았다.

현덕은 공손히 인사한 후에 여포와의 지난 일을 일장 이야기했다.

"여포란 자는 본시 의리가 없는 사람이오. 현제賢弟와 함께 힘을 합해서 여포를 처치합시다."

"고맙소이다."

현덕은 허리를 굽혀 사례했다.

조조는 크게 잔치를 베풀어 유비를 대접하고 밤늦게야 유비는 성 밖으로 나왔다.

이날 밤에 순욱이 조조 침소로 들어가 간하였다.

"상공께 여쭙니다. 유비는 당금의 영웅이올시다. 만일 지금 도모하지 아니하면 반드시 후환이 있을 것입니다."

조조는 묵묵히 대답을 하지 아니했다. 순욱은 무료하여 나왔다.

마침 곽가郭嘉가 조조를 보러 들어왔다. 조조는 곽가에게 물었다.

"순욱이 날보고 현덕을 죽여 버리라 하는데 자네 생각엔 어떠한가?"

곽가는 손을 가로저었다.

"불가합니다. 상공께서는 백성을 위하여 사나운 자를 물리치려고 지금 의로운 군사를 일으키셨습니다. 상공께서는 다만 신과 의를 지키시어 천하의 호걸들을 부르심을 생각하셔야 하고, 오직 그들이 아니 오는 것을 두려워하셔야 할 것입니다. 유비는 본시 영웅의 명망이 있는 사람으로 이제 곤궁해서 상공을 찾아왔는데, 상공께서 만약 죽이신다면 이것은 어진 사람을 죽이는 일이니 천하의 슬기로운 선비들은 이 소문을 듣고 상공을 의심하여 오지 아니할 것입니다. 주공께서는 장차 누구와 더불어 천하를 정하려 하십니까? 한 사람을 제거시킴으로써 사해四海 선비들의 바라는 마음을 막아 버리는 것이 되니 위태로운 일입니다."

곽가의 말을 듣자 조조는 크게 기뻤다.

"그대의 말이 정히 내 마음에 꼭 맞네."

조조는 다음 날 대궐에 들어가 황제께 아뢰고 유비를 예주목豫州牧에 천거하려 하니 정욱程昱이 간하였다.

"유비는 종말에 가서는 남의 밑에 있을 사람이 아니올시다. 일찍 도모하는 것만 같지 못합니다."

하고 또 유비를 죽이라고 했다.

조조는 빙긋 웃으며 대답했다.

"지금은 내가 한창 영웅들을 불러 쓸 때인데 한 사람을 죽여서 천하 사람의 마음을 잃을 까닭이 없네. 곽가도 나와 같은 의견일세."

조조 호색

조조에게 간하던 정욱은 도리어 감동이 되었다. 유비를 죽이라고 한 자기의 말이 부끄럽기 한량없었다.

"주공께서는 참으로 넓으신 생각을 가지셨습니다. 천하의 패권을 잡으실 만합니다. 저희들의 미칠 배 아닙니다."

정욱은 탄복하고 물러갔다.

조조는 군사 3천과 1만 휘를 현덕에게 보내고 예주豫州에 도임하여 군사를 소패로 진주시켜서 흩어진 군사를 불러 여포를 치게 하라 이르고, 조조도 한편으로 군사를 일으켜 여포를 치러 했다.

이때 별안간 완성宛城 땅에서 파발마가 말방울 소리를 요란히 울리면서 허도로 달려와 조조한테 보했다.

"옛적 동탁의 장수 장제張濟가 장안에서 군사를 모아 형주로 쳐들어가서 양성穰城을 공격하다가 화살이 명중되어 목숨을 잃은 후에 그의 형의 아들 장수張繡가 모사 가후의 계교를 써서 군사를 정돈하여 형주 자사 유표劉表와 결탁해 가지고 완성에 진을 치고 허도로 쳐들어와서 대궐을 엄습한 후에 왕제를 뺏어 모시려 합니다."

조조는 대로했다. 곧 군사를 일으켜 장수를 치려 했으나 한편으로 여포가 허도를 칠까 근심이 되었다.

가슴이 답답했다. 순욱을 불러 계책을 물었다

"어찌하면 좋겠는가?"

"그거 어렵지 아니한 일이올시다. 여포는 꾀가 없는 자입니다. 이만 보면 좋아하니 상공께서는 사람을 서주로 보내시어 여포한테 벼슬을 돋우시고 상을 주시어 유현덕과 화해를 하라 권하시오. 여포가 좋아서 받는다면 멀리 허도를 공격할 의사가 없는 것이올시다."

조조는 기뻤다.

"좋은 계교다."

순욱을 칭찬한 후에 봉군奉軍 도위都尉 왕측王則을 보내서 여포에게 벼슬을 돋우는 고명誥命과 유비와 화해하라는 글월을 전하게 하고, 한편으로 군사 15만을 세 길로 나누어 친히 장수張繡를 치러 나가니 기치창검은 백 리에 뻗쳤고 북과 징 소리는 천지를 진동했다.

선봉대장 하후돈의 군사가 육수淯水에 당도하여 당당하게 진을 치니 적장들은 간담이 서늘했다.

"어찌하면 좋겠소? 싸우는 것이 옳겠소, 화친하는 것이 좋겠소?"

적장 장수는 모사 가후한테 물었다.

"조조의 군사를 바로 보니 형세가 너무나 큽니다. 대적해 싸울 도리가 없습니다. 항복하여 화친하는 것이 상책인가 합니다."

장수는 가후의 말을 옳게 들었다. 곧 가후를 조조의 진으로 보내서 화친하기를 청했다.

조조는 가후를 불러들였다.

가후는 언변 좋은 말로 청산유수처럼 조조를 치켜세우고 항복하기를 청했다. 조조는 가후를 대해 보자 거의 언변에 취해 버리고 말았다. 가후를 자기 모사로 삼고 싶었다.

"어떠하오? 내 사람이 되어 일을 함께합시다."

가후를 붙잡았다.

가후는 공손히 대답했다.

"제가 전에 이각의 모사가 되어 죄를 천하에 얻었습니다. 그 후에 몸을 장수한테 의탁했더니 장수는 저를 믿어 언청계용言聽計用을 했습니다. 차마 그 사람을 버릴 수가 없습니다."

조조는 더한층 마음으로 가후를 사랑했다.

"그럼 다시 깊이 생각해 보시오."

가후는 조조를 작별하고 돌아갔다.

다음 날 가후는 장수와 함께 와서 조조께 뵈었다.

조조는 후하게 대접한 후에 큰 군사는 성 밖에 머물러 두고 친군만 거느리고 장수와 가후를 따라 성에 들어가 여러 날을 묵고 있었다.

장수는 날마다 큰 잔치를 베풀어 조조를 관대했다. 조조는 무한히 기뻐했다. 하루는 술이 거나하게 취해서 객사 침실寢室로 돌아오자 옆에 있는 사람들에게 물었다.

"성안에 혹시 기녀가 없느냐?"

하고 물었다.

조조의 형의 아들 조안민曹安民은 아재비 조조의 뜻을 짐작했다.

"간밤에 소질小姪이 관사館舍 곁을 엿보았더니 한 부인이 있는데 어찌나 절묘하고 예쁜지 과연 아름다운 여자였습니다. 옆 사람한테 물었더니 바로 장수張繡의 숙부인 죽은 장제張濟의 아내라 합니다. 참으로 미인이었습니다."

조카 조안민은 싱글벙글 웃으며 아재비 조조한테 고해바쳤다.

조조는 누웠다가 벌떡 자리에 일어나 앉았다. 얼굴에는 기쁜 빛이 가득 찼다.

"그럼, 과부로구나!"

"예, 그러합니다."

"과부면 시끄럽지 않고 문제가 없다. 군사를 데리고 가서 업어 가지고 오너라."

조안민은 조조의 말을 듣자 곧 무장한 군사 50명을 거느리고 가서 다짜고짜로 관사를 들이친 후에 순식간에 장제의 아내를 후려쳐 업고 조조의 침실로 들어왔다.

조조가 촛불 아래 넌지시 바라보니 과연 천하에 짝이 없을 절세의 미인이었다.

꽃보다도 아름답고 달보다도 환했다. 부끄러운 듯, 두려운 듯, 놀란 듯, 하소연하는 듯한 착잡한 표정은 촛불 아래 눈물 흔적이 밝은 눈에 아롱져서 더한층 가련하고 예뻤다.

조조는 넋이 사라지고 혼이 빠지고 뼈가 저렸다. 한동안 바라보다가 가만히 물었다.

"낭자의 성씨는 누구지?"

미인은 아미를 숙여 대답이 없었다.

"나는 조조야. 대승상大丞相 조조曹操란 사람이야. 하도 당신이 미인이란 소문이 높기에 사람을 보내서 청한 것이야. 규수도 아니고 무엇이 그리 부끄러운가. 자, 고개를 들어 나를 보라고, 당신은 언젠가 한번은 개가를 해야만 할 과부가 아닌가?"

대승상 조조란 말에 미인은 살포시 고개를 들어 조조를 곁눈으로 살며시 바라보았다. 미남은 아니지만 대승상 조조의 이름은 우레같이 귀에 익히 들었다. 마음이 솔깃 움직였다.

조조는 기회를 잃지 아니했다.

"성씨가 누구지?"

또 한 번 부드럽게 물었다.

"장제의 아내 추鄒 씨氏올시다."

붉은 입술이 비로소 곱게 터졌다.

"조조, 내가 누구인지 알겠지?"

조조는 미인의 귓바퀴에 입을 대고 속삭였다.

"예, 승상의 위명威名을 듣자 온 지 참으로 오래입니다. 오늘 저녁에 이같이 뵙게 되니 이만 다행한 일이 없습니다. 한 몸에 넘치는 광영이올시다."

부인은 고요히 미소를 풍기고 몸을 일으켜 조조한테 절을 했다.

조조는 황망히 두 손을 들어 추 씨 부인의 부드러운 손을 잡아 자리에 앉혔다.

"나는 장 씨네 집안을 멸족시키려 했더니, 오늘 부인을 만나게 되니 이것도 천생연분인가 보오. 하하하, 부인의 낯을 보아 앞으로 용서하겠소."

미인 추 씨는 다시 일어나 두 번 절하며 나직하게 고했다.

"저희 집안을 재생시켜 주신 승상 각하의 태산 같은 은혜를 어찌하면 다 갚겠습니까!"

조조는 다시 추 씨의 손을 잡았다. 과부 추 씨는 조조의 손을 뿌리치지 아니했다.

조조는 문득 추 씨를 달래 보았다.

"오늘 부인을 만나 보게 된 것은 참말 천행이오. 오늘 밤에 나하고 동침을 하는 것이 어떠하오? 우리 허도로 가서 한평생 부귀를 함께 누리는 것이 어떠하오?"

추 씨는 얼굴을 붉히며 대답 없이 고개를 숙였다. 마음으로 허락하는 뜻을 표현하는 것이었다.

이날 밤에 조조는 추 씨와 함께 객사客舍에서 밤을 지냈다.

날이 밝았다. 아침 단장을 차린 추 씨의 맵시는 조조의 눈에 더한층 아름답게 보였다.

"밤사이 더 예뻐졌구려."

조조는 흐뭇한 마음으로 추 부인을 바라보며 지껄였다.

"놀리시지 마십시오."

추 부인은 잠깐 얼굴을 붉힌 후에 다시 속삭였다.

"오래 이곳에 있으면 시조카 장수가 알까 무섭습니다. 그리고 바깥사람들의 소문이 좋지 않을 것입니다. 어찌하면 좋겠습니까?"

추 부인은 정염이 타오르는 푸른 눈을 새침하게 떠서 조조를 맥맥히 바라보았다.

"지금이라도 부인과 함께 성 밖에 있는 우리 영문으로 가서 있으면 고만 아니겠소?"

조조는 이날 저녁 때 추 씨와 함께 가마를 타고 성 밖에 있는 자기 영문으로 나갔다.

조조는 전위를 시켜서 침실 밖에 수직하여 있게 한 후에 아무리 급한 일이 있더라도 조조가 부르기 전에는 어떠한 사람이라도 함부로 들어오지 못하게 했다.

이 뒤로부터 안과 밖의 연락은 완전히 끊어지고 조조는 날마다 추 씨와 행락行樂을 하면서 허도로 돌아갈 생각도 아니했다.

싸고 싼 사향麝香내도 결국은 퍼지고야 마는 법이었다.

이 소문은 한 입 걸러 두 입 걸러 점점 퍼지기 시작했다.

장수張繡의 집사람이 장수한테 비밀히 고했다.

"월방越房 마마가 조 승상의 진중에 계시답니다."

"그게 무슨 소리냐? 어떻게 월방 마마가 조 승상의 진중에 계실 수가 있느냐?"

"조 승상과 월방 마마가 좋아 지내신답니다."

"무어야?"

숙모가 음분했다는 말에 장수는 벌컥 상기가 되어 노했다.

"조조 도둑놈이 내 얼굴에 똥칠을 했구나!"

장수는 버럭 소리를 지른 후에 급히 가후를 청하여 의논하였다.

"조조가 내 숙모를 도둑질해 갔으니 어찌하면 좋겠소?"

가후는 한참 생각하다가,

"이 일은 누설해서는 아니 됩니다. 내일 조조를 찾아보신 후에……."

가후는 말을 잠깐 그치고 장수의 귀에다가 입을 대고 소곤거렸다.

장수의 얼굴에 웃음이 서렸다.

이튿날 장수는 조조를 찾아보았다. 조조는 장수를 장중帳中으로 불러들였다.

장수는 예를 마친 후에 조조한테 고했다.

"새로 항복한 군사 중에 도망을 치는 자가 많습니다. 이 자들을 승상께서 계신 중군中軍에다가 둔병屯兵을 시키는 것이 좋겠습니다."

"그래? 도망가는 놈들이 많단 말인가? 아무려나 하오그려."

조조는 대수롭지 않게 생각했다. 그대로 승낙을 해 버렸다.

장수는 조조의 승낙을 받자, 곧 자기 군사를 조조의 중군으로 옮겨서 네 곳에 영문을 배치하고 시각을 정하여 일을 일으키려 했다.

말할 것도 없이 가후의 계책이었다. 그러나 두려운 것은 전위典韋의 용맹이었다. 장수는 얼른 거사를 못하고 심복 장수 호거아胡車兒하고 의논하였다.

"무서운 것은 전위의 용맹인데 어찌하면 좋겠나?"

호거아는 천하장사였다. 힘이 세어 5백 근 무게를 등에 지고 하루에 능히 7백 리씩이나 가는 이인異人이었다. 장수한테 꾀를 드렸다.

"전위가 무섭다는 것은 쌍철극雙鐵戟을 잘 쓰기 때문입니다. 그가 잘 쓰는 쌍철극만 없다면 두려울 것이 조금도 없습니다. 내일 주공께서는 전위를 청하시어 술을 권하여 흠뻑 취하여 돌아가게 만드십시오. 그러면, 저는 전위와 함께 온 군사들 틈에 끼여 들어가서 장중에 있는 쌍철극을 훔쳐 내오겠습니다. 이렇다면 족히 두려울 것이 없습니다."

장수는 호거아의 말을 듣자 매우 기쁘게 생각했다.

가후를 시켜 조조의 중군으로 옮아간 심복 군사들에게 활과 창을 마침 준비하여 대기해 있게 하고 전위를 청하여 은근히 술을 대접하여 취하도록 한 후에 밤늦게 돌아가게 했다.

호거아는 기회를 놓치지 아니했다. 전위의 군사들 틈에 섞여서 조조의 큰 영문으로 들어갔다.

이날 밤에 조조는 추 씨와 함께 행락을 하면서 술을 마시고 있을 때, 창 밖에서 인마人馬의 소리가 났다.

"누가 보아라. 창 밖에서 누가 수선거리느냐?"

사람이 나가 보고 돌아와 고했다.

"별다른 일이 없고 장수의 군사가 야경을 돌고 있습니다."

조조는 의심치 아니하고 추 씨와 다시 술을 마시고 있었다.

천하장사 전위 죽다

조조는 추 씨와 함께 자리에 들어 한참 즐거움 속에 도취되어 있을 때 밤은 깊어 이경二更이 되었다.

홀연 영채 뒤에서 소란한 소리가 일어났다. 조조는 급히 추 부인한테서 일어나려 할 때 밖에서 군사가 아뢰는 소리가 들렸다.

"양초糧草 실은 수레에 불이 붙었습니다. 곧 꺼지는 모양이올시다."

조조는 대수롭지 않게 생각했다.

"군인들이 실화失火한 모양이로구나. 진중에서는 놀라지 말라고 일러라."

조조는 말을 마치자 다시 추 씨를 끼고 드러누우려 했다. 그러나 조조가 추 씨의 누운 이불 속으로 채 들어가기 전에 고함 소리는 더한층 크게 들리면서 화광은 하늘을 사를 듯 조조의 침실까지 새빨갛게 비쳤다.

조조는 그제야 깜짝 놀랐다. 자리를 박차고 일이났다.

"전위야! 전위야!"

큰소리로 급히 전위를 불렀다.

그러나 전위는 적적히 대답이 없었다.

이때 전위는 술이 대취해서 정신을 모르고 깊은 잠 속에 들어 있다가 꿈 같은 속에서 고함 소리와 북소리, 제금 소리가 요란하게 들리자 소스라쳐 놀라 번쩍 눈을 떴다.

화광은 충천하고 진중은 소란하기 짝이 없었다. 무슨 일이 난 모양이었다.
 전위는 급히 쌍고검을 찾았다. 그러나 벽에 걸어 두었던 쌍고검은 온데간데없었다.
 이때 함성은 더욱 천지를 진동하면서 진 속이 떠나갈 듯했다.
 전위는 급히 뛰어 나가보니 모두 다 장수張繡의 군사들이었다.
 급히 보졸의 허리에 찬 칼을 뺏어 들었다.
 무수한 적병들은 말을 타고 장창과 장검을 비껴들고 전위한테로 달려들었다. 전위는 힘을 다하여 칼을 두르며 적군을 무찔러 20여 명을 찍어 죽였다.
 적의 마병들은 겁이 나 물러갔다. 이번엔 보병들이 몰려들었다. 보병들의 창과 칼이 서릿발같이 전위를 둘러싸 포위했다.
 전위는 취해 자다가 뛰어 일어났으니 몸에 무장할 겨를도 없었다. 홑옷 입은 몸은 칼에 찍히고 창에 찔려서 수십 군데 창상을 입었다.
 전위는 칼 쓰기도 바빴다. 칼을 내던지고 맨주먹으로 쳐들어오는 적을 막았다. 두 주먹으로 8~9명을 거꾸러뜨렸다.
 적군들은 겁이 났다. 감히 가깝게 오지 못하고 멀리서 화살을 쏘아붙였다. 마치 소나기가 쏟아지는 듯했다.
 전위는 그래도 이를 악물고 진문을 지켜 맨주먹으로 싸웠다.
 전위의 온몸은 화살투성이였다. 피가 줄줄 흘렀다.
 그러나 적병들은 뒷문을 뚫고 전위의 등 뒤로 몰려들었다.
 시퍼런 창이 앞만 바라보고 막아 대는 전위의 등판을 퍽 찔렀다.
 창끝은 등판을 꿰뚫어 염통까지 찔렀다.
 "으악!"

소리가 전위의 입에서 일어났다. 순간,

"우후후!"

하는 외마디소리와 함께 전위의 육중한 몸은 쿵 소리를 내면서 땅 위로 쓰러져 버리고 말았다.

조카도 죽고 아들도 죽고

천하장사 전위는 눈은 흡뜨고 게거품을 흘리며 죽어 버리고 말았다.

그러나 그가 죽어 넘어진 지 반 시각이 넘었건만 적병들은 무서워서 감히 진문으로 들어오는 자가 없었다.

한편으로 조조는 전위가 죽음으로써 앞문을 막은 덕으로 뒷문에서 말을 타고 달아나기 시작했다. 조카 조안민曹安民이 혼자 걸어서 뒤를 따랐다.

뒤에는 쫓아오는 적병들의 말굽 소리만 드높았다.

윙 하는 소리가 귓전을 울리자 조조의 오른팔에 화살이 콱 박혔다.

또다시 윙 소리가 일어났다. 말 궁둥이와 뒤 정강이와 앞다리에 화살이 한꺼번에 세 개씩이나 날아와 꽂혔다.

그러나 말은 대완大宛 소산의 좋은 양마良馬였다. 한꺼번에 세 대씩이나 살을 맞았건만 아픔을 무릅쓰고 쾌하게 뛰었다. 뒤에서는 적병의 추격이 점점 더 급했다. 육수淯水 강변에 당도했을 때, 조안민은 쫓아오는 적병에게 붙잡혀 난도질을 당해 죽었다.

조조는 급히 말을 몰아 물속으로 뛰어들었다. 말은 명마였다. 급한 파도를 헤엄을 쳐 건넜다.

조조는 온몸이 물구덩이가 되었다.

겨우 물결을 헤치고 언덕으로 올랐을 때, 강 건너에서 쏘는 적의 화살은 대완 말의 눈알을 쏘아 맞혔다.

말은 구슬픈 비명을 지르며 벌렁 쓰러져 버렸다. 조조는 슬펐다. 자기를 구해 준 말이 쓰러져 죽는 것을 보자 눈에서는 화끈 더운 눈물이 쏟아졌다.

그러나 화살은 여전히 비 오듯 쏟아졌다.

급히 몸을 피해 달아나려 할 때 강변에서 말을 달려 쫓아오는 젊은 사람이 있었다.

조조의 간은 콩알만큼 오그라들었다. 두 주먹을 불끈 쥐고 급히 달아나려 할 때,

"아버지 말을 타고 달아나십시오."

하는 소리가 귓전을 울렸다.

조조는 자기의 귀를 의심하면서 흘끗 고개를 돌려 보았다. 아들 앙昻이었다. 반갑기 그지없었다.

"너 웬일이냐?"

"적군 속에 섞여서 아버지를 구하러 왔습니다. 어서 빨리 제가 타고 온 말을 타고 달아나십시오!"

"너는 어찌하고?"

"저는 염려 말고 어서 아버님 목숨을 보전하십시오."

"아니 된다. 함께 타자!"

"둘이 다 죽습니다. 어서 타고 달아나십시오. 적은 지금 강을 건너옵니다!"

"어떻게 나 혼자만 가느냐?"

"어서 타시라니까 그러십니까?"

조조의 아들은 조조를 말 위에 끌어올렸다.

이때 적의 화살은 흐르는 별처럼 날아 조조의 아들 조앙의 가슴 한복판

을 쏘아 맞혔다.
 자기편으로 알았던 군사가 조조의 편인 것을 발견한 것이었다.
 "아아!"
 조앙은 외마디소리를 처절하게 부르짖으며 가슴에 화살을 박은 채 강변 백사장 위에 쓰러졌다.
 조조는 급히 말에서 뛰어내려 조앙의 시체를 안으려는 찰나였다. 살은 또다시 윙 소리를 내며 허공을 끊었다.
 조조는 아들의 시체를 버린 채 말을 달려 급히 달아났다.

명장 우금

조조는 죽음을 피하여 이를 악물고 말을 달렸다. 동서남북을 분간 못하고 훤한 길로만 향하여 말을 달렸다.

쫓아오는 적병들의 고함 소리와 날아오는 화살은 점점 멀어졌다.

50~60리 달렸을 때, 패해 쫓긴 부하 장수들도 한 명 두 명씩 모여들기 시작했다.

조조는 비로소 숨을 돌리고 패잔병들을 수습하여 정돈하고 있었다.

이때 하후돈이 영솔하는 청주 군사들은 패해서 쫓겨 오는 길에 고을마다 백성의 집을 노략질해서 지나가는 곳마다 분탕질을 쳤다. 백성의 원망하는 소리는 높았다.

평로平虜 교위校尉 우금于禁은 의분을 금할 수 없었다. 동관인 하후돈에게 몇 번 주의를 주었으나 하후돈의 군사들의 행패는 여전했다.

우금은 노략질하는 군사들을 모조리 죽여 버리고 백성들을 위로했다.

청주 군사들은 조조 앞에 와서 통곡하며 고했다.

"우금은 반군叛軍 편이 되어 가지고 저희들 청주 군사를 마구 죽여 버립니다."

조조는 깜짝 놀랐다.

조금 있으려니 하후돈, 허저, 악진 등 여러 장수들이 당도했다. 조조는 급히 물었다.

"우금이 반했단 말이 사실이냐?"

"제가 거느린 청주 군사들을 보는 대로 모조리 죽였습니다."

하후돈이 핏대를 올려 대답했다.

"빨리 반장 우금을 잡아 죽이도록 해라."

조조는 우금을 잡아 죽이라는 명령을 내렸다.

이때 우금은 조조와 부하 장병들이 모였다는 말을 듣자 군사들을 지휘하여 진을 치고 참호를 파고 영채를 세웠다. 마치 조조를 대항하여 진세를 벌이는 듯했다.

함께 있던 순욱이 물었다.

"들리는 말에 하후돈의 청주 군사가 조 승상께 가서 당신이 모반했다고 고했다는데, 어찌해서 발뺌을 하지 아니하고 먼저 진부터 치시오? 조 승상이 알면 정말 의심하리라."

"지금 적병은 우리 뒤를 계속해서 추격하는데, 만약에 적을 막아 댈 준비가 없다면 무슨 수로 쫓아오는 적병을 막아 내겠소. 발뺌해서 변명하는 것은 작은 일이고 적을 물리치는 일은 큰일이오. 큰일 먼저 한 후에 작은 일을 해야겠소."

"옳은 말씀이오."

순욱은 고개를 끄덕여 감탄했다.

우금이 진을 치자 과연 적병은 두 길로 쏟아져 들어왔다.

우금은 급히 군사를 휘동하여 쳐들어오는 장수의 군사를 두 길로 엄습하니 장수는 우금을 맞아 싸우다가 우금의 용맹을 당해 낼 수 없었다. 싸운 지 반나절이 못 되어 대패해서 달아났다. 우금은 장수의 뒤를 따라 백여 리를 쫓아가며 패해 달아나는 장수의 군사를 무진장 죽였다. 장수는 하는 수 없었다. 형세는 궁하고 힘은 떨어졌다. 하는 수 없어 유표한테로 의탁하러 달아났다.

장수가 패해 달아난 후에 조조는 군사를 거두고 장교들을 점검하니 우금이 들어와 뵈었다.

"승상께 선참후계先斬後啓로 아뢰옵니다. 청주 군사가 방자하게 백성들의 재물을 노략질하고 겁탈하여 크게 인망을 잃으므로 소장이 차마 볼 수 없어 죽여 버렸습니다."

"그렇다면 나한테 말을 하고 처리할 일이지 한마디 말도 없이 진을 친 것은 어찌한 까닭인가?"

조조는 아직도 우금의 행동을 미심하게 생각했다.

"적병이 뒤에서 곧 쫓아옵니다. 그러하니 우선 적병을 막을 준비를 하여 성을 막고 진을 친 것입니다. 적병을 막는 일은 급한 일이요, 청주 군사를 죽인 발뺌은 작은 일입니다. 급한 일부터 처리한 것입니다."

조조는 그제야 마음이 석연했다.

"장군은 급한 중에 군사를 잘 정돈하여 다른 사람이 비방하거나 말거나 진을 치고 성을 굳게 하여, 패했던 군사가 되레 승리를 거두게 했으니 비록 옛적 명장이라 하나 장군을 따르기 어렵소."

조조는 크게 우금을 찬양한 후에 익수益壽 정후亭侯의 칭호를 봉하고 황금 그릇 한 벌을 상으로 내렸다.

조조는 하후돈에게 군사 다스리지 못한 죄를 엄하게 책망한 후에 죽은 전위의 영위靈位를 배설하여 위령제를 지내는데, 조조는 친히 절을 드리고 잔을 올려 통곡한 후에 모든 장령들을 돌아보며 구슬프게 말했다.

"나는 이번에 큰아이를 죽이고 사랑하는 조카까지 잃었으나 뼈저리게 슬프고 아픈 것은 전위의 죽음이다."

모든 장수들은 조조의 말에 감복이 되어 죽음으로 섬길 것을 결심했다.

조조는 또 한바탕 전위의 영상靈牀 앞에 구슬픈 통곡을 간드러지게 했다.

모든 장수들은 더 한 번 가슴이 울먹였다.

조조는 다음 날 군사를 거두어 허도로 돌아갔다.

조조의 하룻밤 호색은 마침내 큰 풍파와 전란을 일으켜 큰아들 조앙을 죽게 하고, 조카 조안민을 잃어버리고, 명장 전위를 꺾어 버리고 말았다.

한편으로 앞서 조조의 명을 받들어 조서詔書를 싸 가지고 서주 여포에게로 향했던 왕측王則은 서주에 당도하자, 여포의 환영을 받고 부중으로 들어가 조서를 읽은 후에 여포에게 평동平東 장군將軍을 봉하는 직첩과 인수印綬를 주고 또 조조의 사사로운 편지를 전한 뒤에,

"조 승상께서는 매우 장군을 사모하고 공경하십니다."

하여 조조가 여포를 경대한다는 뜻을 표하니 여포는 무한히 기뻤다. 여포가 왕측을 후하게 대접하고 있을 때, 홀연 사자가 들어와 고했다.

"원술 장군한테서 사람이 왔습니다."

여포는 곧 원술의 사람을 불러들였다.

미련한 여포

여포는 원술의 사자를 향하여 물었다.
"어째 오셨소?"
"우리 원공께서는 조만간에 황제가 되십니다. 곧 동궁東宮을 세우실 터인데, 곧 따님을 모시어 회남으로 오라고 말씀을 내리셨습니다."
여포는 사자의 말을 듣자 대로했다.
"무어야? 원술이가 황제가 된다. 역적 놈이로구나! 이럴 수가 있느냐."
여포는 호통을 친 후에 곧 사신을 옥에 내려 목 베어 죽이고, 전에 잡아두었던 원술의 사람 한윤을 함거檻車에 실어 허도로 보낸 후에, 진규陳珪의 아들 진등陳登에게 사례하는 표문을 받들어 황제께 바치게 하고, 왕측 편에는 조조한테 답서를 보내서 실직實職으로 서주목徐州牧을 달라 요구했다.
조조는 여포의 서신을 받은 후에 여포가 원술과 혼인을 끊은 것을 알고 크게 기뻤다. 한윤을 곧 거리에 내어 목 베어 죽였다.
여포의 심부름 왔던 진등이 가만히 조조한테 말했다.
"여포는 원래 시랑豺狼 같은 자올시다. 용맹스러우나 꾀가 없고 거취를 경솔하게 합니다. 일찍이 도모하시는 것만 같지 못합니다."
조조는 빙긋 웃으며 대답했다.
"여포의 흉악한 야심을 내가 모르는 바가 아니오. 오래 길러 둘 사람이 아닌 것을 나도 다 알고 있소. 공의 부자父子 분이 아니면 내가 성공을 하기 어렵소. 나를 위하여 좋은 꾀를 내주시오."

진등이 얼굴빛을 화하게 하여 대답했다.

"승상께서 거사를 하신다면 저는 내응內應이 되겠습니다."

진등의 말을 듣자 조조는 기뻤다.

진등의 아버지 진규에게 치중治中 대부大夫 2천 섬 녹에 해당하는 벼슬을 주고 진등한테는 광릉廣陵 태수太守 벼슬을 주었다.

진등이 조조를 하직하고 돌아오려 하니 조조는 진등의 손을 잡고 간곡하게 부탁했다.

"동방東方의 일은 오직 당신한테 부탁합니다."

진등은 머리를 끄덕이며 대답했다.

"염려 마십시오."

진등은 조조를 작별하고 서주로 돌아갔다.

여포는 진등이 돌아오자 서주목 실직實職이 궁금했다.

"조조는 내 편지를 받고 무어라 합디까?"

"대단히 기뻐합디다. 그리고 내 부친께는 벼슬을 올리고 나에게는 광릉 태수 벼슬을 주었습니다."

여포는 이 말을 듣자 성이 꼭두에까지 뻗쳤다.

"너는 나를 위하여 서주목 실직은 구해 오지 아니하고 너희 부자들의 벼슬만 받아 가지고 왔으니 의리부동한 놈이다. 네 아비가 애당초 나더러 원술과의 혼인을 끊어서 조조를 도와주라 일러 놓고, 오늘날 나는 아무 소득이 없이 너희 부자만 모두 다 높은 벼슬을 받았으니 나는 너희 부자한테 팔린 셈이다."

여포는 말을 마치자 칼을 쑥 뽑아 진등을 찌르려 했다.

진등은 여포가 칼을 뽑아 자기를 찌르려 하는 것을 보자 문득 소리 높여 깔깔 웃었다.

진등을 찌르려던 여포가 도리어 손이 떨렸다.

"왜 웃느냐?"

큰소리로 들이댔다.

"장군은 어째 그리 머리가 밝지 못하시오."

"내 머리가 왜 밝지 못해?"

"내가 허도에 가서 조조를 보고 이같이 말했소이다. 여 장군을 기르는 것은 마치 범을 기르는 것 같다고 했습니다. 항상 고기를 배불리 먹어야 탈이 없지 주리도록 내버려 두면 사람을 문다고 했습니다. 그러하니 빨리 정식으로 서주목으로 제수하라고 말했더니 조조는 웃으며 대답하는 말이 '나는 그렇게 생각하지 아니하오. 나는 여呂 온후溫侯를 대접하기를 매鷹 기르듯 합니다.' 이렇게 대답합디다. '어째 그렇소.' 하고 물으니 '토끼와 여우를 잡자면 매를 주리게 해야만 사냥을 잘하는 법이오. 매가 배가 부르면 달아나 버리고 마는 법이오.' 하고 대답합디다. 그래서 나는 '누가 여우고 누가 토끼요?' 하고 물었더니, 조조는 '회남의 원술과 강동의 손책孫策과 형양의 유표劉表와 익주의 유장劉璋과 한중의 장노張魯가 모두 다 여우와 토끼들이다.' 라고 대답합디다."

진등의 말을 듣자 여포는 칼을 땅에 내던지며 껄껄 웃었다. 자기를 세상 중의 영웅인 매로 대접하는 것이 무한 좋은 모양이었다. 마음이 흐뭇하고 흥그러웠다.

자기는 천하의 영웅호걸이란 사람들을 다 잡을 것만 같았다.

"조 승상은 나를 아는 사람이로군!"

진등이 막 물러가려 할 때, 보발 군사가 급히 뛰어 들어와 고했다.

"원술이 대군을 거느리고 서주를 치려고 들어옵니다!"

여포는 깜짝 놀랐다.

원래 원술은 회남에 있어 땅이 넓고 양식이 풍족한 데다가 손책한테서 뺏은 옥새를 가진 후에 참람된 생각이 더욱 일어나서 황제를 참칭僭稱하고 싶었다.

여러 부하들을 모아 놓고 자기 뜻을 말했다.

"옛적에 한 고조는 사상泗上 땅의 일개 정장亭長에 불과했건만 천하를 들두어서 지금까지 사백 년간 그의 자손이 임금이 되었소. 그러나 기수氣數가 이미 다해서 해내海內는 마치 가마솥에 물이 끓듯 하오. 우리 집은 사세삼공四世三公의 집안이고 백성들이 의지하는 바요. 나는 이제 하늘 뜻에 응하고 사람의 마음을 순히 하여 황제의 위位에 오르고자 하니 여러분의 의향이 어떠하오?"

주부主簿 염상閻象이 얼굴빛을 씩씩하게 하여 감연히 앞에 나와 말했다.

"불가합니다. 옛적에 주周의 후직后稷은 덕을 쌓고 공을 쌓아 그의 후손 문왕文王의 대에 이르러 천하를 삼분三分한 중에 그 둘을 차지했지만 그래도 은殷을 도왔습니다. 명공께서는 가세家世가 비록 귀하다 하나 주실周室만큼 왕성하지 못하고 지금 한실漢室이 미약하다 하나 은주殷紂같이 포학하지 아니합니다. 결코 아니 됩니다!"

원술은 7로군을 일으키고

염상의 바른말을 듣자 원술은 불쾌했다. 노기가 등등해서 대답했다.

"우리 원袁 씨氏는 진陳에서 나왔고, 진이란 바로 대순大舜의 후예란 말이오. 진陳은 오행五行 중에 토土에 해당한 것이고, 한漢은 화덕火德으로 천자가 되었소. 그러하니 화생토火生土라, 불의 뒤를 이어 흙이 왕성하게 된단 말이오. 이는 유劉 씨氏를 대신하여 원袁 씨氏가 천자가 될 조짐이오. 또 비결에 말하기를, 한을 대신할 자는 도고塗高라 적혀 있는데 내 자字가 공로公路니 도塗도 길이요, 노路도 길이라, 이것도 바로 맞는다 할 것이오. 그리고 나는 여기다가 전국 옥새를 가졌소. 내가 만약 임금이 아니 된다면 이것은 하늘 뜻을 거스르는 것이라 하겠소. 내 뜻이 이미 결정되었으니 다시 수다를 떠는 자가 있다면 참斬하겠소!"

원술은 말을 마친 후에 중씨仲氏라 건호建號한 후에 대臺와 성省들의 관청을 설치하고 용봉龍鳳을 아로새겨 조각한 연輦을 탄 후에 남교南郊와 북교北郊에 제례를 지내고 풍방馮方의 딸로 황후를 삼고 아들로 동궁을 봉한 후에 여포한테 사람을 보내서 그의 딸을 데려와 동궁비를 삼으려 했다.

조조가 허도에서 한윤을 죽였다는 소식을 듣자 원술은 크게 노했다. 장훈張勳으로 대장군을 봉한 후에 크게 20만여 명의 군사를 동원하여 일곱 길로 나누어 서주를 치게 했다.

제1로第一路 대장은 장훈인데 중간에 있고, 제2로 상장上將 교유橋蕤는 좌편으로 나가고, 제3로 상장上將 진기陳紀는 우편으로 나가고, 제4로 부장副將 뇌부雷簿는 좌편으로 나가고, 제5로 부장副將 진난陳蘭은 우편으로 나가고, 제6로 항장降將 한섬韓暹은 좌편으로 나가고, 제7로 항장降將 양봉楊奉은 우편에 있어 각기 부하 맹장들을 거느려 당일로 나가게 하고, 연주兗州 자사刺史 금상金尙에게 태위太尉 벼슬을 준 후에 7로七路 군사의 전량錢糧을 운전하라 하니 금상은 듣지 아니했다.

원술은 금상을 죽이고 기령紀靈으로 일곱 길 군사의 도구응사都救應使를 임명한 후에 다시 군사 3만을 몸소 거느려 이풍李豊, 양강梁剛, 악취樂就로 최진사催進使를 삼아 7로 군사를 접응하게 했다.

여포는 가만히 정탐을 보내어 살피니 장훈張勳의 군사는 큰길을 좇아 서주를 취하러 들어오고, 교유橋蕤의 군사는 소패를 취하러 들어오고, 진기陳紀의 군사는 기도沂都를 취하러 들어오고, 뇌부雷簿의 군사는 낭야琅琊를 취하러 들어오고, 진난進蘭의 군사는 갈석碣石을 취하러 들어오고, 한섬의 군사는 하비下邳를 취하러 들어오고, 양봉의 군사는 준산浚山을 취하러 들어오는데 하루에 50리씩 나오며 지나는 고을마다 노략질을 하며 쳐들어온다는 것이었다.

여포는 크게 놀랐다. 급히 모사들을 불러 의논하였다.

"이 일을 장차 어찌하면 좋겠소?"

이때 진궁陳宮과 진규陳珪와 진규의 아들 진등陳登도 참석해 있었다.

진궁이 발끈 성을 내며 언성을 높여 말했다.

"오늘날 서주가 이 지경이 된 것은 진규의 부자가 조조한테 아첨을 해서 원술과 파혼을 시켜 놓고 자기들은 좋은 벼슬을 받았지만, 결국 화를 장군한테 끼친 것입니다. 진규 부자의 머리를 베어 원술한테 바치면 그 군사는 자연 물러갈 것입니다."

여포는 그러지 아니해도 진규의 부자를 못마땅하게 생각하고 있을 때, 진궁의 말을 들으니 옳다고 생각했다.

"너희들은 진규와 진등 부자를 곧 잡아서 옥에 내리라!"

좌우에 있는 무사에게 영을 내렸다.

앞에 있던 진등은 껄껄 웃으며 말했다.

"내가 보니 원술의 칠로병七路兵은 마치 일곱 더미 썩은 풍뎅이 같은데 무엇을 그리 겁들을 낸단 말씀이오?"

말은 호방하고 대담했다. 여포는 기가 죽었다. 무사들도 감히 손을 대지 못했다.

"네가 만약 원술의 적병을 깨칠 계획이 있다면 너의 죽을죄를 면해 주리라."

"장군이 내 말만 듣는다면 서주는 보전하고도 남음이 있으리다."

"말을 해 보라."

여포가 말했다.

"원술의 군사가 아무리 많다 하나 모두 다 오합지졸烏合之卒입니다. 우리는 정병正兵으로 지키고 기병奇兵으로 습격을 한다면 성공하지 아니할 리가 만무합니다. 다시 한 계교가 나한테 있습니다. 서주를 평안하게 보존할 뿐만 아니라 원술을 산 채로 사로잡을 수가 있습니다."

여포는 비위가 바짝 당겼다.

"무슨 계교를 쓰면 좋겠소?"

"원래 한섬과 양봉은 한漢의 구신舊臣들이올시다. 조조가 무서워서 달아났으나 의지할 곳이 없어서 원술한테로 간 것입니다. 그러나 원술은 두 사람을 대수롭지 않게 여기고 두 사람 역시 원술을 탐탁하게 생각하지 아니합니다. 한 장 편지를 장군이 보내시면 반드시 내응內應이 될 것이고,

다시 밖으로 유비劉備와 연결을 취한다면 원술은 장군의 손바닥 안에 놓여 있을 것입니다."

여포는 진등의 계책이 그럴듯하다고 생각했다.

"그렇다면 당신이 한섬, 양봉을 찾아보고 내 편지를 전하시오."

"어렵지 않은 일입니다."

진등은 쾌하게 승낙했다.

여포는 허도에 표를 올려 원술을 막아 싸우는 일을 아뢰고, 예주 유비한테도 글을 보낸 후에 진등을 한섬한테로 보냈다.

진등은 여포의 서신을 가지고 미리 하비下邳로 달려가서 기다리고 있었다.

얼마 있자 한섬의 거느린 6로군六路軍이 예정대로 하비에 당도해서 진을 치고 있었다.

진등이 한섬을 찾아보니 한섬은 의아하게 생각했다.

"그대는 여포의 사람이 아닌가? 어찌해서 나를 찾아왔나?"

진등은 서슴지 않고 웃으며 대답했다.

"나는 대한大韓의 공경公卿인데 왜 여포의 사람이라 하시오. 장군께서는 전에 한나라의 대신이신데 이제는 반적反賊의 신하가 되셨으니 지난날 관중關中에서 어가를 호위하던 공로는 모두 다 수포로 돌아가 버리고 말았습니다. 그윽이 장군을 위하여 애석한 일이 아닐 수 없습니다. 또 원술이란 위인은 성품이 의심하고 시기하여 믿지 못할 사람이올시다. 뒤에 가서는 반드시 장군을 해할 사람입니다. 이제 일찍이 도모하지 않는다면 뉘우쳐도 소용이 없을 것입니다."

한섬의 얼굴에는 추연한 빛이 떠돌았다.

"한漢으로 돌아가고 싶은 생각은 간절하나 길이 없구려!"

한섬은 마침내 탄식했다.

진등은 그제야 여포의 서신을 품에서 꺼내 한섬한테 전했다.

한섬은 보기를 다한 후에 진등에게 향하여 말했다.

"알겠소이다. 공은 먼저 돌아가시오. 나는 양 장군과 함께 창을 거꾸로 들어 원술을 반격하리다! 불이 일어나거든 곧 원술을 협공하라 이르시오."

진등은 한섬과 작별한 후에 돌아가 여포한테 보하니 여포는 곧 5로의 병마를 일으켰다.

제1군은 고순高順이 거느려 소패小沛로 나가서 교유를 대항하게 하고, 제2군은 진궁陳宮이 거느려 기도沂都로 나가서 진기를 대적하게 하고, 제3군은 장요張遼와 장패藏霸가 인솔하고 낭야琅琊로 나가서 뇌부를 대항하게 하고, 제4군은 송헌宋憲, 위속魏續이 거느려서 갈석으로 나가 진난을 대항하게 하고, 여포는 제5군을 거느려 큰길을 취하여 장훈을 대적하기로 하니 5로 군마가 각각 만 명씩이요, 남은 군사는 성을 지키게 했다.

여포가 군사를 거느리고 성 밖 30리에 나와 진을 치니 원술의 장수 장훈은 대군을 영솔하고 오다가 여포가 친히 나온 것을 보자 깜짝 놀라 20리 밖으로 군사를 물려 진을 치고, 자기편 6로의 군사가 합세해 오기만 기다리고 있었다.

그러나 기막힌 일이 일어났다. 이날 밤 이경 때쯤 하여 한섬과 양봉의 군사들이 별안간 영문에 불을 지르고 고함을 쳐 나오면서 여포의 군사와 합세하여 성난 이리 떼같이 장훈의 진으로 쳐들어오는 것이었다.

장훈의 진은 크게 어지러웠다. 뜻밖에 일어난 변란이었다. 갈팡질팡 부서를 차리지 못했다. 이때 여포는 적토마상에 높이 앉아 방천화극을 휘두르며 쳐들어가니 장훈의 진은 수라장이 되어 버리고, 장훈은 대패하여 달아났다.

여포는 쫓겨 가는 장훈의 뒤를 소리치며 쫓았다.

동이 환하게 터 올 무렵 장훈의 편인 기령이 군사를 거느리고 와서 여포를 대항했다.

장훈은 기령의 군사가 구하러 온 것을 보고 패잔병을 수습하여 기령의 군사와 합세하려 할 때 돌연 좌우편에서 함성이 천지를 진동하면서 여포와 합세한 한섬과 양봉이 군사를 몰아쳐 들어왔다.

장훈은 손발을 놀려 수습할 겨를이 없었다. 기령도 당해 낼 도리가 없었다. 장훈과 기령은 급히 말을 달려 달아났다.

여포는 신명이 났다. 큰소리로 기령과 장훈을 꾸짖으며 뒤를 쫓았다.

"반장 원술의 부하 장훈, 기령은 빨리 항복하라."

큰소리로 외치며 말을 달릴 때, 홀연 등 뒤에서 북소리와 징 소리가 요란하게 일어나면서 군마가 물밀듯 쏟아져 나왔다.

여포가 흘끗 고개를 돌려 바라보니 용기龍旗[10] 봉기鳳旗[11]가 하늘을 덮어 나오고, 해와 달을 그린 일월기日月旗[12]가 바람에 펄럭이는 중에 사두오방기四斗五方旗[13]며 금과金瓜 은부銀斧[14]와 황월黃鉞 백모白旄[15]가 벌여 나오는 곳에 원술袁術이 누런 비단과 황금으로 꾸민 황일산黃日傘[16]을 받고 황금 갑옷 입고 금 투구 쓰고 팔에는 두 자루의 보검寶劍을 양편에 건 후

---

10) 용기 : 제왕을 상징한 기旗.
11) 봉기 : 제왕의 의장儀仗에 쓰는 기旗.
12) 일월기 : 해와 달을 그려서 제왕의 기상을 표현한 기旗.
13) 사두오방기 : 네모진 정방형正方形의 청靑, 황黃, 적赤, 백白, 흑黑의 오방기五方旗. 청靑은 동東, 황黃은 중앙中央, 적赤은 남南, 백白은 서西, 흑黑은 북北을 상징한 것.
14) 금과 은부 : 참외 모양으로 만든 금슬칠한 철퇴를 금과金瓜라 하고, 은부銀斧는 은도끼. 금과金瓜를 금조金爪로 읽는 것은 잘못이다. 모두 다 제왕帝王의 의장儀仗.
15) 황월 백모 : 황월黃鉞은 금도끼, 백모白旄는 털로 된 흰 기旗 비슷한 것.
16) 황일산 : 천자天子가 받는 누른 빛 양산.

에 말 타고 진 앞에 서서 크게 여포를 꾸짖었다.

"이놈! 주인을 배반한 동탁의 종놈아. 네, 무슨 낯짝을 들고 주적대느냐?"

여포는 크게 노했다.

"이놈, 역적 놈아 너는 항상 사대의 황조皇朝를 섬긴 재상의 자식이라 하면서 천자의 의장儀仗을 벌이고 천자의 옷을 입었으니, 만고의 역적 놈이다!"

여포는 말을 마치자 말을 달려 방천화극을 번쩍 들어 원술을 찌르려 했다.

원술을 호위하고 있던 이풍李豊이 창을 잡고 말을 달려 여포를 맞이했다.

그러나 이풍은 여포의 적수가 아니었다. 창과 창이 어울린 지 불과 3합에 여포의 날카로운 창끝은 이풍의 오른편 손을 꿰뚫었다.

이풍은 창을 버리고 달아났다. 여포는 군사를 휘동하여 원술의 군사를 시살했다.

원술은 말을 몰아 급히 달아나고 용, 봉, 일월의 좋은 기와 금도끼, 은도끼, 천자의 의장은 길거리에 낭자하게 흩어졌다.

원술이 혼비백산이 되어 달아나는데, 몇 리를 채 못 가서 산 뒤에서 한 떼의 군마가 쏟아져 나오면서 원술의 길을 끊었다.

조조는 여포·손책·현덕과 합세하다

원술의 달아나는 길을 끊는 군사의 앞에 일원 대장이 호통을 쳤다.

"이놈, 역적 놈아. 내 칼을 받아라!"

원술이 깜짝 놀라 바라보니 다른 사람이 아니라 바로 관운장關雲長이었다.

원술은 혼비백산이 되어 말을 채쳐 달아나고 모든 군사들은 창과 칼을 버리고 사면팔방으로 흩어졌다.

관운장은 82근 청룡도를 휘둘러 일진을 크게 시살하니 원술은 패잔병과 함께 회남으로 급히 달아났다.

여포는 쾌하게 원술을 격파한 후에 관운장과 양봉과 한섬을 청하여 서주徐州성 안으로 들어가 크게 잔치를 베풀고 군사를 호궤犒饋하여 상을 주었다.

이튿날, 관운장이 하직을 고하고 돌아간 후에 여포는 한섬으로 기도목沂都牧을 삼고, 양봉으로 낭야목琅琊牧을 삼아 서주에 머물러 두려 하니 진규陳珪가 간하였다.

"불가합니다. 한섬과 양봉을 서주에 둔다면 아무런 이익도 없을 것입니다. 두 사람을 산동으로 보낸다면 일 년이 가지 아니해서 산동 땅은 모두 다 장군의 소유가 될 것입니다."

여포는 그럴듯하게 생각되었다. 두 사람에게 기도와 낭야 두 곳에 군사를 거느려 진 치고 있으면서 정식으로 내리는 황제의 은명恩命을 기다리고 있으라 했다.

진규의 아들 진등이 가만히 그의 아버지한테 물었다.

"왜 두 사람을 서주에 있게 해서 여포를 죽이도록 하지 아니하셨습니까?"

아버지 진규가 대답했다.

"한섬, 양봉은 여포를 죽일 사람이 못된다. 여포에게 복종할 위인이다. 이렇게 된다면 이것은 도리어 호랑이한테 이빨과 발톱을 더해 주는 격이 된다."

진등은 비로소 자기 아버지의 높은 식견에 감복했다.

한편으로 대패해서 회남으로 돌아간 원술은 다시 군사를 일으켜 여포를 공격할 생각이 간절했다.

강동 손책한테 사람을 보냈다.

전에 빌려 간 내 군사를 돌려보내 주기 바라오.

손책은 대로했다. 사자를 꾸짖었다.

"너희 주인이 나의 옥새를 빌려 가진 것을 기화로 알아 참람하게 황제를 참칭하고 한실漢室을 배반했으니 대역부도大逆不道다. 나는 곧 군사를 일으켜 역적을 치려는 판인데, 날더러 도리어 군사를 빌려 달라 하느냐? 나는 군사를 주어서 반적을 도와줄 수는 없다!"

손책은 한마디로 분연히 거절해서 사자를 내쫓았다.

사자가 돌아가 보하니 원술은 원술대로 노했다.

"젖비린내 나는 어린것이 어찌 감히 이럴 수 있느냐! 내가 먼저 손책 이놈을 쳐서 없애야겠다."

곧 군사를 일으켜 손책을 치려 하니 장사長史 양대장楊大將이 극력으로 간하여 그만두기로 했다.

한편 손책은 원술의 군사 빌려 달라는 청을 거절한 후에 원술이 반드시 군사를 일으켜 강동을 칠 것을 예상하고 장병을 파견하여 강과 나루를 엄하게 방위하고 있었다.

이때 조조는 사람을 보내어 손책에게 회계會稽 태수太守를 봉하고 군사를 일으켜 원술을 공격하라는 서신을 보냈다.

손책은 곧 군사를 지휘하여 원술을 치려 하니 모사 장소張昭가 간하였다.

"원술이 비록 패했으나 군사가 많고 양식이 넉넉하여 경적할 수 없습니다. 조조한테 편지를 보내시어 그로 하여금 남정南征을 하게 하고 우리가 뒤에서 돕는다면 원술의 군사는 반드시 패할 것입니다. 뿐만 아니라 만일 우리가 불리한 경우가 있더라도 조조의 구원을 받을 수 있습니다."

손책은 장소의 말을 옳게 들었다. 곧 글월을 써서 사신 편에 조조한테 전했다.

조조는 장수의 숙모에게 호색한 것이 빌미가 되어 허도許都로 패해 돌아간 후에 맹장 전위典韋를 생각하여 사당을 지어 그를 제사 지내게 하고, 그의 아들 전만典滿으로 중랑中郎을 삼아 승상부 중에 데리고 있었다.

이때 손책에게 갔던 사람이 돌아와 글을 올리고, 한편으로 탐마探馬가 또 보고를 드렸다.

"지금 원술의 군대는 양식이 떨어져 진류陳留 땅으로 노략질을 하러 갔습니다."

조조는 이 틈을 타서 원술의 수춘壽春을 공격하기로 결심했다.

조인으로 허도를 지키게 하고 군사를 몰아 남으로 향하니 정마征馬 보병步兵이 17만이요, 양식과 짐을 실은 수레가 천여 차였다.

먼저 사람을 손책에게 보내서 유비와 여포의 군사와 합세하게 하고 조조는 대군을 거느려 예주豫州, 장주章州의 경계에 이르니 유현덕이 벌써 군사를 거느려 조조를 맞이하러 나왔다.

조조는 반갑게 유비를 대했다. 영채 안으로 청하여 대면하니 현덕은 사람의 머리 두 덩이를 조조한테 바쳤다.

조조는 깜짝 놀라 물었다.

"이것이 누구의 머리요!"

"장군께서 미워하시는 한섬과 양봉의 목이올시다!"

조조의 입이 빙긋 벌어졌다.

"어떻게 얻으셨소?"

"여포가 기도와 낭야 두 고을에 두 사람을 보내서 임시로 보살피라 했사온데, 두 사람은 백성들의 재물을 겁탈해서 원성이 자자했습니다. 유비는 참다못하여 두 사람을 청하여 술을 대접한 후에 잔을 던지는 것을 군호로 하여 관우와 장비 두 아우를 시켜서 목을 베게 하고 이제 수급首級을 바치옵니다. 죄를 주십시오."

"그대가 국가를 위하여 해를 제거시켰는데 죄란 말이 당치 않소. 큰 공을 세우셨소!"

조조는 현덕을 후한 말로 칭찬하고 위로했다.

조조는 유현덕을 향하여 한섬, 양봉 두 사람의 목 벤 것을 칭찬한 후에 군사를 합하여 서주 지경에 당도하니 여포가 마중을 나왔다.

조조는 좋은 말로 여포를 위로하고 좌장군左將軍을 봉한 후에, 인뒤웅이는 서울로 가서 주겠노라 약속하니 여포는 좋아서 어찌할지를 몰랐다.

조조는 즉시 영을 내려 여포로 좌군을 삼고 현덕은 우군右軍이 되게 한 후에, 자기는 스스로 대군을 인솔하여 중군中軍이 되어 하후돈과 우금으로 선봉을 삼았다.

한편 원술은 조조가 대군을 거느려 쳐들어온다는 말을 듣자 대장 교유橋蕤에게 3만 군사를 주어 선봉대장이 되어 조조를 막으라 하니, 두 편 군사는 수춘壽春 계구界口에서 마주치게 되었다.

교유는 하후돈과 싸운 지 불과 3합에 하후돈의 창에 찔려 외마디소리를 지르고 말 아래 떨어져 죽으니 원술의 군사는 대패하여 급히 성안으로 쫓겨 들어갔다.

이때 손책은 강변에 배를 띄워 수춘壽春 서편을 치고, 여포는 동편을 치고, 유비는 남편을 치니 조조는 스스로 17만 대병을 거느려 원술의 북면을 공격했다.

원술은 완전히 포위 속에 빠져 버리게 되었다. 원술은 당황하지 않을 수 없었다. 급히 문무 장사들을 모아 상의하니 양대장이 말했다.

"수춘壽春 땅은 수해와 한재가 잦아서 해마다 흉년이 들어 굶는 사람이 많습니다. 이제 또 군사를 움직여 백성들의 마음을 소란케 한다면 백성들의 원망이 클 것이요, 백성들의 원망이 크다면 적병을 막기 어려울 것이올시다. 군대를 아직 수춘에 머물러 두고 적을 대항하여 싸우지 않는다면 저들은 저절로 양식이 떨어져 변동이 생길 것입니다. 폐하께서는 어림군御林軍을 거느리시고 잠깐 회수淮水를 건너십시오. 첫째는 곡식 얻기를 기다리는 방책이 되고, 둘째는 잠깐 그 예봉銳鋒을 피하시는 길이 됩니다."

"좋은 생각이다."

원술은 양대장의 건의를 들어 이풍李豊, 악취樂就, 양강梁剛, 진기陳紀 네 사람에게 10만 군사를 나누어 주어 수춘을 지키게 하고 자기는 곳간에 쌓여 있는 금은보옥이며 양곡들을 수백 수레에 나누어 싣게 하고 회수 건너로 달아나 버렸다.

한편 조조의 군대 17만 명이 하루에 소비하는 양곡은 호대한 데다가 마침 흉년이 들어서 군량미를 대기가 극히 어려웠다.

조조는 빨리 싸우라는 명령을 내렸다. 그러나 적장 이풍李豊은 문을 굳이 닫고 나오려 아니했다.

상저한 지 한 달에 양식은 다 떨어지게 되었다.

조조는 손책에게 사람을 보내서 양식 10만 휘(斛)를 얻어 왔다.

그러나 그것도 태부족이었다.

각 영 장졸에게 고루 나누어 줄 도리가 없었다.

조조는 정히 근심하고 있을 때, 관량관管糧官 임준任峻의 부하 창관倉官 왕후王后가 들어와 아뢰었다.

"군사는 많고 양식은 적으니 어찌하면 좋습니까?"

"소두小斗로 줄여 주어서 한때 급한 것을 면하게 하라."

"군사들의 원망이 대단할 테니 그것이 걱정이올시다."

"내가 다 알아 할 테니 나 하라는 대로만 해라!"

왕후는 조조의 명령대로 소두 한 말씩 군사에게 나누어 주었다.

조조는 가만히 심복을 시켜서 여러 영문으로 돌아다니면서 군사들의 동정을 살피게 했다.

가는 곳마다 군사들의 원성은 높았다.

"승상이 우리들을 속여서 쌀을 조금씩 준다. 이런 법이 있나?"

"도대체 대두 한 말씩 주던 쌀을 소두 한 말밖에 아니 주니 이러고 무슨 전쟁을 하라는 건가? 배고파 가지고 전쟁에 이겨 본 적이 없네."

조조의 심복은 사실대로 조조한테 고했다.

"군사들의 매원이 대단합니다. 모두 다 승상께서 저희들을 속였다고 야단법석들입니다."

조조는 고개를 끄덕였다. 심복이 물러간 후에 조조는 다시 왕후를 불렀다.

"내가 너한테 물건 하나를 빌려서 군사들의 원망을 진압하려 한다. 너는 아끼지 말고 빌려 주어야 하겠다."

왕후는 의아했다. 자기 같은 작은 벼슬아치에게 무슨 물건을 빌려 달라나 하고 눈이 둥그레졌다.

"무슨 물건을 쓰시려고 하십니까?"

"네 머리를 좀 빌려 다오!"

"네! 제 머리를 빌리시다니요?"

"네 목을 베어서 여러 군사들의 마음을 진압시켜야 하겠다."

왕후의 얼굴은 새파랗게 질렸다.

"소인이 무슨 죄가 있기에 죽이십니까?"

왕후의 혀끝이 굳었다.

"나도 네가 죄 없는 줄을 안다마는 다만 너를 죽이지 아니하면 군심軍心이 변할 테니 너를 아니 죽일 수 없다. 네가 죽은 후에는 네 아내와 자식들은 내가 맡아서 잘 보호해 길러 주마. 조금도 염려하지 마라!"

왕후는 기가 막혔다. 다시 무어라고 말을 하려고 입을 벌릴 때, 조조는 큰소리로 도부수刀斧手들을 불렀다.

"이놈을 붙들어 진문에 내친 후에 목을 베어 장대에 높이 달아라!"

명령이 한번 떨어지니 장 뒤에서 창과 칼을 든 무사들이 우르르 몰려와 왕후를 잡아끌고 나간 후에 목을 베어 장대에 높이 달았다.

조조는 옆에 방榜을 써서 붙이게 했다.

왕후는 고의로 소두小斗를 사용하여 군량미를 도둑질한 것이 발각되었다.

군법 시행을 했으니 그리들 알라!"

군사들은 방을 보자 비로소 원성이 가라앉았다.
조조는 꾀로써 왕후를 죽여 군심을 진압한 후에 이튿날 각 영 장령에게 엄한 군령을 내렸다.
"만약 사흘 안에 성을 깨쳐서 적을 무찌르지 못한다면 모두 다 군법 시행을 해서 목을 베리라!"
모든 장령들은 떨지 않을 수 없었다.
조조는 성 아래 이르러 군사들이 돌을 운반하고 흙을 실어 날라 참호塹壕 메우는 것을 친히 동독하니 적의 화살과 돌은 비 오듯 쏟아졌다.
때마침 두 사람의 비장裨將이 화살을 피하여 황급히 돌아오는 것을 보자 조조는 칼을 빼어 두 사람의 말을 베었다.
이 모양을 본 모든 장병들은 일제히 비 오듯 쏟아지는 살과 돌을 무릅쓰고 앞을 향해 나갔다. 군세는 크게 떨치고 성 위에서는 당해 내지 못했다.
조조의 군사는 아우성을 치면서 성으로 기어올랐다. 수문장의 목을 베고 무쇠 자물쇠를 깨부순 후에 성문을 활짝 열어젖혔다.
조조의 군사는 물밀듯 쳐들어갔다.
원술의 대장 이풍, 진기, 악취, 양강이 함빡 사로잡혔다.
조조는 모두 다 저자에 내쳐 참한 후에 역적 원술이 건축한 대궐과 전각이며, 외람되게 사용한 금은보화 등 참람한 물건을 불살라 버리니 수춘壽春성은 텅 비어 버렸다.
조조는 원술의 본거지 수춘을 점령한 후에 다시 회수淮水를 건너 진군하려 하니 조조의 모사 순욱이 간하였다.
"해마다 흉년이 들어서 양식이 순조롭지 못한 이때, 다시 원정을 한다면 군대는 피로하고 백성들은 원망해서 이로움이 없을 것입니다. 잠깐 허도로 회군을 했다가 오는 봄에 보리가 익고 군량이 풍족할 때 진군을 한다면 좋을 것입니다."

조조는 결정을 내리지 못하고 있을 때 홀연 파발마가 말방울 소리를 요란하게 내면서 진문 앞으로 달려와 아뢰었다

"장수張繡가 패해 달아난 후에 유표劉表한테 의탁해서 다시 고개를 들고 일어났습니다. 지금 남양南陽 장릉張陵이 모두 다 장수한테 점령을 당해서 반기를 높이 들었고, 조홍曹洪 장군은 막아 내지 못해서 여러 차례 패했습니다. 급히 아룁니다."

조조는 잠깐 생각한 후에 곧 편지를 강동 손책에게 써 보냈다.

손 장군은 강에 군사를 많이 배치시켜서 의심스런 군사를 만들어 유표가 망동을 하지 못하도록 하시오.

명령을 내리고 한편으로 곧 군사를 회군할 것을 결정하고 장수는 따로 공격할 것을 구상했다.

떠날 때, 조조는 유현덕과 여포를 청했다.

"두 분은 전과 같이 서주와 소패 땅을 지키고 있어 결의형제를 하여 서로 해하지 말기를 바라오."

당부를 하니 여포는,

"명대로 하겠습니다."

대답하고 군사를 거느려 서주로 돌아갔다.

머리털을 베어 낸 조조의 준법

여포가 떠난 후에 조조는 은근히 현덕의 손을 잡고 가만히 말했다.

"내가 현덕공에게 소패에 있으라 한 것은 함정을 파 놓고 범이 걸려들기를 기다리는 계교입니다. 아시겠소? 그리고 언제든지 진규 부자와 상의해서 실수가 없도록 하시오."

조조는 유현덕의 등을 톡톡 치면서 간드러지게 미소를 지어 작별했다.

조조가 군대를 거느리고 허도許都로 돌아가니 단외段煨가 이각李傕을 죽이고 오습伍習은 곽사郭汜를 죽여서 목을 바치러 왔다 하였다. 국가의 큰 화근덩어리를 처치한 것이었다. 그 중에도 단외는 이각의 족속 백여 명을 산 채로 잡아 가지고 왔다는 것이었다.

조조는 단외와 오습을 이끌어 본 후에,

"장한 일을 했다."

칭찬하고 무사에게 명하여 이각의 족속들을 문 밖에 처치하여 머리를 조리돌리니 백성들은 쾌하다고 칭송하고, 천자는 문무백관을 전각에 모이게 한 후에 크게 축하하는 잔치를 베풀었다.

단외를 봉하여 탕구盪寇 장군將軍을 삼고, 오습은 진로珍虜 장군將軍을 삼아 군사를 거느려 장안을 지키게 하니 두 사람은 사은숙배를 드린 후에 임소로 물러갔다.

조조는 다시 장수가 장난치는 일을 위에 아뢰고 군사를 출동시키니 황제는 친히 들 밖까지 거동하여 조조를 전송했다. 이것이 바로 건안 3년 여름 4월의 일이었다.

조조는 순욱을 머물러 허도에 있게 하여 군량과 장병을 조달하라 하고 스스로 대군을 휘동하여 나갔다.

이때 행군하는 길가에는 보리가 한참 익기 시작했다. 사월四月 남풍南風 대맥황大麥黃의 계절이었다.

밭이랑마다 황금 같은 보리 이삭이 너울너울 물결쳤다. 보리를 베어 타작을 할 때가 되었는데 어느 지방을 가나 사람의 그림자는 보이지 아니했다. 백성들이 군대가 지나가는 것을 보고 몸을 피하여 숨어 버리고 나타나지 않는 것이었다.

조조는 즉시 포고를 내렸다.

"나는 천자의 조서를 받들어 적도를 소탕하여 백성의 해를 제해 주러 가는 길이다. 그러나 때마침 맥추麥秋의 계절이 되어 백성들한테 해를 끼치기 쉽다. 대소 장병들은 지나가는 역로에 절대로 보리를 밟아서는 아니 된다. 만약에 영을 어기는 자가 있다면 군법 시행을 해서 목을 베리라!"

엄한 군령을 내렸다.

군사와 장교들은 보리밭을 지날 때마다 모두 말에 내려 축축 늘어진 보리를 손으로 곱게 헤치면서 보리를 밟지 않고 지나가니, 백성들은 기뻐서 모두들 군대를 바라보면서 절을 올려 감사하고 칭송했다.

조조는 말을 타고 군사를 거느려 보리밭을 피하며 행군을 하고 나갈 때 뜻밖에 보리밭 속에서 비둘기 한 마리가 말굽 소리에 놀라 폴싹 날아 조조가 탄 말의 눈을 스치고 달아났다.

말은 깜짝 놀라 보리밭 속으로 뛰어들었다.

조조는 고삐를 단단히 붙들고 놀라 뛰는 말을 길 밖으로 달려 나왔다.

이 통에 보리 한 이랑은 짓밟혀 쓰러지며 자빠져서 엉망진창 결딴이 났다.

조조는 놀란 말을 진정시킨 후에 행군行軍 주부主簿를 불렀다.

"내가 군령을 내려서 보리를 밟는 자는 참斬하기로 했는데 지금 말이 놀라 뛰는 바람에 보리를 짓밟았으니 나의 죄를 판가름하라!"

이 말을 듣는 행군 주부는 황송했다.

"어떻게 높으신 승상의 허물을 판가름할 수 있습니까?"

"그것은 그렇지 않다. 나는 내 입으로 군령을 내려서 법을 정했다. 한번 법을 정했으면 아무리 지위가 높다 하나 벌을 받아야 한다."

"어디 그럴 수가 있습니까?"

행군 주부는 황송해서 손을 싹싹 비볐다.

조조는 허리에 찬 칼을 쑥 뽑아 들었다.

"나는 내 입으로 정한 법을 범했으니 내 손으로 내 목을 찔러 죽어야 한다!"

조조는 말을 마치자 새파란 칼을 목에 겨누었다.

좌우에 모시었던 장수들이 급히 칼을 빼앗았다.

"승상께서 왜 이러십니까?"

곽가가 옆에서 말했다.

"『춘추春秋』에 말하기를 '법불가우존法不加于尊'이라고 했습니다. 높은 이한테는 법을 더하지 못한다 했습니다. 승상께서는 대군을 총통하시는 귀하신 몸이올시다. 어찌 스스로 목숨을 끊어 법을 밝히려 하십니까. 아니 되실 일입니다."

조조는 곽가의 말을 듣자 한동안 생각하다가,

"『춘추』에 '법불가우존' 이란 말이 있다면 나는 아직 죽음을 면할 수 있다. 그러나 그대로 넘어갈 수는 없다. 내 머리털을 베어서 권도權道로 참수에 대신하리라."

조조는 말을 마치자 칼을 들어 검은 머리털을 선뜻 잘라서 땅에 던졌다.

"이 머리털을 삼군三軍에 전시傳示하여 내 목 대신 머리털을 벤 것이라 일러라!"

좌우에 모시었던 장령들은 모두 다 혀를 둘러 탄복했다. 행군 주부는 조조가 내던진 머리털을 받들고 삼군으로 나갔다.

"승상께서 보리를 밟으신 죄로 의당 당신의 목을 당신이 자를 것이나 좌우가 만류해서 이제 머리를 베어 목을 대신하기로 했다. 삼군에 보이는 것이니 그리 알라."

이 말을 듣자 장수와 군사들은 온몸에 소름이 쭉 끼쳤다. 이 뒤부터 군령을 어기는 자는 한 사람도 없었다.

신출귀몰한 가후의 병법

한편으로 장수는 조조가 대병을 거느려 쳐들어온다는 소식을 듣자, 급히 글월을 유표한테 띄워 구원병을 청하고 일면으로 뇌서雷敍, 장선張先 두 장수로 군사를 거느려 성에 나가 조조와 싸우게 하니 양편 군사는 둥글게 진을 치고 서로 대해 있었다.

장수는 말을 달려 진 앞에 나와 조조를 꾸짖었다.

"너는 이놈, 어질고 의롭다는 가면을 쓰고 짐승 같은 짓을 하는 염치없는 놈이다. 무슨 낯짝을 들고 나를 치러 왔느냐?"

조조도 밑천이 드러나니 노하지 아니할 수 없었다.

"네가 나가서 저놈의 목을 베어 오너라!"

허저한테 영을 내렸다. 장수도 장선한테 명했다.

"네가 나가 허저를 산 채로 잡아 오너라!"

그러나 장선은 맹장 허저의 적수가 아니었다.

싸운 지 불과 3합에 장선의 목은 허저의 서리같이 휘두르는 칼에 잘려져 말 아래로 뚝 떨어졌다.

조조는 승승장구하여 남양성 아래로 짓쳐 나갔다.

장수는 급히 군사를 거두어 성안으로 들어가 문을 굳게 닫고 응전을 하지 아니했다. 조조는 곧 군사를 지휘하여 성을 철옹성같이 둘러쌌다.

그러나 성 밑에 있는 참호는 넓고 깊은 데다가 물이 창일해서 군사가 접근할 수 없었다.

　조조는 군사를 지휘하여 흙과 돌을 날라서 참호 구덩이를 메우게 하고 길고 긴 사다리를 성에 걸쳐서 군사들로 하여금 기어올라 성중 안 비밀을 정탐하게 하고, 조조 자신은 친히 성 밖 주위로 말을 달려 형세를 두루 살폈다.

　이같이 하기를 사흘 동안 한 후에 조조는 남양성 서북 모퉁이에 섶과 흙을 담은 포대布袋를 높이 쌓아 올리고 장수와 군사들을 이곳으로 오르게 했다.

　장수의 모사 가후가 이 광경을 보고 장수한테 가만히 말했다.

　"저는 이번에 조조의 뜻을 알았습니다. 계교로써 계교를 취할 일이 있습니다."

　장수는 반가웠다.

　"말을 해 보오. 무슨 계교가 있소?"

　"조조는 그동안 연 삼 일 동안이나 성 밖을 살피다가 성 동남東南편이 부실한 것을 보고 그곳으로 쳐들어오려고 마음을 정했습니다. 그러나 그는 짐짓 서북西北 각에 섶과 포대를 많이 쌓아서 우리들이 그곳을 방비하도록 관심을 끌게 하고 있습니다. 이것은 분명히 우리를 속이는 수단입니다."

　"그렇다면 어찌하면 좋겠소?"

　"쉬운 일이올시다. 내일 정병을 동원시켜서 배불리 먹인 후에 날씬한 옷을 차려서 몰래 동남편 성 위에 숨겨 두고, 백성들은 군사로 가장시킨 후에 서북편에 적이 보이도록 배치시키십시오. 그러다가 적병이 동남편으로 쳐들어오거든 일성 포향을 군호로 해서 복병이 일제히 일어난다면 조조는 생포할 수 있습니다."

　장수는 기뻐서 어찌할지를 몰랐다. 곧 가후의 계책대로 실행을 했다.

조조의 정탐은 급히 조조한테 고했다.

"지금 장수는 무수한 군사를 서북편 성 위로 배치시키고 있습니다. 동남편 성은 텅텅 비었습니다."

조조는 손바닥을 치면서 깔깔 웃었다.

"내 계교가 맞았구나!"

조조는 시각을 지체치 않고 군중에 영을 놓았다.

"곧 성을 파헤치는 지레와 끌과 철피를 가지고 낮에는 서북편을 치는 체하다가 밤에는 동남편 성으로 올라서 돌격을 전개시키라!"

조조의 군사는 영을 받고 낮에는 서북편을 치는 체 어름어름하다가 밤 이경 때가 되니 성 동남편으로 와짝 몰렸다.

성안엔 적적히 동정이 없었다.

조조의 군사는 성을 넘어 문을 열고 일제히 물밀듯 쳐들어가려 할 때, 돌연 일성 포향이 천지를 진동하면서 복병은 사면에서 아우성을 치며 일어났다.

뜻밖의 일이었다. 조조의 군사는 죽고 상하는 자가 부지기수였다.

아수라장의 지옥을 이루었다.

조조는 급히 쟁을 쳐서 군사를 거두었다.

그러나 뒤에는 어느 틈에 장수가 맹장과 정병들을 거느리고 친히 말을 달려 나왔다.

"이놈, 더러운 조조 놈아! 달아나지 말고 내 칼을 받아라!"

호령이 추상같았다.

조조의 말탄 궁둥이엔 불이 났다. 고삐를 잔뜩 잡고 목숨을 구해 달아났다.

조조의 군사가 30~40리가량 쫓겼을 때, 비로소 동이 환하게 터 오기 시작했다.

　장수는 조조의 군사를 50여 리나 추격하여 시살한 후에 더 쫓지 않고 성으로 들어갔다.

　조조가 패잔병을 수습한 후에 군사를 점고해 보니 꺾인 군사가 5만여 명이요, 군량미와 짐을 무수하게 잃었고 여건呂虔, 우금于禁 두 명장은 모두 다 부상을 당했다.

　가후는 조조가 패해 달아나는 것을 보자, 급히 장수를 권하여 유표한테 글월을 보내서 조조의 돌아가는 길을 끊으라 했다.

　유표는 글월을 받아 보자, 급히 군사를 일으키려 할 때 홀연 탐마가 보했다.

　"강동의 손책孫策이 강어귀에 둔병屯兵을 하여 진을 치고 있습니다."

　유표는 자저하고 있을 때 모사 괴량蒯良이 간하였다.

　"손책이 강어귀에 진을 치고 있는 것은 조조가 계책으로 시킨 짓입니다. 이제 조조가 패하여 예기가 꺾였으니 만약 이때 급히 치지 아니한다면 반드시 후환이 있을 것입니다."

　유표는 황조黃祖에게 강을 굳게 지키라 하고, 곧 군사를 일으켜 안중현安衆縣으로 나가서 조조의 돌아가는 길을 끊고 일변 장수에게 이 뜻을 전했다.

　장수는 유표의 기별을 받자 곧 가후와 함께 군사를 거느리고 조조의 뒤를 쫓았다.

　한편으로 조조는 패군을 수습하여 앞을 바라고 천천히 나가는데, 길이 양성을 지나 육수가에 이르렀다.

　조조는 홀연 마상에서 목을 놓아 통곡을 했다.

　모든 사람은 깜짝 놀랐다.

　"무슨 연유로 통곡을 하십니까?"

좌우의 모신 장수들이 까닭을 물었다. 조조는 한숨을 쉬며 대답했다.

"나는 지난해에 이곳에서 나의 명장 전위를 잃었으니 어찌 아니 울고 배기겠나. 전위를 생각하여 통곡을 하노라."

조조는 말을 마치자 영을 내려 군마를 머무르게 하고 크게 제연祭筵을 베푼 후에 전위의 망혼亡魂을 청하여 위패를 배설한 다음 조조는 친히 향을 사르고 술을 부어 올려 절하니 삼군三軍은 모두 감복하여 찬탄했다.

조조는 전위의 영혼 앞에 석 잔 술을 부어 제사를 마친 후에 비로소 조카 조안민曹安民과 큰아들 조앙曹昻을 제 지내고, 다시 전몰한 무명지졸이며 그의 사랑하던 애마愛馬 대완마大宛馬의 혼을 불러 제 지냈다.

군사들은 그의 공사公私를 가리는 데 더한층 감복이 되었다.

이튿날, 허도를 지키던 순욱이 사람을 보내서 고했다.

"유표가 장수를 도와서 군사를 안중安衆 땅에 집중시켜서 우리 군사의 돌아오는 길을 끊으려 하니 승상께서는 조심하시기 바랍니다."

조조는 곧 순욱한테 답장을 썼다.

"내가 하루에 천천히 수리數里씩 행군을 하는 것은 적의 추병追兵이 올 것을 미리 짐작하고 하는 일이다. 계획이 이미 정해 있으니 그대들은 과히 염려하지 말라. 장수가 안중으로 오기만 하면 반드시 깨치고 말 것이다."

조조는 쓰기를 다하자 사신 편에 편지를 전하고 군사를 재촉하여 안중으로 향했다.

조조가 안중현 지경에 당도하니 유표의 군사는 벌써 요새 지대를 지키고 있고, 뒤에서는 장수의 군대가 쫓아오는 것이었다.

조조는 곧 삼군에 전령을 내렸다

"캄캄한 밤중을 이용하여 산 좌우편에 굴을 파고 복병伏兵을 시켜 두라!"

조조의 군사는 모두 다 굴속으로 기어들었다.

동이 환하게 터 올 때, 유표와 장수의 군사는 합세를 하면서 조조의 진을 바라보았다.

조조의 군사는 극히 적어 보였다.

"조조의 패잔병은 얼마 되지 아니한다. 시각을 늦추지 말고 돌격해 들어가라!"

유표와 장수는 친히 명령을 내렸다. 두 곳 군사는 합세하여 산꼭대기 굴이 있는 험지로 쳐들어갔다.

돌연 조조의 복병이 좌우 옆 굴속에서 쏟아져 나오면서 유표와 장수의 군사를 습격하니 유표와 장수의 군사는 대패해 달아났다.

조조는 양가兩家 군마를 대패시킨 후에 안중현 경계를 지나 애외隘外에 진을 치고 있었다.

유표와 장수는 패잔병을 정돈한 후에 서로 보며 한탄했다.

"조조의 간계에 빠져서 이 모양이 될 줄 누가 꿈에나 생각했겠소?"

유표의 말에,

"한탄한들 소용이 있소? 다시 좋은 도리를 차리기로 합시다."

장수는 대답하면서 눌러서 안중현에 진을 치고 있었다.

이때 허도에 있는 순욱은 조조한테 또 기별을 보냈다

"원술의 형 원소가 군사를 일으켜 허도를 범하려는 기세가 보입니다. 승상께서는 빨리 돌아오시기 바랍니다."

조조는 글월을 받자 마음이 산란했다. 원소는 보통내기가 아니었다. 곧 회군할 준비를 차렸다.

장수의 염탐꾼은 이 소문을 듣자 신명이 났다. 급히 장수한테 고했다.

"조조가 순욱의 편지를 받고 급히 허도로 돌아간다 합니다. 원소 장군이 허도를 공격한다는 소문이 떠돈 까닭입니다."

장수는 염탐의 말을 듣자 무릎을 치며 입이 벌어졌다.
곧 군사를 일으켜 조조의 가는 뒤를 찌르려 했다.
가후가 급히 간하였다.
"아니 됩니다. 조조의 뒤를 쫓았다가는 반드시 패하십니다."
장수는 가후의 말을 듣자 마음이 뜨악해서 그만둘 생각을 가졌다.
유표가 옆에 있다가 우겨 댔다.
"천만에, 지금 아니 쫓으면 앞으로 조조를 잡을 기회가 없소. 두말 말고 조조의 뒤를 쫓기로 합시다."
장수는 다시 그럴듯하게 생각했다.
군사 만여 명을 휘동하여 유표와 함께 조조의 뒤를 쫓았다.
10여 리쯤 쫓았을 때, 유표와 장수의 군대는 조조의 후군과 접전이 되었다.
조조의 군사는 전위를 제 지내 준 데 감격하여 죽을힘을 다하여 싸웠다. 장수와 유표의 군대 만여 명은 대패해 달아났다. 장수는 가후한테 사과를 했다.
"그대의 말을 듣지 아니했다가 공연히 욕을 당했소."
장수의 말을 듣자 가후는 빙긋 웃으며 대답했다.
"지금 다시 군사를 정돈하여 조조의 뒤를 한번 쫓아가 보십시오."
너무나 장난 같은 말이었다. 장수와 유표는 고개를 가로흔들었다.
"금방 패했는데 어떻게 다시 쫓는단 말이오?"
"이번에 쫓아가면 반드시 크게 이깁니다. 만약 그렇지 않다면 내 목을 베십시오! 장담하죠."
가후는 얼굴빛을 정색해서 말했다.
장수는 가후의 말을 믿었으나 유표는 의심하여 가지 아니하려 했다. 장수는 혼자 군사를 거느려 조조의 뒤를 쫓았다.

장수는 대담하게 조조의 군사를 쫓아 돌격전을 전개했다.

어찌 된 셈인지 조조의 군사는 수각이 황난해서 수레와 말과 짐짝들을 버리고 산지사방으로 흩어져 달아났다.

장수는 신명이 났다. 더욱 조조의 패잔병을 쫓아갈 때, 홀연 산 뒤에서 일표 군마가 짓쳐 나오는 것이었다.

장수는 더 쫓지 아니하고 군사를 거두어 전리품을 수레마다 가득 싣고 승전고를 울려 돌아왔다.

유표는 놀랐다. 가후한테 물었다.

"저번엔 우리가 날랜 군사를 몰고 가서 조조의 패한 군사를 쫓았건만 오히려 패했는데, 이번에 패한 군대를 몰아서 적을 공격했건만 도리어 이겼으니 이것이 어찌 된 셈이오? 좀 밝히 가르쳐 주시오."

"하하하. 그것은 알기 쉬운 일입니다. 장군께서 비록 용병을 잘하십니다마는 조조의 적수는 아니십니다. 전번엔 조조가 비록 패했다 하나 날랜 장수와 정예 부대를 뒤에 두어서 우리의 추격하는 것을 미리 방비했을 것입니다. 이러하니 우리 군사가 아무리 정병이라 하나, 조조의 패잔병을 이기지 못할 것입니다. 그러하니 우리 군사가 패할 것을 미리 예측한 것입니다. 또 이번엔 조조가 급히 군사를 물려서 돌아가니, 이것은 반드시 허도 서울에 무슨 일이 일어난 모양입니다. 그는 우리의 쫓아가는 군사를 물리쳤으므로 마음을 놓았습니다. 그리하여 가기에만 급했고 뒤에 방비가 없었으니 이번에 우리 군대가 움직인 것은 뜻밖에 움직인 군사입니다. 조조의 불비한 틈을 타서 공격한 것이니 어찌 아니 이기겠습니까. 그러므로 꼭 이길 것을 미리 예언한 것입니다."

유표와 장수는 다 함께 가후의 높은 식견에 감탄하였다. 장수와 유표가 가후한테 다시 계교를 물었다.

"그러면 앞으로 우리는 어떻게 행동을 취하면 좋겠소?"

"유 장군께서는 군사를 거느려 형주로 돌아가시고 장 장군께서는 양양襄陽을 지키시어 마치 이와 입술이 서로 돕고 보호하듯 순치脣齒의 형세를 취하시는 것이 좋을 것입니다."

가후가 대답했다.

"좋소!"

유표와 장수는 일제히 찬성한 후에 양양과 형주로 돌아갔다.

한편 조조는 급히 허도를 향하여 앞을 서 달릴 때, 후군後軍이 장수의 추병한테 곤경을 당했다는 소식이 왔다.

조조는 급히 전군前軍을 휘동하여 후군을 구원하러 말 머리를 돌렸다. 이때 한 사람의 후군이 한 장수를 데리고 와서 아뢰었다.

"장수의 추병은 물러갔습니다. 그러나 저분이 아니었다면 저희들은 다 생포가 될 뻔했습니다."

조조는 얼굴에 가득 기쁜 빛을 띠었다.

"그래 그분이 어떤 분이란 말이냐?"

옆에 말을 타고 있던 일원 대장이 급히 말에서 내려 조조한테 절하여 뵈었다.

"저는 강하江夏 평춘平春 땅에 사는 사람으로 진위鎭威 중랑장中郎將으로 있는 이통李通이올시다."

"그래 어떻게 이렇게 내 후군을 구원해 주었소?"

"요사이 여남을 지키고 있다가 승상께서 장수와 유표와 대결하신다는 소문을 듣고 특별히 접응接應하러 왔습니다."

조조는 기뻤다.

"그래 과연 훌륭한 명장이 될 사람이로군. 내 그대한테 건공후建功侯를 봉할 테니 그대는 여남 서편을 지켜서 장수와 유표를 방어케 하오."

"승상의 은혜는 잊을 길이 없습니다."

이통은 은혜를 사례한 후에 군사를 거느려 여남으로 돌아갔다. 조조는 이와 같이 해서 또 한 사람의 명장을 얻었다.

조조와 원소의 성격 비교론

조조는 허도로 돌아와 황제께 표를 올렸다.

"이번에 강동 손책은 역적 원술을 무찌르는 데 크게 공이 있습니다. 토역討逆 장군將軍 오후吳侯를 봉하는 것이 좋을 성싶습니다."

임금은 곧 허락했다.

조조는 사신을 손책에게 보내어 조서를 전달하게 하고 더욱 유표와 장수를 방어하라 당부를 내렸다.

조조가 승상부丞相府로 돌아오니 모든 벼슬아치들은 차례로 나와서 절하여 뵈었다.

여러 관원의 배례가 끝난 후에 모사 순욱이 조조한테 물었다.

"승상께서는 천천히 안중安衆으로 행군하셨는데, 그 행동이 너무나 느렸습니다. 그러나 그런데도 불구하고 적과 싸워서 이기셨으니 어떻게 그렇게 귀신처럼 이길 것을 아셨습니까?"

"적은 물러가려 하나 돌아갈 길이 없었소. 그러하니 목숨을 내놓고 사전死戰을 할 것이 분명했소. 그래서 나는 슬몃슬몃 느리게 유적誘敵을 해서 산중에 복병을 두어 격파한 것이오. 이러고 아니 이길 수가 있겠소."

순욱은 조조한테 절을 드리고 감탄했다.

이때 곽가가 들어와서 조조를 뵈었다. 조조는 반가웠다.

"어째 이리 늦게 만나게 되오?"

곽가는 소매 속에서 편지 한 장을 꺼내 들고 말했다.

"조금 일이 있어서 늦었습니다. 죄송합니다."

"무슨 일이 있었소?"

조조가 물었다.

"원소가 사람을 보내서 승상께 편지를 올렸습니다. 공손찬을 칠 텐데 승상께 양식과 군사를 좀 빌려 주십사고 했습니다."

"그게 무슨 소리야. 내가 들으니 원소는 허도를 공격하려고 했다는데, 내가 돌아온 것을 보자 딴 수작을 붙이는 것이 아닌가?"

조조는 말을 마치자 원소의 편지를 뜯어보았다. 편지 사연이 너무나 교만했다. 조조는 불쾌했다.

"원소가 너무 무례하구려. 이런 자는 버릇을 좀 톡톡히 가르쳐 주어야 하겠는데 힘이 모자라니 어찌하겠소?"

"한漢의 유방劉邦과 초楚의 항우項羽가 적수가 아닌 것은 승상께서도 잘 아시는 일입니다. 한漢 고조高祖 유방은 지략이 항우보다 나았으므로 마침내 항우는 한 고조한테 지고 말았습니다. 지금 원소는 열 번 패하게 되고 승상께서는 열 번을 이길 수 있으니 원소의 군사가 비록 강하다 하나 족히 두려울 것이 없습니다."

"어찌하여 원소에게는 십패十敗가 있고 나에게는 십승十勝이 있단 말이오?"

"제가 설명해 드리겠습니다. 원소는 번거로운 예의를 좋아합니다. 그러나 승상께서는 자연에 맡기십니다. 그러하니 이것은 승상께서 저 사람보다 도道로 승勝하신 것이요, 원소는 역逆으로 움직이는데 승상께서는 순順으로 움직이시니 이것은 승상께서 의義로 승하신 것이요, 환제桓帝와 영제靈帝 이래 나라 정치가 관寬으로써 실정失政이 되었는데 원소는 관寬의

편을 취하는데 승상께서는 맹猛으로 다스리니 이것은 정치政治로 이기시는 것이요, 원소는 밖으로는 너그러운 듯하나 안으로는 시기하는 마음이 강하고 사람을 쓰는 데도 일가붙이만 많이 씁니다. 그러나 승상께서는 밖으로 간략한 듯하면서 안으로 밝으십니다. 사람을 쓰는데 적재적소適才適所로 발탁해 쓰시니 이것은 헤아리기를 잘하시어 도度로 승하신 것입니다. 원소는 꾀가 많으나 결단성이 없는데 승상께서는 방책만 서면 곧 행하시니 이것은 모謀가 승한 것입니다. 원소는 전혀 명예만 거두려 하는데 승상께서는 지성으로 사람을 대접하시니 이것은 덕德으로 승하신 것입니다. 원소는 가까운 사람은 구휼할 줄 아나 먼 데 사람은 홀대합니다. 그러나 승상께서는 모두 다 두루 생각하시니 이것은 인仁으로 승하신 것입니다. 원소는 참소를 들어 마음이 혹란惑亂하지만 승상께서는 참소를 들으시면 깊이 생각하시고 곧이듣지 아니하시니 이것은 명明으로 승하신 것입니다. 원소는 옳고 그른 것을 섞어 버리는데 승상께서는 법도가 엄하고 밝으시니 이것은 문文으로 승하신 것입니다. 원소는 허세를 좋아해서 병법을 모르는데 승상께서는 적은 군사로 많은 군사를 이겨서 용병여신用兵如神하시니 이것은 무武로 승하신 것입니다. 승상께서는 원소보다 이같이 열 가지 나은 점이 계시니 원소를 이기기 무난하십니다."

조조는 자기와 원소의 성격을 비교하여 10승10패十勝十敗를 논하는 곽가의 말을 듣자 빙긋 웃으며 말했다.

"당치 아니한 과분한 말씀이오."

옆에 있던 순욱이 말참견을 했다.

"곽 모사의 십승십패론은 저의 우견愚見과 같습니다. 원소의 군사가 비록 많다 하나 족히 두려울 것이 없습니다."

순욱의 말이 끝나자 곽가가 의견을 내세웠다.

"서주 여포는 참으로 뱃속에 들어 있는 우환덩어리올시다. 지금 원소가 북으로 공손찬을 치려 하니 이때를 타서 우리는 먼저 여포를 취하여 동편과 남편을 소탕한 후에 원소를 도모하는 것이 좋을 것 같습니다. 그렇지 않고 우리가 원소를 먼저 친다면 여포는 반드시 우리의 빈틈을 타서 허도를 칠 테니 해가 적지 아니할 것입니다."

조조는 곽가의 말이 옳다고 생각했다. 곧 동으로 여포 칠 것을 결단했다. 순욱이 다시 의견을 냈다.

"먼저 사람을 유비한테 보내서 여포 칠 것을 약속한 후에 동병動兵을 하는 것이 좋을 것입니다."

조조는 순욱의 말에 좇았다. 한편으로 글월을 써서 현덕에게 보내고 한편으로 원소의 사신을 후하게 대접한 후에 황제께 아뢰어 원소에게 대장군大將軍 태위太尉에 기주冀州, 청주靑州, 유주幽州, 병주幷州 네 고을의 도독都督을 겸임하게 하고 또다시 밀서密書를 보내서 답을 했다.

"귀대貴臺께서 만약 공손찬을 치신다면 조조는 꼭 도와 드리겠습니다."

원소는 조조의 회답하는 밀서를 받아 보자 크게 기뻤다. 곧 군사를 내어 공손찬을 치게 했다.

한편으로 여포는 서주에 있어서 손을 대접하여 잔치할 때마다 진규의 부자는 반드시 여포의 덕을 입에 침이 마르도록 칭송했다.

이 모양을 보는 진궁은 항상 좋지 않게 생각했다. 틈을 타서 조용히 여포한테 간하였다.

"진규 부자가 암만해도 의심스럽소이다. 장군께 밤낮 아첨하는 꼴이 보통이 아니올시다. 그들의 마음을 측량하기 어려우니 조심하십시오."

여포는 벌컥 성이 나서 진궁을 꾸짖었다.

"네 무단히 좋은 사람을 헐뜯어 말하느냐. 고이한 일이로구나!"

진궁은 여포한테 꾸지람을 듣고 밖에 나와서 탄식했다.
　"충성된 옳은 말이 귀에 들어가지 아니하니 우리들은 반드시 화를 면치 못하겠구나!"
　혼자서 탄식했다.
　진궁은 여포를 버리고 다른 곳으로 가고팠으나 차마 버리고 갈 수도 없었다.

탄로 난 조조의 밀서

진궁의 마음은 우울하고 즐겁지 아니했다. 며칠 동안 문을 닫고 집에 들어앉아 있었다. 그러나 마음은 더한층 답답했다.

하루는 울적한 마음을 풀어 보려 하여, 군사 두서너 기騎를 거느리고 소패로 사냥을 나갔다. 말뚝을 박고 우리를 치고 막 사냥을 시작하려 할 때 홀연 길 앞에 한 필 역마驛馬가 나는 듯이 달렸다.

진궁은 의아하게 생각했다. 사냥하기를 중지하고 지름길로 뒤를 쫓았다.

"앞에 가는 파발마는 어디서 오는 사명使命인가?"

역마를 탄 사자는 진궁을 보자 여포의 부하인 것을 알았다. 얼굴빛이 노래지며 대답을 하지 못했다.

진궁은 더욱 의심이 났다. 부하를 시켜서 사자를 잡은 후에 몸을 수색하게 했다.

품 안에서는 한 장 서신이 나왔다. 진궁이 보니 조조한테 가는 밀서密書 일봉一封이었다.

진궁은 사자와 함께 글을 가지고 여포한테로 갔다.

"수상하기에 잡아 보니 조조에게 밀서를 가지고 가는 자올시다. 심문을 해 보십시오."

여포는 친히 물었다.

"너는 누구의 심부름으로 어디로 가는 사신이냐?"

"소인은 조 승상의 명을 받들어 유劉 예주豫州한테 편지를 가지고 갔다가 지금 답장을 받아 가지고 돌아가는 길이올시다. 편지에는 무슨 속말이 적혀 있는지 모르겠습니다."

여포는 밀서 편지를 뜯었다.

밝으신 명을 받아 항상 여포를 도모하도록 마음을 쓰겠습니다. 그러나 유비 이 몸은 군사가 미약하고 장수가 적어서 가볍게 움직일 수 없으니 승상께서 만약 큰 군사를 보내신다면 유비는 마땅히 전구前驅가 되어 군사를 정돈하겠습니다.

여포는 밀서를 보자 크게 노했다.
"조조란 놈이 어찌 감히 이 같은 음모를 꾸며서 나를 죽이려 하느냐!"

크게 호통을 치면서 사자를 끌어내려 목을 베고 모든 장병을 모아 군사 행동을 취하게 했다.

"진궁陳宮과 장패臧霸는 태산泰山에 있는 명화적패 손관孫觀, 오돈吳敦, 윤예尹禮, 창희昌豨와 연락하여 연주兗州의 모든 골을 취하게 하고 고순高順, 장요張遼는 패성沛城을 취하여 유현덕을 공격하고 송헌宋憲, 위속魏續은 여남汝南과 영주穎州를 공격하라. 나는 친히 중군을 통령하여 제장의 삼로군三路軍을 접응接應하리라."

여포의 명령이 한번 떨어지니 모든 장수들은 일제히 군사를 정돈하여 기치창검을 하늘 높이 번득이면서 조조와 유비를 공격하러 나갔다.

여포도 위세 당당 중군을 거느려 뒤를 따랐다.

여포의 명을 받은 고순과 장요는 군사를 거느려 유비가 있는 소패로 향했다.

유성마流星馬는 급히 현덕에게 고했다.

"여포의 장수 고순, 장요가 군사를 거느리고 지금 소패로 쳐들어옵니다."

현덕은 모든 장수들을 불러 의논하였다.

"조조한테 가는 밀서가 탄로된 모양이다. 어찌하면 좋겠나?"

모사 손건이 대답했다.

"급히 조조한테 고하는 것이 좋겠습니다."

"누가 허도로 가서 조 승상한테 급한 것을 고하겠는가?"

뜰아래서 한 사람이 대답하고 나왔다.

"제가 가서 고하겠습니다."

모두 보니 현덕의 동향 친구 간옹簡雍이란 사람으로 자를 헌화憲和라 부르는데, 현재 현덕의 막빈幕賓이 되어 있는 사람이었다.

현덕은 곧 편지를 써서 간옹에게 주어 주야배도로 말을 달려 조조한테 고하게 하고, 한편으로 군사를 정돈하여 성을 지키고 군기를 수리하고 있었다.

현덕은 남문을 지키고 장비는 동문을 지키고 미축과 그 아우 미방은 중군을 수호하고 있었다.

원래 미축에게 한 누이가 있는데, 현덕한테로 시집을 보내서 둘째 아내가 되었다.

그러므로 미축과 현덕은 처남매부지간이 되었다. 이리하여 미축의 형제는 중군을 지켜서 현덕의 아내와 식구들을 보호하게 한 것이었다.

마침내 여포의 장수 고순은 군사를 거느리고 소패성 아래 당도했다.

현덕은 남문 문루 위에 있다가 고순의 군사가 성 아래 진을 치는 것을 보고 문루 앞에 나와 물었다.

"내가 본시 여포와 아무런 틈이 없는데 무슨 까닭에 고 장군은 군사를 끌고 와서 나를 치려 하는가?"

고순은 현덕을 향하여 큰소리로 외쳤다.

"현덕은 잔꾀를 부리지 마오. 조조와 연결해서 우리 주인을 음해하려 하면서 이제 와서 무슨 변명인가? 밀서로 왕래한 일이 탄로되었으니 잔말 말고 나와서 묶이라!"

고순은 말을 마치자 군사를 지휘하여 소패성을 공격했다.

현덕은 성문을 굳게 닫고 싸움에 응하지 아니했다.

다음 날 장요는 군사를 이끌고 서편 문을 공격했다. 서문에는 관운장이 지키고 있었다.

봉의 눈을 부릅뜨고 삼각수를 쓰다듬어 성 위에서 장요를 꾸짖었다.

"장공은 얼굴판이 저쯤 되어 비범한 인물인데, 무슨 까닭에 여포 같은 의리 없는 사람의 부하가 되어 일평생을 그르치는가?"

장요는 부끄러웠다. 고개를 숙여 말이 없었다.

관운장은 고개를 숙여 말을 아니하는 장요의 태도를 보자, 마음속으로 의리 있는 사람이라 생각했다. 더 악한 말을 퍼붓지 아니하고 나가서 싸우지도 아니했다.

장요도 관운장의 풍채에 마음으로 취했다. 관운장이 있는 서문을 버리고 군사를 이끌어 동문으로 향했다.

동문에는 장비가 지키고 있었다. 장요가 동문으로 향하여 오는 것을 보자 고리눈을 부릅뜨고 장팔사모창을 비껴들고 말을 달려 성문을 열고 뛰어나왔다.

유성마는 급히 서문에 있는 관운장한테 이 사실을 고했다. 관운장은 급히 동문으로 달려왔다.

이때 장비는 성문을 열고 말을 달려 나오고 장요의 군사는 후퇴를 하여 물러가고 있었다.

　장비는 고래고래 소리를 지르며 말을 채쳐 장요의 뒤를 쫓았다.

　관운장은 급히 장비를 손짓해 불렀다.

　"잠깐 성안으로 들어와서 내 말을 듣게."

　장비는 장요를 쫓다가 관공의 부름을 받고 성안으로 돌아왔다.

　"저놈이 내가 무서워서 싸우지도 못하고 달아나는데 쫓아가면 단번에 요정을 낼 것을 형님은 왜 나를 부르셨소?"

　장비는 불평이 가득했다.

　관운장은 장비를 천천히 타일렀다.

　"저 사람의 무예는 자네나 나보다 결코 떨어지지 아니하네. 아까 서문을 치러 왔길래 내가 바른말로 타일렀더니 자못 뉘우치는 빛이 현저해서 싸움을 하지 않고 돌아갔네. 이번에 동문에서 그대로 물러간 것도 이 까닭에 그대로 간 것이니 아예 쫓아갈 필요가 없네."

　장비는 관운장의 말을 듣자 비로소 장요가 싸우지도 아니하고 군사를 돌이킨 까닭을 알았다.

　장비도 동문을 닫게 하고 싸움을 하러 나가지 아니했다.

　한편으로 간옹簡雍은 허도로 가서 조조를 찾아보고 밀서 사건이 탄로된 것을 말했다.

　조조는 모든 부하를 불러 의논하였다.

　"내가 여포를 치려 하는데 원소는 두려울 것이 없으나 유표와 장수란 자가 뒤에서 장난을 할까 저어하니 어찌하면 좋겠나?"

　순유가 나와서 말했다.

　"유표와 장수는 전번에 크게 패해서 함부로 경거망동은 하지 못할 것입니다. 그러나 여포는 원래 효용이 절륜한 자입니다. 만약 원술과 다시 화친이 되어 연결이 된다면 회수淮水와 사수泗水의 군세는 대단할 테니 종횡하는 그 세력을 급하게 꺾을 수는 없을 것입니다."

순유의 말이 떨어지자 곽가가 나와서 말했다.

"아니올시다. 그까짓 여포가 그리 두려울 것 없습니다. 이 자는 지금 처음으로 반했습니다. 제후들의 마음이 여포한테로 쏠리기 전에 급히 가서 치는 것이 좋겠습니다."

눈알을 뽑아 씹는 하후돈

조조는 곽가의 급히 치라는 말을 좇았다.

즉시 하후돈夏侯惇, 하후연夏侯淵, 여건呂虔, 이전李典을 불러 군사 5만을 거느려 먼저 떠나게 하고 조조는 스스로 대군을 통솔하여 뒤를 받쳐 나갔다.

현덕은 소패성에서 고순과 장요의 군사가 물러간 후에 조조의 대군이 온다는 기별을 듣자 손건孫乾으로 성을 지키게 하고, 미축麋竺과 미방麋芳으로 집을 호위하게 하고 현덕은 관우, 장비와 함께 군사를 거느려 성 밖까지 나가서 조조의 대군을 맞이했다.

이때 하후돈은 군사를 거느려 앞으로 전진하다가 마침 고순의 군대와 서로 만나게 되었다.

하후돈은 창을 꼬나들고 말을 타고 나와서 고순을 향하여 싸움을 돋우었다.

고순도 사양하지 않고 칼을 비껴들고 하후돈한테로 덤벼들었다. 두 사람은 싸운 지 50여 합에 고순이 팔에 힘이 떨어져 하후돈을 당해 내지 못했다. 급히 말 머리를 돌려 달아나니 하후돈은 말을 채질해 뒤를 따랐다.

고순은 바로 달아나다가 하후돈의 추격이 급하니 다시 말을 돌려 둥글게 진을 둘러 원을 그리며 말을 달렸다. 하후돈도 뒤를 따라 진을 끼고 돌면서 고순을 쫓았다.

진중에 있던 여포의 장수 조성曹性이 가만히 활을 꺼내 들고 살을 메겼다.

하후돈을 향하여 겨냥을 대자 살은 별처럼 달렸다.

하후돈의 왼편 눈에 화살은 퍽 소리를 내며 들이박혔다.

뜻밖에 화살을 눈에 맞은 하후돈은,

"에쿠!"

소리를 지르며 정신을 바짝 차렸다.

눈에 불이 번쩍 났다. 몹시 아팠다. 그러나 이를 악물고 화살을 쑥 뽑았다. 화살에 눈알이 묻어 쑥 뽑혔다.

피가 알 빠진 눈 오금 속에서 주르르 흘렀다.

몹시 아팠다.

하후돈은 살에 꽂힌 눈알을 입으로 훑었다.

눈알을 입 속에 넣고 질겅질겅 씹어 꿀꺽 삼켰다.

외눈박이 하후돈은 큰소리로 부르짖었다.

"아버지의 정기요, 어머님의 피다. 부정모혈父精母血을 어찌 차마 땅에 버리랴!"

이 모양을 본 모든 사람들은 등에 소름이 쪽 끼쳤다.

하후돈은 한 눈알이 빠진 채 다시 창을 꼬나들고 말을 달려 살을 쏜 조성한테로 덤벼들었다.

"천하장사다!"

소리가 이곳저곳에서 일어났다.

조성은 하후돈이 눈알을 뽑아 씹는데 얼이 빠졌다. 급히 창을 들고 덤벼드는 외눈박이 하후돈을 막아 낼 겨를이 없었다. 하후돈의 창은 조성의 면상을 꽉 찔렀다. 창끝은 얼굴을 찌르고 목을 꿰뚫었다. 조성은 구슬픈 비명을 지르며 말 아래로 떨어져 죽었다.

유비의 신산한 고생

하후돈이 조성曹性을 죽인 후에 말을 놓아 자기편 진으로 돌아오려 할 때, 고순은 전군을 지휘하여 하후돈의 뒤를 급히 몰아쳤다.

하후돈이 조성을 죽이는 것을 보자 마음이 방자해진 조조의 군사는 뜻밖에 쏟아져 나오는 고순의 군사한테 크게 패했다.

골패짝 쓰러지듯 뭉그러지며 패해 달아났다.

하후돈은 눈이 아파서 빨리 뛰지를 못했다. 하후돈의 아우 하후연이 형을 구하여 포위망을 뚫고 달아나고, 여건과 이전은 패한 군사를 수습하여 제북濟北으로 물러가 진을 치고 있었다.

고순은 조조의 군사를 물리친 후에 군사를 돌려서 유현덕을 치기로 했다.

때마침 여포가 큰 군사를 거느리고 당도했다.

여포는 조조의 군사를 격퇴시킨 고순과 장요를 격려한 후에 두 길로 군사를 나누어 유현덕을 공격할 계획을 차렸다.

고순은 장요와 함께 관우가 있는 소패성 서문을 치기로 하고 여포는 장비가 지키고 있는 동문을 치기로 했다.

유현덕은 여포가 두 길로 쳐들어오는 것을 보자 관우, 장비를 성문 밖으로 내보내서 싸우게 하고 현덕은 군사를 거느려 관우와 장비를 응원해 주기로 했다.

여포는 대군을 휘동하여 유비의 배후를 공격하고 다시 군사를 관우가 있는 서문과 장비가 있는 동문으로 보내어 세 길로 공격하니, 관우의 서문과 장비의 동문이 일시에 함락이 되어 버렸다.

현덕은 이 모양을 보자, 수십 기를 거느리고 패성을 향하여 급히 달아났다.

여포는 방천화극을 높이 들고 적토마를 달려 급히 현덕의 뒤를 쫓았다.

현덕은 죽을힘을 다하여 말을 달려 패성에 당도했다. 성문은 굳게 닫혀 있었다.

현덕은 문루門樓 위에 있는 성 지키는 수문장을 향하여 큰소리로 부르짖었다.

"내다. 현덕이 왔다. 조교弔橋를 내리고 빨리 성문을 열어라."

현덕은 숨이 턱에 찼다. 그러나 뒤에는 하루에 천릿길을 달리는 적토마를 탄 여포가 벌써 백 걸음 밖에서 쫓았다.

성 위의 수문장은 급히 성문을 열고 조교를 내렸다.

현덕이 말을 박차 급히 조교에 올랐을 때, 여포의 천리마도 급히 뛰어 조교 위에 올랐다.

문 지키는 군사들은 당황하기 짝이 없었다. 일제히 여포를 향하여 활을 쏘려 했으나, 앞에 있는 현덕이 맞으면 큰일이었다.

문 지키는 군사들은 속수무책이었다.

여포는 현덕의 뒤를 따라 성안으로 뛰어 들어왔다.

수문장들은 일제히 내달아 여포를 막으려 했으나 방천화극을 높이 휘두르며 적토마를 놓아 고함쳐 달려드는 천하 명장 여포를 막아 낼 도리는 없었다.

저항하는 군사들의 목은 추풍에 떨어지는 낙엽이었다.

유비의 군사들은 으악 소리를 지르며 산지사방으로 흩어져 달아났다.

여포의 대군은 뒤를 이어 물밀듯 쏟아져 들어왔다.

현덕은 급히 집으로 향하려 했으나 벌써 여포가 뒤를 쫓았다.

여포는 호통을 치면서 급히 유비를 잡으려 했다.

"유현덕아, 너는 어찌하여 조조와 부동이 되어 나를 해치느냐?"

벽력같이 호통을 쳤다.

유비는 혼비백산이 되었다. 집에 들를 생각을 단념해 버리고 처자 권솔을 내버린 채 서문을 뚫고 급히 단기單騎를 몰아 달아났다.

여포는 현덕의 집에 당도했다. 이때 미축은 현덕의 가권을 보호하고 있다가 기막힌 변을 당했다.

급히 문 밖으로 뛰어나가 여포를 맞이했다.

"나는 들으니 천하의 대장부는 적의 처자를 해하지 아니한다 합니다. 황차 유비는 장군의 적이 아니올시다. 장군의 적은 조조입니다. 유현덕은 항상 장군께서 원문轅門에서 창을 쏘아 목숨 구해 준 은혜를 잊지 않고 있습니다. 지금 조조의 세력에 어찌할 수 없어 잠깐 굽힌 것이니 장군께서는 가련하게 생각하십시오."

여포는 미축의 말에 감동이 되었다.

"나는 현덕과 구교舊交인데 어찌 차마 그의 처자를 해치겠소. 그대는 현덕의 식구들을 보호하여 서주에 가서 있게 하오."

여포는 아장에게 분부하여 미축으로 현덕의 가권을 호위하여 서주로 가서 있게 하라 영을 내리고, 고순과 장요로 소패성을 지키게 한 후에 대군을 휘동하여 산동山東 연주兗州로 나갔다.

이때 유비의 모사 손건孫乾은 성 밖으로 탈출이 되었고 관우와 장비도 몇 사람 패잔병들을 거느리고 산속으로 달아나서 몸을 숨기고 있었다.

한편 현덕은 외로이 단기를 달려 넋을 잃고 달아날 때, 뒤에서 한 사람이 "사도!" 하고 부르며 쫓아왔다.

고개를 돌려 급히 바라보니 다른 사람이 아니라 바로 손건이었다.

"자네 어떻게 살아오는가?"

현덕의 눈에서는 눈물이 글썽거렸다.

"사도께서 용하게 빠져나오셨습니다!"

말을 마치자 손건도 울었다.

현덕은 손건의 손을 잡았다.

"나는 이제 두 아우의 생사존망을 모르고 가솔도 다 잃어버렸소. 장차 어찌하면 좋겠소?"

현덕이는 낙루를 하며 말했다.

손건은 현덕을 향하여 말했다.

"별수가 없습니다. 잠시 조조한테 몸을 의탁하시어 앞으로 큰일을 도모하시는 길밖에 다른 도리가 없습니다."

현덕은 손건의 말을 좇아 산길 소로小路로 허도를 향하여 말을 달렸다. 여포의 추병이 있을까 하여 일부러 샛길을 취한 것이었다.

현덕은 손건과 함께 목숨을 도망하여 총총히 가는 길이라 양식 준비가 있을 까닭이 없었다. 얼마를 가니 배가 고팠다.

촌으로 내려가서 밥을 구걸해 먹으며 나갔다.

하루는 한 집에 당도하여 하룻밤을 드새기를 청했다.

소년이 나와서 현덕한테 절하고 뵈었다.

"존성대명이 누구시오."

하고 현덕이 물으니 소년은,

"산중에서 사냥으로 업을 삼는 유안劉安이올시다."

하고 대답했다.

옆에 있던 손건이 유안을 향하여,

"이 어른은 유 예주신데 잠깐 패하여 허도로 가시는 길이오."

솔직하게 말하니 유안은 깜짝 놀라 다시 한 번 현덕에게 절을 하고 음식을 분별하러 나갔다.

그러나 집안은 째지게 구차했다.

노루와 산돼지를 잡아서 대접하고 싶은 마음은 간절했으나 밤중에 사냥도 할 수 없었다.

그러나 하룻밤만 지나면 곧 길 짐을 차려 떠날 손님이었다.

평소에 유 예주, 하면 하늘의 태양처럼 우러러보고 사모하던 인물이었다. 이러한 귀한 손님을 그대로 굶겨서 밤을 지나게 할 수는 없다고 생각했다.

안에 들어가 보니 젊은 아내는 곤한 잠이 들었다. 유안은 부엌으로 들어가 식칼을 들었다.

얼마쯤 망설였다.

아내는 또 얻을 수 있으나 귀한 손님 유현덕은 굶겨서 보낼 수는 없다고 결심했다.

식칼로 아내의 잠이 든 머리를 뎅겅 잘라 버렸다.

아내의 둔부며 팔과 다리의 살을 베어 끓는 가마솥에 넣고 삶았다.

얼마 뒤에 유현덕과 손건의 앞에는 김이 무럭무럭 나는 고기 한 반이 담겨 나왔다.

현덕은 배고픈 김에 고기를 대하니 비상하게 맛이 좋았다.

"이것이 무슨 고긴가?"

유안에게 물었다.

유안은 주저주저하다가,

"이리 고기(狼肉)올시다."

대답했다.

현덕은 의심치 않고 배불리 먹었다.

밤이 깊어 잠깐 눈을 붙인 후에 새벽에 일어나 길을 떠나려고 집 뒤 말을 매어 둔 곳으로 가 보니, 한 여자가 부엌 앞에 죽어서 쓰러져 있었다. 자세히 보니 팔과 다리에 살이 떨어져 나갔다.

"이것이 웬일인가?"

현덕은 깜짝 놀라 유안한테 물었다.

유안은 그제야 고개를 숙여 대답했다.

"사도께 그대로 밤을 지내시라 할 수 없어서 대접할 것은 없고 생각다 못해서 아내를 죽여서 살을 삶아 대접했습니다."

현덕은 깜짝 놀랐다. 비로소 어젯밤에 먹은 고기가 유안의 아내의 고기인 것을 알았다.

현덕은 유안의 지극한 마음씨를 생각하니 고맙기도 하고 한편으로 죽은 여인을 생각하니 감창함을 이길 수 없었다.

눈물을 머금고 말 위에 올랐다. 유안이 현덕의 말안장을 잡고 말했다.

"실상인즉 저도 사도를 따라서 모시고 가고픕니다마는 늙은 어미가 있어 멀리 집을 떠날 수가 없습니다."

"고마우이. 자네의 솔직한 마음은 내가 한평생 잊을 수 없네. 연이 있으면 또다시 만나기로 하세."

현덕은 사례하면서 손건과 함께 길을 찾아 양성梁城으로 나갔다.

얼마를 나가려니 홀연 큰길 앞에 티끌이 자욱하게 일어나면서 한 떼 군마가 쏟아져 나오는 것이었다. 현덕은 깜짝 놀라 자세히 바라보니 군사들이 들고 있는 깃발엔 '조조曹操'라고 씌어 있었다. 현덕은 놀란 가슴이 비로소 가라앉았다. 급히 손건과 함께 말을 달려 조조가 있는 중군中軍으로 찾아갔다. 조조는 현덕을 반갑게 맞았다.

"유 예주는 어떻게 이같이 단기單騎로 오시오?"

"기막힙니다."

현덕은 우선 한마디를 해 놓고 여포한테 소패성을 뺏긴 일과 두 아내와 두 아우 관우, 장비를 잃은 일이며 쫓겨 오다가 유안이란 젊은이가 아내까지 죽여서 자기의 기갈飢渴을 면해 준 기막힌 일을 일일이 이야기했다.

조조는 유안이 아내를 죽여 현덕을 대접한 이야기에 가서는 눈물을 흘려 탄식했다.

"유안이란 젊은 사람은 과연 의기남아義氣男兒로구려. 돈 백 냥을 줄 테니 손건 선생이 가지고 가서 유안에게 새 아내를 맞게 하시오."

조조는 돈 백 냥을 주머니에서 꺼내서 손건에게 주었다.

조조는 유비와 함께 행군을 하여 제북濟北에 당도하니, 하후연夏侯淵 이하 장성들이 영접을 하여 진으로 들어가서 여러 가지 일을 이야기했다.

"형 하후돈은 아직도 눈이 낫지 못하여 병상에 누워 있습니다."

조조는 곧 하후돈을 병상으로 찾아가 위문한 후에,

"하후 장군은 진중에 있을 것이 아니라 먼저 허도로 돌아가서 치료를 하도록 하시오."

분별한 후에 다시 사람을 보내서 여포가 지금 어떠한 행동을 하고 있나 자세히 정탐을 해 가지고 오라 했다.

염탐꾼은 곧 돌아와 여포의 동정을 보고했다.

"여포는 지금 진궁, 장패와 함께 태산에 있는 명화적패와 연결하여 연주의 모든 곳을 공격합니다."

여포를 녹이는 진등의 묘계

조조는 염탐꾼의 보고를 듣자 곧 조인에게 영을 내렸다.

"너는 삼 천 병마를 거느리고 소패성을 치게 하라. 나는 대군을 휘동하여 현덕과 함께 여포와 싸우리라."

조조는 군령을 내린 후에 군사를 지휘하여 산동山東으로 향하여 소관蕭關 앞에 당도했을 때, 태산의 명화적패 손관孫觀, 오돈吳敦, 윤예尹禮, 창희昌豨 등이 군사 3만여 명을 거느리고 앞길을 막았다.

조조는 맹장 허저에게 영을 내렸다.

"네가 나가 싸워서 좀도둑들을 물리쳐라!"

허저는 명을 받고 힘을 다해 싸우니 명화적패 네 장수는 당해 낼 수 없었다. 제각기 뿔뿔이 헤어져 목숨을 구해 달아났다.

조조는 뒤를 따라 소관을 들이쳤다.

소관의 수문장은 급히 군사를 여포한테 보내서 이 사실을 고했다.

이때 여포는 서주徐州로 돌아가 있다가 소패小沛가 위태롭다는 말을 듣자 진등陳登과 함께 소패로 향하면서 진등의 아버지 진규陳珪로 서주를 지키라 했다.

진등이 길을 떠나려 하니 그의 아버지 진규는 아들에게 타일렀다.

"전에 조曹 승상조相이 말하기를 동방의 일은 모두 다 너한테 맡긴다 하지 아니했느냐? 이번에 여포가 반드시 패할 것이니 너는 알아서 잘 처리하게 하라."

"아버님 말씀대로 밖의 일은 제가 잘 처리하겠습니다. 과연 여포가 패해서 서주로 돌아오거든 아버지께서는 미축을 청하여 함께 성을 지키고 계시다가 성문을 닫고 여포를 들이지 마십시오. 저는 따로 이 몸을 빼칠 도리를 연구하겠습니다."

"그는 그렇다마는 이곳에는 여포의 아내들도 있고, 여포의 심복이 퍽 많으니 어찌하면 좋겠느냐?"

"제가 따로 계교가 있으니 아버님께서는 과히 염려 마십시오."

진등은 말을 마치자 아버지 진규한테 하직 인사를 하고 장청으로 여포를 만나러 들어갔다.

"서주徐州는 사면팔방으로 적의 공격을 받기 쉬운 지형입니다. 우리는 먼저 예비 공작을 취해야 좋으리라 생각합니다. 만약의 경우를 미리 생각하시어 군량과 보화를 하비下邳 땅으로 소개시켜 두는 것이 좋을 듯합니다."

"자네 말이 참 옳으이."

여포는 진등을 크게 칭찬한 후에 곧 군량미와 보배와 아내들을 하비 땅으로 옮기게 하고, 송헌宋憲과 위속魏續에게 영을 내려 아내와 군량미를 보호해 지키라 하고, 여포 자신은 진등과 함께 소관으로 향하여 소패를 구하러 나갔다.

여포가 소관 앞에 당도했을 때, 진등이 여포한테 말했다.

"제가 먼저 성 앞에 가서 조조의 허실虛實을 살필 테니 장군께서는 뒤에 오시는 것이 좋겠습니다."

진등의 말을 들은 여포는 그럴듯하게 생각이 들었다.

"그렇다면 자네가 먼저 가서 조조의 군사의 허실을 살피고 돌아오게."

허락을 내렸다.

진등은 곧 말을 채쳐 소관으로 향했다.

이때 소관에는 진궁陳宮이 손관孫觀과 함께 여포의 명을 받아 성을 지키고 있었다.

진궁은 진등을 성안으로 반갑게 맞아들였다.

진등은 진궁을 향하여 일부러 패를 썼다.

"지금 온후溫侯[17]께서는 공들을 괴이쩍다고 의심하고 계십니다. 빨리 나가서 싸우지 않는다고 나더러 책망하고 오라 하십디다."

진궁이 대답했다.

"지금 조조의 병력은 대단합니다. 싸우는 게 무어요. 함부로 경적輕敵을 했다가는 큰일 나오. 우리는 이 소관을 굳게 지키고 있을 테니, 당신은 온후께 돌아가서 패성沛城을 잘 보전하시는 것이 상책이라고 말씀하시오."

"잘 보신 말씀이오."

진등은 진궁을 칭찬한 후에 밤중에 슬며시 관關에 올라 앞을 바라보니 조조의 군사가 까맣게 관 아래 진을 치고 있었다.

진등은 캄캄한 밤중이 되자 연달아 세 통의 편지를 쓴 후에 살에 매어 조조의 진중으로 쏘아 보냈다.

진궁은 진등이 조조와 내통한 일을 까맣게 몰랐다.

이튿날 진등은 진궁에게 하직을 고한 후에 말을 달려 여포한테로 돌아와 고했다.

"손관의 무리가 조조한테 패한 후에 소관蕭關을 조조한테 바치려 합니다. 그래서 저는 진궁한테 단단히 당부했습니다. 단단히 성을 지키라고

---

17) 온후 : 여포의 봉작封爵.

요. 일이 이쯤 되었으니 온후께서는 황혼 때쯤 해서 조조의 군사를 시살하시어 진궁을 도와주십시오."

진등은 이같이 외수 전갈을 했다.

여포는 진등의 말을 꽉 곧이들었다.

"그래 손관이란 놈이 조조한테 성을 바쳐서 항복을 하려 든단 말인가? 명화적패란 하는 수 없는 위인일세그려. 자네가 아니었던들 소관은 조조한테 뺏길 뻔했네그려."

여포는 또 한 번 진등을 칭찬한 후에,

"자네는 빨리 진궁한테로 다시 가서 황혼黃昏 때 내가 군사를 거느리고 갈 테니 횃불을 들고 성문을 열라 이르게."

진등은 여포의 말이 떨어지기 무섭게 다시 급히 말을 달려 진궁한테로 갔다.

"야단났소. 조조의 군사는 어느 틈에 샛길을 취하여 관내關內로 들어섰소. 서주가 위태롭게 되었소이다. 온후께서 당신보고 급히 와서 서주를 구하라 하십디다!"

진궁은 곧 군사를 거느리고 서주를 구하러 말을 달렸다.

진등은 이 틈을 타서 관 위에 올랐다.

진등은 홰에 불을 붙여 높이 들었다.

여포는 진등을 통하여 약속한 대로 진궁이 성 위에서 횃불을 들어 군호하는 줄로만 알았다.

캄캄한 밤에 성안으로 향하여 군사를 몰고 들어갔다.

그러나 서주성이 위태롭다는 기별을 듣고 급히 관문 밖으로 나가던 진궁의 군사는 자기편인 여포의 군사를 조조의 군사로 잘못 알았다. 캄캄한 어둠 속에서 서로 찌르고 죽이고 수라장을 이루었다.

한편으로 조조는 전날 밤에 진등이 화살을 쏘아 보낸 세 통 편지 속에 횃불이 들려지거든 돌격을 하라는 약속이 있었는지라, 군사를 몰아 일제히 여포와 진궁이 자기편끼리 서로 짓밟는 군사를 무찌르며 쳐들어갔다.

여포와 진궁의 군사는 반 넘어 죽어 버렸고 명화적패 손관의 무리는 성을 버리고 사방으로 흩어져 달아났다.

날이 환하게 밝기 시작할 때, 여포와 진궁은 비로소 계교 속에 빠진 것을 깨닫게 되었다. 여포는 급히 진궁과 함께 서주를 향하고 말을 달렸다.

서주성 앞에 당도하자 여포는 큰소리로 외쳤다.

"성문을 열어라. 내가 왔다. 빨리 열어라!"

뜻밖이었다. 문루에서는 난전亂箭이 비 오듯 쏟아졌다.

여포는 어이가 없었다. 조조의 군사가 온 줄 잘못 알고 활을 쏘는 것이라 생각했다.

여포는 손수 자기의 대장기를 휘두르며 외쳤다.

"여포 내가 왔다. 쏘기를 그치고 빨리 문을 열어라!"

이때 성 위에서 미축이 큰소리로 호통을 쳤다.

"이놈 여포야, 서주가 네 땅이냐? 우리 주인 유현덕의 땅이다. 염치없이 그만큼 살았으니 인제는 우리 주인한테로 돌려보내야 한다. 네 다시는 이 성으로 들어오지 못하리라!"

여포는 진규 부자한테 또 속은 것을 한탄했다. 분통이 터졌다.

"늙은 놈 진규는 어디 있느냐?"

"내가 벌써 죽여 버렸다."

미축은 외수를 꾸며 대답했다.

여포는 코가 맥맥했다. 뒤에 있는 진궁陣宮한테 물었다.

"진규의 아들 진등이란 놈은 어디 갔소?"

"장군께서는 그렇게 속으시면서도 그래도 미진해서 반적反賊 진등을 찾으십니까?"

"찾아보아라!"

여포는 군사들한테 호령을 내렸다.

그러나 아무리 찾아도 진등은 보이지 아니했다. 진궁이 간하였다.

"장군! 우리의 갈 곳은 이제는 소패밖에 없습니다. 빨리 소패로 가십시다. 서주는 인제 당신의 땅이 아닙니다."

여포는 어찌하는 수가 없었다. 서주성을 뒤로 두고 소패로 향하여 달아났다.

다시 만나는 유비·관우·장비

여포는 진궁의 말을 들어 소패로 향하고 달아날 때, 얼마를 아니 가서 한 떼 군마가 갑자기 앞에서 달려 나왔다. 자세히 보니 고순高順과 장요張遼가 군사를 거느리고 나오는 것이었다.

"자네들이 어찌해 오는가?"

여포는 이상하게 생각해서 물었다.

"진등이 와서 말하기를 주인어른께서 조조의 군사한테 포위를 당하고 계시니 빨리 가서 구원해 드리라 하므로 급히 온 길이올시다."

옆에서 진궁이 발을 동동 굴렀다.

"이게 또 간특한 진등이 놈의 계교올시다."

여포는 성이 왈칵 났다.

"내 이 도둑놈을 죽이고야 말겠다!"

여포는 말을 마치자 급히 말을 몰아 소패로 가 보니 기막히지 않는가. 성 위엔 모두 다 조조의 기를 꽂아 놓았다.

조조는 원래 조인曹仁한테 영을 내려 소패 성지城池를 습격한 후에 군사를 성 위에 배치하여 지키고 있게 했던 것이었다.

여포는 성 아래서 크게 진등을 꾸짖었다.

"이놈 진등아. 나는 너를 꼭 믿어서 언청계용言聽計用을 했는데 너는 반적反賊이 되어 나를 패하게 만드느냐?"

여포는 분함을 이기지 못하여 온몸을 부들부들 떨었다.

진등은 성 위에서 손가락으로 여포를 가리키며 꾸짖었다.

"여포야, 너는 미친놈이다. 누구더러 반적이라 하느냐? 나는 당당한 한漢의 신하다. 반적 여포의 신하는 아니다. 나는 정의를 가지고 황제를 도와서 너 같은 반적을 제거시킬 뿐이다."

여포는 더욱 노했다.

군사를 휘동하여 성을 치려 할 때, 돌연 등 뒤에서 고함치는 소리가 천지를 진동하면서 일대 인마가 쏟아져 나왔다. 앞을 선 장군은 다른 사람이 아니라 바로 장비張飛였다.

장비는 고리눈을 부릅뜨고 장팔사모창을 비껴들고 소리치며 뛰어나왔다.

"이놈, 여포야. 너 이놈, 잘 만났다. 연인燕人 장익덕張翼德이 여기 있다!"

고순이 급히 말을 달려 장비를 막으러 나갔으나 고순쯤으로 장비의 용맹을 당할 도리가 없었다. 싸운 지 20여 합에 고순은 말 머리를 돌려 달났다.

여포는 얼른 고순의 뒤를 이어 친히 장비를 막았다.

1합, 2합, 3합, 20합 싸움이 어우러졌을 때 멀리서 함성이 들리며 먼지가 자욱하게 일어났다.

조조가 친히 큰 군사를 거느리고 여포를 잡으러 쳐들어오는 것이었다.

여포는 아무리 생각해도 조조의 큰 군사를 당해 낼 것 같지 아니하자, 군사를 돌이켜 창황히 동편을 향하고 달아났다.

천하 영웅 여포건만 병력이 모자라니 어찌하는 수가 없었다. 넋을 잃고 달아났다. 사람도 피곤하고 말도 절었다.

헐떡헐떡 숨을 쉬며 달릴 때, 돌연 일지 군마가 산 뒤에서 번개같이 내

달으며 일원 대장이 길을 막고 벽력같은 소리를 질러 여포를 꾸짖었다.

"이놈, 여포야. 오늘이야말로 의롭지 못한 너를 잡아 내 한을 풀리라. 여기 관운장이 너를 기다린 지 오래다."

여포가 깜짝 놀라 바라보니 앞에 선 대장은 무른 대춧빛 얼굴에 봉의 눈을 부릅뜨고 삼각수를 거슬러 시퍼런 청룡도靑龍刀를 비껴들고 마상에 높이 앉은 관운장關雲長이 분명했다.

여포의 간담은 서늘했다. 바로 곧 직전에 장비한테 혼이 났는데 이번에 여룡如龍 여호如虎한 신장神將인 관우를 또 만났으니, 기가 질리지 않을 수 없었다. 여포는 말을 주춤하고 달아날 길을 살피려 할 때, 관운장은 또다시 대갈일성 호통을 쳤다.

"이놈, 여포야. 네 어디로 달아나려 하느냐! 하늘로 솟을 테냐? 땅속으로 들어갈 테냐? 네 어디로 달아날 테냐, 꼼짝 말고 항복을 하라!"

여포는 갈 수도 없고 올 수도 없었다. 이기나 지나 결판을 내서 싸우는 길밖에 다른 도리가 없었다.

번쩍 방천화극을 비껴들고 말을 달려 관운장한테로 대들었다.

관운장의 청룡도와 여포의 방천화극이 맞부딪쳐서 허공에 댕그랑 소리가 났다. 이때 돌연 여포의 등 뒤에서 벼락 치는 큰 목소리가 떨어졌다.

"이놈, 여포야. 장익덕이 여기 왔다. 나의 장팔사모창을 받아라!"

여포가 황망히 고개를 돌려 보니 기막히지 않는가. 정말 장비가 또 쫓아와서 고리눈을 부릅뜨고 목덜미에 장팔사모창을 들이댔다.

앞에는 봉의 눈을 부릅뜬 관운장이요, 뒤에는 고리눈을 흘겨보는 장비였다.

청룡도는 허공에서 춤을 추고 사모창은 반공을 가로 끊었다.

여포는 아찔하도록 현기를 느꼈다. 싸울 맘이 없었다.

진궁과 함께 혈로血路를 뚫고 하비성下邳城으로 달아나는 길에 후성侯成을 만나서 겨우 숨을 돌렸다.

여포가 달아난 후에 관운장과 장비는 서로 얼싸안고 울었다.

"그래, 어떻게 여기까지 찾아왔나?"

관우가 장비한테 물었다.

"형님은 어떻게 이곳까지?"

서로들 눈물을 흘리며 지난 일을 하소연했다.

"나는 해주海州 길가에서 군사를 거느리고 있다가 현덕 형님이 이곳에 계신 소문을 듣고 찾아온 것일세."

관운장이 먼저 말했다.

"저는 망탄산 중에 들어가 있다가 현덕 형님이 다시 조조를 도와 여포와 싸운다는 말을 듣고 뛰어왔소."

장비가 술회를 했다.

"자, 그럼 우리 현덕 형님을 찾아가 뵙기로 하세."

관우와 장비는 유현덕이 진을 치고 있는 곳을 찾아갔다.

관우, 장비는 제각기 일지 군마를 거느리고 현덕의 진을 찾았다.

이때 벌써 현덕은 관우와 장비가 돌연 나타나서 여포를 쫓아낸 소식을 듣자, 급히 진문 밖으로 두 아우를 만나러 가는 참이었다.

관우, 장비는 나오는 현덕과 마주쳤다. 제각기,

"형님!"

소리를 한마디씩 부르고 땅에 넙죽 엎드려 통곡을 했다.

현덕도 마주 얼싸안고 세 몸이 한 덩어리가 되어 통곡을 했다.

"너희들이 살아 돌아왔으니 얼마나 내 마음이 기쁘냐!"

현덕은 관우와 장비의 등을 쓰다듬어 주었다.

"두 분 아주머니는 어찌 되셨소?"

관운장이 물었다.

"서주성 안에 미축이 보호해서 무사하게 있다. 안심들 해라."

"이런 다행이 없소."

장비가 주먹으로 눈물을 씻으며 대답했다.

현덕은 슬프고도 기뻤다.

"자아, 조 승상을 만나러 가자."

삼 형제는 조조를 만나러 중군으로 들어가니 조조도 관공, 장비가 와서 여포를 쫓아낸 소식을 벌써 듣고 있었다.

"두 분의 공이 대단히 크오."

조조는 얼굴에 가득 웃음을 띠어 두 사람을 칭찬했다. 조조는 곧 대군을 휘동하여 서주성으로 들어가니 현덕도 관우, 장비와 함께 조조의 뒤를 따라 서주성 안으로 들어갔다.

미축이 나와서 반갑게 현덕을 맞이하면서,

"두 분 누님들이 다 무사하시니 염려 마시오."

기쁜 소식을 전하고 진규 부자도 나와서 조조와 현덕을 맞이하면서 서주성 뺏은 것을 치하했다.

조조는 크게 잔치를 베풀고 삼군을 호궤하여 모든 장수들의 노고를 위로했다.

조조는 서주 동헌 대청 중간에 앉고 진규는 조조의 왼편에 앉게 하고, 현덕은 바른편에 앉게 하고 남은 장수들은 차례로 그 앞에 앉게 했다.

흥겨운 잔치가 벌어지고 연회가 끝날 무렵 조조는 진규 부자의 공로를 찬양하면서, 진규에게는 열 고을의 녹봉祿封을 더 받게 하고 진등에게는 복파伏波 장군將軍을 봉했다.

조조는 서주를 얻은 후에 마음이 흥락했다. 모든 장수를 모아 놓고 여포가 달아난 하비성 칠 것을 의논하였다.

"군사를 일으킨 김에 아주 하비성을 공격해서 여포를 제거해 버리는 것이 어떠하겠소?"

모사 정욱이 의견을 말했다.

"여포는 지금 겨우 하비성 하나만 가지고 있을 뿐입니다. 만약 우리가 급하게 치면 여포는 궁지에 빠진 사람이라 사전死戰을 하면서 원술이한테로 갈 것입니다. 여포와 원술이 합세를 한다면 그 세력을 업신여길 수 없습니다. 능한 사람을 뽑으시어 회남淮南 가는 경로에 주둔해서 안으로 여포를 막고 밖으로 원술을 어거하는 것이 좋습니다. 더구나 산동에는 장패藏覇와 손관孫觀의 무리가 아직도 귀순치 아니했으니 소홀히 생각할 일이 아닙니다."

다정이 병 되어

조조는 정욱程昱의 말을 듣고 한동안 생각하다가 유비의 얼굴을 바라보며 말했다.

"나는 산동 모든 길을 자담할 테니 회남의 모든 경로는 현덕이 맡아서 막으시오."

"승상의 장령將令을 어찌 감히 어기리까."

현덕이 손길을 마주 잡고 공손히 대답했다.

다음 날 유현덕은 미축, 간옹으로 서주에 있게 하고 손건, 관우, 장비를 대동하고 군사를 이끌어 회남을 지키러 나가고 조조는 직접 군사를 거느려 하비를 치러 나갔다.

한편 여포는 하비로 향하여 달아나 자리 잡고 앉은 후에 마음속으로 안일한 생각이 들었다.

"하비엔 양식이 풍족해서 군량미 걱정이 없고, 앞에는 사수泗水의 큰물이 가로막혀 있으니 참으로 훌륭한 요해지要害地다. 안심하고 앉아서 지킬 만한 땅이다."

스스로 만족하게 생각하고 있었다.

진궁이 여포한테 말했다.

"지금 조조가 또 군사를 일으켜서 이곳 하비성을 치러 오는 모양이올시다. 그들이 진을 쳐서 자리를 잡기 전에 급히 피곤한 군사를 친다면 백

번 싸워 백 번 이길 것입니다."

"나는 여러 번 패한 끝이라 경적을 할 수 없소. 그들이 공격을 하거든 우리는 막아 싸울 뿐이오. 이리한다면 적은 모두 다 사수에 떨어져서 죽을 것이 분명하오."

여포는 이같이 대답하고 진궁의 말을 듣지 아니했다.

며칠이 지났다. 조조의 군사는 하비성 밖에 자리를 잡고 진을 둘러쳤다.

조조는 여러 장수를 거느리고 친히 성 앞에 와서 여포를 청했다.

"여 장군은 나와서 내 말을 들으라!"

여포는 조조가 온 것을 알자 방천화극을 높이 들고 성 위에 올라 조조를 굽어보았다.

"나는 여 장군을 공격하러 온 것이 아니라 그대의 뜻을 묻기 위하여 온 것이다. 소문에 들으니 여 장군은 원술과 다시 혼인을 할 뜻이 있다 하니 이것이 사실인가? 원술은 자칭 천자라고 말하는 반역 대죄를 짓고 있는 대역부도다. 그대는 동탁을 토벌한 큰 공이 있는 사람인데 어찌해서 전공前功을 버리고 역적과 부동이 되려 하느냐? 한번 내가 성지城池를 무찌르는 날 그대는 뉘우쳐도 소용이 없을 것이다. 곧 항복한다면 나는 그대와 함께 왕실을 보호할 것이요, 그대는 계속해서 봉후封侯의 지위를 차지하리라."

조조의 부드러운 말을 듣자 여포의 마음은 흔들렸다.

"승상께서는 잠깐 물러가 계십시오. 조용히 부하들과 한번 의논해 보겠습니다."

이때 진궁이 여포의 곁에 있다가,

"이놈, 간특한 역적 조조야!"

하고 호통을 치며 활을 가득히 당기어 조조를 쏘았다.

진궁의 쏘는 화살은 푸르르 소리치며 허공을 끊어 조조의 일산(日傘:麾蓋)을 맞혀 버렸다.

조조는 깜짝 놀라 몸을 피했다가 화살이 몸에 맞지 않은 것을 깨닫자 분기가 탱중했다. 손가락으로 진궁을 가리키며 욕설을 퍼부었다.

"이놈, 진궁아. 내 맹세코 너를 죽이고 말리라!"

조조는 말을 마치자 군사를 지휘하여 하비성을 두들겨 쳤다.

진궁이 급히 여포한테 말했다.

"조조는 멀리 와서 싸우는 군사니 형세가 오래 지탱하기 어려울 것입니다. 장군은 보병과 기병을 거느리고 성문 밖으로 나가서 진을 치십시오. 저는 남아 있는 장졸들을 거느리고 성문을 굳게 닫아 안에서 지키겠습니다. 이러한 후에 조조가 만약 선수先手를 걸어서 장군을 친다면 저는 일시에 성문을 열고 조조의 후면을 무찌르겠습니다. 만약 조조가 장군을 치지 아니하고 제가 지키고 있는 성을 공격하거든, 장군이 조조의 뒤를 무찔러 주시면 열흘이 채 못 되어서 조조는 양식이 떨어져서 북 한 번 울리는 사이에 항복을 하고 말 것입니다. 이것은 병법에 의각지세犄角之勢라고 하는 것입니다."

여포는 진궁의 말을 듣자 손뼉을 치며 기뻐했다.

"당신의 말이 극히 옳소!"

곧 마을로 돌아가 군사를 정돈했다.

때마침 엄동이라 날씨가 매우 찼다. 여포는 명령을 내렸다.

"군사들에게 솜옷을 두둑하게 입혀야 한다. 날이 몹시 차다. 동상凍傷하는 군사가 있어서는 아니 된다. 여자들을 동원시켜서 빨리 솜옷을 만들게 하라."

여포는 시자에게 분부를 내렸다. 안에 있던 시녀들은 별안간 솜옷을 짓느라고 밤을 도와 옷을 마르고 바느질을 하며 부산했다.

이 모양을 본 여포의 아내 엄嚴 씨氏는 장청으로 나가 여포한테 물었다.

"엄동설한에 영감께서는 어디를 가시려고 군사들의 솜옷을 지으라 하십니까?"

"진궁으로 성안을 지키라 하고, 나는 군사를 거느려 성 밖으로 나가 조조와 한번 대결해 볼 작정일세."

여포의 아내 엄 씨는 눈에 수심이 안개 끼듯 서렸다.

"처자식을 성안에 남겨 두신 채 영감께서 군사를 거느리고 나가셨다가 만약 불행해서 하룻밤에 변이 생긴다면 어찌합니까? 이때 가서 첩의 몸은 적군한테 유린이 되고 다시는 영감의 아내 노릇을 못하게 될 테니 어찌하면 좋습니까. 일이 딱하지 않습니까. 첩은 죽어도 영감의 곁에서 떨어질 수는 없습니다."

엄 씨는 말을 마치자 구슬 같은 눈물이 비 오듯 쏟아졌다.

여포는 아내의 수심에 싸여 말하는 소리를 들으니 금창이 무너지는 듯했다. 아름다운 아내가 조조의 군사한테 유린이 된다면 큰일이었다. 여포는 주저하고 사흘 동안을 밖에 나가지 아니했다.

여포가 안에 있으면서 사흘 동안이나 나가지 아니하니 진궁이 안으로 들어가 여포한테 문안을 드렸다.

"사흘 동안이나 기동을 아니하시니 궁금해서 뵈러 들어왔습니다. 지금 조조는 우리를 사면으로 포위하고 있습니다. 만약 얼른 출동을 하지 아니하시면 조조의 군사한테 큰 욕을 당하시기가 십상팔구올시다."

여포는 성 밖에 나가서 싸우겠다던 약속을 전혀 잊은 듯 딴전을 했다.

"다시 생각해 보니 멀리 나가서 진을 치는 일이 성안에서 철옹성같이 지키는 일만 못한 것 같소."

진궁은 어이가 없었다.

그러나 역정을 낼 수도 없었다. 다시 달랬다.

"조조는 지금 양식이 떨어져서 곡식을 가지러 허도로 사람을 보냈다는 정보가 들어왔습니다. 장군께서는 시각을 지체하지 마시고 급히 날쌘 군사를 거느려 성 밖으로 나가시어 미리 양식 실어 오는 길을 끊는다면 돌 하나로 새 두 마리를 맞히는 계교올시다."

"그래? 조조가 허도에서 양식을 운반해 온다! 그래 봅시다. 그것은 참 묘한 계교요."

여포는 또 찬성을 해 놓고 다시 안으로 들어갔다.

아내 엄 씨가 방싯 웃으며 장청에서 들어오는 여포를 맞이했다.

"내 갑옷투구를 꺼내라구."

여포는 아내한테 말했다.

엄 씨는 눈이 휘둥그레졌다.

"왜 또, 어디를 가시려구?"

"암만해도 출전을 해야겠어. 조조가 허도에서 양식을 실어 오는데, 미리 가서 양식 가져오는 길목을 지키고 있어야 하겠어."

엄 씨는 여포의 소맷자락을 휘어잡았다. 눈물이 거슴츠레한 속눈썹 안으로 홍건히 괴었다. 눈물 괸 아내의 눈은 더한층 아름다워 보였다.

"아니 나가기로 하셨는데 이제 또 웬 말씀이오. 영감이 만약 나가신 후에 진궁이나 고순高順 따위가 그래 성을 넉넉히 지킬 수 있더란 말씀이오? 만일 조조의 군사가 성문을 깨뜨리고 홍수 밀듯 쳐들어온다면 그 후일은 장차 어찌하실 테요. 뉘우쳐도 소용이 없으리다. 전에도 내가 장안長安에 있을 때, 영감은 나를 버리고 그대로 달아나지 아니하셨소? 그때 만약 방서龐舒가 내 몸을 숨겨 주지 아니했던들 오늘날 어떻게 영감하고 이같이 단란하게 살 수 있게 되었더란 말씀이오. 그런데도 불구하고 영감은 이번에도 또 나를 버리고 가려고 하시는구려?"

엄 씨는 탐스런 왼팔로 여포의 목을 얼싸안고 목을 놓아 통곡을 했다. 아름다운 아내의 방울방울 떨어지는 눈물방울이 여포의 뺨 위로 뚝뚝 떨어졌다.

"영감은 전정이 구만 리 같은 분입니다. 그까짓 거 나 같은 년을 생각해 무엇하시오. 내 몸은 적병한테 결딴이 나든지 죽든지, 어서 영감의 일이나 잘 성공을 하시오."

엄 씨는 말을 마치자 여포의 목에 감았던 탄력 있는 팔을 풀고 쓰러져 흐느껴 울었다.

여포는 심란해서 어찌할 바를 몰랐다.

머리에 번뜻 초선의 모습이 떠올랐다. 초선과 의논하고 싶었다. 발길을 돌려 초선의 방으로 향했다.

초선은 거울을 버티어 놓고 화류 의장 앞에서 분 세수를 하고 단장을 하고 있을 때, 거울 안으로 여포의 모습이 비쳤다. 초선은 발딱 일어나 아리따운 얼굴에 홍매화紅梅花 같은 웃음을 풍기며 반갑게 여포한테로 뛰어갔다.

"요새는 무엇이 바빠서 한 번도 아니 찾으셨소. 무정한 내 영감아!"

초선은 팔을 벌려 여포의 허리를 껴안았다.

"네가 무척 보고팠다마는 조조하구 싸움을 하는 중이 아니냐. 그래서 못 들렀다."

"아아 그러시오? 나는 큰마누라 엄 씨하고만 싸우는 줄 알았더니, 호호호."

"그럴 리가 있느냐. 내가 왜 집안사람들하고 싸운단 말이냐?"

"너무나 다정해서 사랑싸움을 하는 것은 싸움이 아니오? 두 분은 참 의가 너무나 좋습니다. 큰마누라는 연성 당신을 끌어안고 일천 간장이 녹아 나도록 통곡을 자지러지게 합디다. 낮살 먹은 이들이 인제는 좀 점잖게 노시라요. 호호호, 백주 대낮에 그 꼴이 무슨 놈의 치골痴骨들의 짓이냐 말이오. 참말 보기가 징그럽디다."

초선은 살며시 여포를 곁눈질로 흘기며 야유해 놀려 댔다. 여포의 눈에 비치는 초선의 눈은 암고양이 눈보다도 더 예쁘다고 생각했다.

"아아, 너, 내가 큰마누라하고 함께 있는 것을 보았구나!"

"보기는 무엇을 보아. 당신네끼리 좋아 지내는 그까짓 꼴을 구역질이 나서 차마 어찌 보겠소. 여기 앉아 있으려니 엄 씨의 까이까이 우는 목소리가 이곳까지 들려옵디다그려."

"그러지 아니해도 나는 그 일에 대해서 너하고 의논하러 왔다. 마누라가 우는 것은 달리해 우는 것이 아니다. 나는 진궁한테 성을 맡기고 밖으로 나가서 조조와 대항해 싸우려 한다니까 그래서 우는 것이다. 너의 생각은 어떻게 드느냐? 마누라는 나가지 말라고 저렇게 우는 것이다."

"떨어지기가 싫어서?"

초선은 별빛 같은 눈에 웃음을 가득히 풍기고 입술을 비쭉해서 야유를 했다.

"떨어지기가 싫은 것보다 진궁이가 성을 지키고 있다가 패하는 날, 조조의 군사가 처들어와서 욕을 당하면 어찌하느냐고 싫다고 우는 것이다."

"나도 영감의 곁에서 떨어지기가 참말 싫어요. 영감이 가실 테면 함께 나갑시다."

초선은 깡충 뛰어 여포의 목을 얼싸안았다.

"전쟁 속에 어떻게 너를 데리고 가니?"

여포는 귀여운 듯 초선을 번쩍 들어 안아 올렸다.

"이제는 나도 이에서 신물이 나도록 전쟁이 지긋지긋해졌소. 또다시 영감의 품에서 떠나서 다른 사람한테로 가기는 진정 싫소. 한평생 영감의 그늘 밑에서 지내야겠소."

초선은 앵두 같은 입술을 하이얀 잇바디로 꼬옥 깨물었다.

동탁董卓한테로 여포한테로 굴러다니던 옛 추억에 가슴이 아팠던 모양이었다.

"나랏일도 나랏일이지만 또다시 남의 첩의 신세가 되기는 싫소. 이제는 당신한테만 몸을 바치고 싶소!"

여포는 초선의 입술을 쪽 맞췄다.

여포는 초선한테 취했다. 말소리도 귀엽고 행동도 예쁘다고 생각했다.

입을 맞춘 후에도 나머지 정이 아직도 스러지지 않았다.

여포는 초선의 등을 다시 한 번 어루만졌다.

"염려 마라. 내가 너를 내버리고 갈 리가 있겠느냐. 나한테는 하늘도 떠는 방천화극이 있고, 하루에 천 리를 뛰닫는 적토마가 있다. 어느 놈이 감히 내 앞에 꿈쩍을 하겠느냐. 안심하고 있거라."

여포는 초선을 위로한 후에 장청으로 나왔다.

장청에는 진궁이 기다리고 있었다.

"장군께서는 빨리 행동을 취하십시오."

여포는 별안간 딴전을 했다.

"조조는 간특한 꾀가 많은 사람이오. 필연코 헛소문을 퍼뜨려 놓고 나를 유인하는 것 같소. 허도로 양식을 가지러 갔다는 말은 일부러 헛소문을 낸 것 같소. 함부로 가볍게 움직일 것이 아니라 생각하오."

진궁은 여포의 말을 듣자 기가 막혔다. 어안이 벙벙할 뿐이었다.

장청에서 나와서 혼자 탄식을 했다.

"인제는 내가 죽어도 장사 지낼 땅이 없구나!"

진궁은 땅이 꺼지도록 한숨을 쉬고 집으로 돌아갔다.

여포는 다시 안으로 들어가 온종일 나오지 아니했다.

엄 씨와 초선과 함께 술을 마시며 초조와 애련愛戀 속에 파묻혀 있었다.

모사 허사許汜와 왕해王楷가 일시에 여포를 뵈러 들어갔다.

"지금 원술은 회남에 있어 성세가 크게 떨치고 있습니다. 장군께서는 저 사람하고 혼인을 했다가 파혼을 한 일이 있습니다. 다시 청혼을 한 후에 안팎으로 조조를 협공한다면 단번에 패하게 할 것입니다."

"그것도 일리가 있는 말일세."

여포는 두 사람의 말을 좇았다. 곧 글월을 써서 두 사람에게 주었다.

"일은 속한 것이 좋소. 빨리 성공을 해 가지고 돌아오시오."

허사가 여포한테 말했다.

"지금 조조의 군사는 사면팔방으로 우리를 에워싸고 있습니다. 장군께서는 일지 군마를 주시어 포위망을 뚫고 나가게 해 주십시오."

여포는 장요張遼와 학맹郝萌에게 영을 내렸다.

"너희들한테 일천 병마를 줄 테니 조조의 군사를 돌격하여 애구隘口까지 두 사람을 보호해 나가도록 하라."

장요와 학맹은 청명하고 물러갔다.

이날 밤 이경 때였다.

장요는 5백 군마를 이끌어 앞에 서고, 학맹은 5백 군사를 거느리고 허사와 왕해를 보호하여 조조의 포위망을 뚫고 나갔다.

이때 밤이 깊어 조조의 군사들은 잠이 들었다.

일행은 유현덕이 진을 치고 있는 진문 앞으로 돌격을 해 나갔다.

현덕의 군사들이 말 달리는 소리를 듣고 뒤를 쫓으니 일행은 벌써 멀리 달아나 버렸다.

　장요와 학맹은 애구까지 허사와 왕해를 바래다 준 후에 학맹은 수춘까지 더 호위해 나가고 장요는 5백 군마를 거느려 다시 돌아왔다.

　장요가 애구에서 말을 돌렸을 때, 앞에서 일원 대장이 호통을 치며 내달았다.

　"장요야, 네 어디로 갈 것이냐? 꼼짝 말고 항복을 하라!"

　장요가 급히 앞을 바라보니 관운장이 봉의 눈을 부릅뜨고 삼각수를 휘날리며 82근 청룡도를 비껴들고 앞을 딱 가로막았다.

　장요는 손발이 떨려 어찌할지 모르고 있을 때, 고순高順이 1천 병마를 끌고 와서 장요를 구원하여 급히 성안으로 들어가 버렸다.

　한편으로 허사와 왕해는 수춘으로 가서 원술한테 보인 후에 여포가 보내는 서신을 바쳤다.

　원술은 여포의 편지를 읽은 후에 기색이 좋지 아니했다.

　"전번에 내 사신을 죽이고 파혼까지 하던 자가 이제 또 와서 혼인을 하겠다 하니 무슨 놈의 수작이냐?"

　허사가 얼른 대답했다.

　"그것은 모두가 조조가 농간을 쳐서 일이 그쯤 된 것입니다. 명공께서는 넓게 살펴 주시기 바랍니다."

　원술이 대답했다.

　"네 주인이 조조한테 공격을 당해서 일이 급하게 되니 이제 이따위 편지를 하는 것이로구나!"

　"이제 만약 구원해 주지 아니하시면 순망치한脣亡齒寒이 됩니다. 역시 명공한테도 복이 되지 못합니다."

　"여포는 신의가 없어서 믿을 수 없는 사람이다. 먼저 제 딸을 보내라 해

라. 그런 연후에 군사를 내어 도와주리라."

 허사와 왕해는 할 말이 없었다. 뒤통수를 치고 학맹과 함께 돌아갔다.

 일행은 수춘에서 애구까지 당도했다. 애구에는 현덕이 의연히 진을 치고 있었다.

 허사가 발론을 했다.

 "앞에 유현덕의 진이 있으니 낮에는 지나갈 수 없소. 한밤중에 가기로 합시다. 그리고 나와 왕 선생은 먼저 갈 테니 학맹 장군은 뒤에서 우리를 보호해 주시오."

 "좋습니다."

 학맹이 허락한 후에 밤을 기다려 허사와 왕해를 먼저 보내고 학맹은 5백 군사를 거느려 뒤를 따라 나갔다. 별안간 일원 대장이 뛰어나와 학맹의 가는 길을 딱 가로막았다.

 학맹이 놀라 횃불을 비춰 바라보니 다른 사람이 아니라 현덕의 아우 장익덕이었다.

 장팔사모창을 비껴들고 고리눈을 부릅떠 살같이 뛰어들었다.

 학맹은 칼을 두르며 응전을 했으나 한 번 싸움에 장비는 팔을 늘여 학맹의 멱살을 잡아 사로잡았다. 5백 군사들은 풍비박산이 되어 달아났.

 장비는 학맹을 묶어 가지고 현덕한테로 가니 현덕은 조조가 있는 큰 영문으로 학맹을 압송해 보냈다.

 조조는 유현덕이 잡아 보낸 학맹을 문초하기 시작했다. 학맹은 여포가 원술한테 다시 허혼(許婚)을 해서 조조를 협공하려던 일을 일일이 공포해 버렸다.

 조조는 크게 노하여 학맹의 목을 베어 진문에 효수한 후에 각 영문에 전령을 내렸다.

"각 영문 대장들은 조심해서 방비하고 지키라. 만약 여포나 그의 장병들을 한 명이라도 놓쳐 보내는 자가 있다면 군법에 의하여 엄중 처단하리라."

조조의 군령이 한번 떨어지니 영문마다 장졸들은 모두 다 송구하여 떨었다.

현덕도 자기의 진으로 돌아와 관우와 장비를 불러 놓고 당부했다.

"우리는 지금 회남으로 가는 요충要衝 지대에 진을 치고 있다. 두 아우는 더욱 조심해서 조 승상의 군령을 범하지 말도록 하라."

장비는 성이 불끈 났다.

"도대체 조 승상은 너무나 거만하오. 내가 학맹을 산 채로 잡아다 주었는데 한마디 공송하는 말은 없고, 군령을 내려서 엄포하고 얼러 대니 도대체 조조는 인사성도 없는 사람이란 말씀이오?"

현덕은 장비를 달랬다.

"그것은 네 말이 그르다. 조 승상은 원래 많은 장졸들을 거느리고 있으니 군령을 아니 내릴 수 없다. 많은 사람들을 어거하자니 자연 그렇게 되는 것이다. 암커나 너희들은 절대로 군령을 어겨서는 아니 된다."

"형님 말씀대로 하겠습니다."

관우와 장비는 응낙하고 물러났다.

한편 허사와 왕해는 여포한테 원술의 말을 전했다.

"먼저 따님을 보내서 자부를 삼은 연후에 군사를 일으켜 구원해 주겠다 합니다."

"그럼, 어떻게 내 딸을 보내면 무사하게 도달할 수 있는가?"

여포가 물었다.

"지금 조조는 학맹을 잡은 후에 우리의 실정을 다 알아서 모든 준비를 차리고 있을 것입니다. 장군께서 친히 호송護送을 해 보내지 않는다면 누가 감히 겹겹이 에워싼 조조의 군사를 뚫고 나가겠습니까?"

"그렇다면 내가 데리고 나갈 테니 오늘이 어떠한가?"

"오늘은 흉신일凶神日이올시다. 나가시지 못합니다. 내일은 좋은 날이니 술시戌時나 해시亥時 때쯤 나가시는 것이 좋을 듯합니다."

허사는 일진까지 따져 보았다.

여포는 장요와 고순을 불러 영을 내렸다.

"너희들은 삼천 병마를 거느리고 조그마한 수레를 준비해서 내 딸을 태워 가지고 가도록 하라. 나는 이백 리 밖까지 호송해 주리라."

다음 날 밤 이경 때가 되었다. 이경 때는 술시 말末이요, 해시 초였다.

여포는 신부의 몸에 솜옷을 두둑하게 입히고 그 위에 다시 갑옷을 더 입힌 다음, 여포 자신이 등에 업고 말 탄 후에 방천화극을 높이 들고 성문을 열어 앞장서서 나가고, 장요와 고순을 거느려 뒤에 따랐다.

여포는 현덕의 진 앞에 가깝게 당도하자 모든 장병에게 영을 내렸다.

"가만가만 재빠르게 발자취를 죽여 지나가도록 하라!"

여포의 군사들은 조심조심 현덕의 진문 앞을 지날 때, 홀연 북소리가 두둥둥 크게 울리며 관우, 장비가 일시에 말을 달려 내달았다.

"여포는 닫지 말라. 네 어디로 딸을 데리고 달아나려 하느냐."

벽력같은 큰소리로 호통을 쳤다.

여포는 간이 뚝 떨어졌다. 싸울 맘이 없었다. 길을 빼앗아 달아났다.

이 모양을 보자 현덕도 일지 군마를 거느려 여포의 뒤를 살같이 쫓았다. 함성이 크게 일어나면서 양편 군사는 혼전을 하여 수라장을 이루었다.

여포는 아무리 용맹이 절륜한 사람이나 등에 딸을 업었으니 상할까 두려웠다. 감히 돌격해 나가지 못했다. 싸움은 한참 치열한데 뒤에서는 조조의 맹장 서황徐晃, 허저가 또 군사를 몰고 짓쳐들어왔다.

"여포를 잡아라! 여포를 놓아 보내서는 아니 된다."

함성 소리는 더욱 소란했다.

여포는 앞뒤로 밀물같이 쏟아져 들어오는 조조의 군사를 도저히 뚫고 나갈 길이 없었다.

급히 말 머리를 돌려 성안으로 들어가 버렸다.

현덕은 그제야 군사를 거두고 서황도 군사를 모아 영채로 돌아갔다. 그러나 여포의 군사는 한 사람도 놓아 보내지 않을 태세를 취했다.

여포는 성안으로 돌아온 후에 마음이 우울하고 가슴이 답답했다. 초선과 엄 씨를 데리고 우울한 심사를 달래기 위하여 술만 마시고 있었다.

한편으로 조조는 두 달 동안이나 세월을 허송하면서 여포를 공격했으나 크나큰 성과를 얻지 못했다. 역시 마음이 답답했다.

이때 하내河內 태수太守 장양張楊은 군사를 동시東市로 내어 여포를 구원하려 했다.

그러나 그의 부장副將 양추楊醜는 장양을 암살한 후에 목을 베어 들고 조조의 진으로 향했다. 이 모양을 본 장양의 심복 휴고睢固는 의분을 참을 수 없어 양추를 죽이고 장양의 군사를 거느려 대성大城으로 달아났다는 보고가 들어왔다.

조조는 보고를 받자 곧 사환史渙을 보내서 휴고를 죽여 버린 후에 모든 장성을 모아 놓고 회의를 열었다.

"장양이 저절로 자멸한 일은 다행한 일이나 북에는 원소가 있고, 동편에는 유표와 장수의 근심이 있고, 하비성은 오랫동안 포위를 했으나 이기지 못하고 세월만 보내니 딱한 일이다. 여포의 포위를 풀어 버리고 허도로 돌아가 잠깐 쉬려 하니 제군의 생각은 어떠한가?"

순유가 급히 간하였다.

"아니 됩니다. 여포는 여러 번 패해서 이제는 예기鋭氣가 아주 떨어졌습니다. 군軍이란 장수가 주인인데, 장수가 기운이 떨어지면 군사들은 싸울 맘이 없는 법입니다. 저 진궁이란 사람이 비록 꾀가 많다 하나 여포가 들어주지 아니하니 이때를 타서 여포를 친다면 여포는 단번에 사로잡을 것입니다."

순유의 말이 끝나자 모사 곽가가 자리에 일어나 한마디 했다.

"저도 한 말씀 올리겠습니다."

"말씀 하오."

조조는 고개를 끄덕여 허락했다.

곽가는 빙글빙글 웃으며 조조를 쳐다보았다.

"저한테 한 가지 꾀가 있는데 써 주시렵니까?"

"좋은 계교라면 써 주고말고. 언제는 곽 선생의 말씀을 내가 아니 들었소?"

조조도 곽가를 웃는 낯으로 바라보며 대답했다.

"제 말만 들으신다면 하비성은 당장에 격파할 것입니다. 이십만 군사를 움직이는 힘보다 더 큰 효력을 낼 것입니다."

"군사를 많이 쓰지 않고도?"

"그렇습니다."

곽가의 말이 채 떨어지기 전에 순욱이 얼른 가로채 말했다.

"둑을 끊고 기수沂水와 사수를 터놓자는 주견 아닌가?"

"그렇소이다. 용하시오. 순욱 선생도 제법이시오. 하하하……."

곽가는 드높게 웃었다.

조조는 두 사람의 주고받는 말을 듣자 마음이 버썩 움직였다.

"해볼 만한 일이오."

조조는 손뼉을 치면서 기뻐했다.

조조는 곧 군사를 시켜서 동둑을 끊어서 막았던 기수와 사수 물을 터놓게 했다.

삽시간에 강물은 성안으로 물결을 치며 몰려들었다.

조조의 군사는 높은 곳에 진을 치고 있으니 태평이었다.

그러나 성안은 별안간 홍수가 쏠려 들어 물바다가 되어 버렸다. 다만 동문 한 곳만이 지역이 높아서 침수가 되지 아니하고 삼면은 모두 물바다였다.

별안간 홍수를 만난 하비성 안의 군사와 백성들은 아우성을 치면서 어찌할지를 몰랐다.

군사들은 나는 듯이 여포한테 뛰어가 고했다.

"조조가 기수와 사수를 터놓아서 성안은 지금 물바다가 되어 야단법석입니다."

여포는 희떠운 소리로 대답했다.

"아무 염려 없다. 내 적토마赤兎馬는 물을 평지같이 건넌다. 걱정할 것이 없다. 내버려 두어라."

여포는 코대답을 하고, 엄 씨와 초선과 함께 방 속에 들어앉아서 술만 마시고 있었다.

여포는 날마다 술에 곯고 색에 곯았다. 하루는 우연히 거울을 대해 보니, 얼굴은 노랗고 뼈가 앙상했다. 비로소 깜짝 놀랐다.

"내가 주색에 곯았구나! 더 술을 마시어서는 아니 되겠다."

자신을 경계한 후에 곧 진중에 군령을 내렸다.

"누구를 막론하고 술을 마시는 자는 참형에 처하리라."

하비성 안에 술을 만들지 못하게 하자는 작정이었다.

이때 여포의 부하에 후성侯成이란 사람이 있었다. 말 기르는 직책을 담당하고 있었다.

후성이 말 열다섯 필을 매어 놓고 자는데, 군사 속에서 말을 훔쳐 가지고 달아나는 자가 있었다. 유현덕의 진에 바치려는 생각이었다.

후성은 잠을 자다가 말 매 둔 곳에서 말 울음소리가 이상하게 일어나는 것을 듣자 급히 쫓아가 말 도둑을 죽이고 말을 뺏어 가지고 돌아왔다.

이때 옆 진에 있던 송헌宋憲과 위속魏續 등 여러 장교들이 후성의 말 찾은 것을 치하하러 들어왔다.

후성은 치하하러 모여든 여러 친구들을 대하니 그대로 돌려보내기 미안했다.

마침 뒤 광에는 대여섯 말의 술을 빚어 둔 것이 있었다. 그러나 여포의 금주령으로 인하여 마음대로 마실 수가 없었다.

후성은 한 가지 계교를 생각해 냈다. 병 다섯에 술을 담아 가지고 여포한테로 들어갔다.

"마원馬院의 말을 열다섯 필이나 도둑을 맞았다가 곧 도둑을 잡고 찾아왔습니다. 여러 장수들이 말 찾은 것을 치하하러 왔습니다. 전에 술을 빚어 논 것이 약간 남았기에 마음대로 마실 수 없어 먼저 다섯 병을 바치고 품한 후에 마시려 하오니 통촉해 주시기 바랍니다."

여포는 불같이 노했다.

"내가 지금 금주령을 내려서 엄하게 술을 금하고 있는데, 너는 몰래 술을 만들어 마시려 하니 모두 다 공모하고 내 명령에 항거하는 것이 아니냐?"

여포는 고래고래 소리를 질러 후성을 꾸짖고 시자를 불러 각박한 명령을 내렸다.

"이놈은 금주령을 어긴 놈이다. 끌어내어 군법 시행을 하게 하라."

시자는 후성을 끌어내려 행형장의 도부수刀斧手한테로 넘겼다.

이 소문을 들은 송헌과 위속은 깜짝 놀랐다.

"후성이 비록 금주령을 어기었사오나 술은 전에 빚어 둔 것이고 몰래 마신 것이 아니라 먼저 품한 후에 마시려 한 것이오니 장군께서는 정상을 살피시어 한 번만 죄를 사해 주시기 바랍니다."

여포는 종시 용서한다는 말을 내리지 아니했다.

여러 장수들은 일제히 애걸했다.

"후성은 저희를 대접하려고 이 같은 짓을 한 것이오니 저희들도 다 함께 벌을 받게 해 주십시오."

모든 장수들은 목이 타도록 일제히 빌었다.

"후성은 일부러 내 명령을 범했으니 당연히 목을 벨 것이나 여러 사람들의 낯을 보아서 볼기 백 도를 때려 내치게 하라."

장수들은 또다시 애걸을 했다.

"그저 오십 도만 때려 주게 하십시오."

여포는 마지못해서 50도의 매를 때려 내쫓았다.

장수들은 모두 다 기운이 꺾였다. 송헌과 위속은 후성을 찾아 위로했다.

"매를 몹시 맞았구료. 심한 상처나 나지 아니하였소?"

후성은 두 사람의 손을 잡고 울며 말했다.

"장군들이 아니었다면 나는 꼭 죽었을 게요."

송헌이 말했다.

"여포는 처첩한테만 고혹이 되어서 우리들을 초개같이 보는구려."

"적군은 성을 철통같이 에워싸 있고 성안에는 강물이 범람하여 침수가 되었으니 우리가 살면 며칠이나 더 살겠소. 큰 탈이오."

위속이 탄식했다.

"여포는 의리가 부동하고 어질지 않은 사람이오. 우리는 저 사람과 함께 죽을 까닭이 없다고 생각하오. 우리 내버리고 달아납시다."

송헌이 이같이 주장했다.

가련한 여포의 최후

송헌의 달아나자는 말에 위속이 탄해서 대답했다.
"달아나는 것은 대장부의 일이 아니오. 여포를 산 채로 잡아서 조조한테 바치는 일이 쾌한 일이라 생각하오."
위속의 말을 듣자 옆에 있던 후성侯成의 얼굴빛이 움직였다.
"나는 이번에 말을 찾아 논 공로로 도리어 매만 맞았소마는, 여포가 가장 믿고 있는 것은 적토마외다. 두 분이 진정 여포를 잡아서 조승한테 바칠 생각이 계시다면 나는 먼저 적토마를 훔쳐 가지고 조조한테로 가서 연통을 하리라."
"좋은 생각이오!"
세 사람은 의논을 정했다.
이날 밤에 후성은 가만히 마원馬院으로 가서 적토마를 끌러 타고 동문을 향하여 치달렸다. 위속이 문을 지키고 있다가 얼른 문을 열어 주고, 후성이 멀리 간 후에 짐짓 뒤를 쫓는 체하다가 문을 닫고 들어왔다.
후성은 나는 듯이 적토마를 달려 조조의 진을 찾아 적토마를 바쳤다.
여포의 적토마를 후성이 바치러 왔다는 말을 듣자 조조는 크게 기뻤다. 곧 나와서 후성을 만나 보았다.
"네가 여포의 적토마를 훔쳐 가지고 왔느냐? 가상하구나!"
"네, 그러하오이다. 그리고 송헌과 위속도 곧 승상께 항복을 하려고 마음먹고 있습니다. 백기를 꽂는 것을 군호로 하여 항복을 할 것입니다."

조조는 후성의 말을 듣자 곧 방문榜文 수십 통을 써서 화살에 메어 하비성 안으로 들여보냈다.

"대장군 조曹는 특별히 황제 폐하의 밝으신 조서詔書를 받들어 여포를 정벌한다. 만약에 대군大軍을 향하여 반항하는 자가 있다면 성을 함락하는 날 온 집안 식구를 죽여 버릴 것이다. 그러나 반대로 장교將校나 서민을 막론하고 여포를 사로잡아 바치거나 그의 수급을 바치는 자가 있다면 중한 벼슬과 상급을 내리리라. 이로써 방을 놓아 고유하노니 모두 다 알도록 하라."

다음 날 새벽이 되었다. 조조는 군사를 거느려 하비성을 두들겨 부쉈다. 고함 소리는 천지를 진동했다.

여포는 깜짝 놀랐다. 아내 엄 씨와 초선의 곁에서 떨어져서 방천화극을 찾아 들고 성에 올라 군사를 점검하니, 후성과 적토마가 보이지 않았다. 여포는 크게 노했다.

위속을 책망하여 죄를 다스리려 했다.

이때 송헌은 위속의 생명이 위태로움을 느끼자 얼른 성에 올라 여포 모르게 백기를 꽂아 놓았다.

조조는 백기를 바라보자 더한층 성을 두들겨 부쉈다.

여포는 방천화극을 잡고 성 위에 올라 친히 군사를 지휘하여 조조의 공격을 막았다.

새벽부터 움직인 조조의 군사는 한낮이 되니 조금 후퇴하기 시작했다.

여포는 문루에 앉았다가 고단함을 못 이겨 깜빡 졸고 있었다.

이때 송헌이 살몃살몃 문루로 기어올랐다. 여포의 손에 잡은 방천화극을 살며시 빼앗아 성 아래로 던졌다.

성 아래 있던 위속은 여포의 방천화극이 성 아래로 떨어지는 것을 보자 동아줄을 들고 급히 문루로 올랐다. 송헌과 함께 여포한테로 소리 없이 덤벼들었다. 동아줄로 여포를 꽁꽁 묶어 기둥에 붙들어 맸다.

여포는 꿈속에서 깜짝 놀랐다. 급히 눈을 떠 보니 송헌과 위속이 자기 몸을 동아줄로 친친 감아 기둥에 묶는 중이었다. 여포는 방천화극을 급히 찾았다. 손에 든 창은 없고 두 손목은 꼼짝달싹 못하도록 묶여 있었다. 여포는 용을 한 번 크게 썼으나 소용이 없었다. 원체 튼튼한 동아줄이라 끊어지지 않았다.

여포는 벽력같은 소리를 질렀다.

"아무도 없느냐! 송헌과 위속이란 놈이 반란을 일으킨다!"

누 아래서 시자 두어 명이 쫓아 들어왔다.

송헌과 위속은 시자를 죽여 버리고 문루 위에 꽂아 논 백기를 흔들었다.

조조의 군사는 흔드는 백기를 바라보자 물밀듯 쏟아져 들어왔다.

"여포를 산 채로 잡아 놨으니 빨리 들어오시오."

위속은 조조의 군사를 향하여 큰소리로 외쳤다.

앞을 서 쳐들어오던 하후연夏侯淵은 아직도 반신반의를 하고 있었다.

송헌은 누 아래로 뛰어내려 성문을 열어젖히고 여포의 방천화극을 성문 밖으로 내던졌다. 하후연은 그제야 성안으로 군사를 거느려 쏟아져 들어왔다.

장요張遼와 고순高順은 서문을 지키고 있었으나 물에 막혀 나올 도리가 없었다. 조조의 군사한테 잡힌 몸이 되고, 진궁은 남문으로 달아나다가 조조의 장수 서황한테 붙잡혔다.

조조는 대군을 거느리고 성안으로 들어와 강물을 돌리게 한 후에, 방을 붙여 백성들을 안도安堵시키고 유현덕과 함께 백문루白門樓에 올라 포로

들의 군례軍禮를 받았다. 이때 관우關羽와 장비張飛는 현덕을 모시어 곁에 있었다.

잡혀 들어온 포로의 수는 천 명이 넘었다.

여포가 제일 먼저 묶여 들어왔다. 아무리 몸집이 장대한 영웅호걸 여포였으나 꽁꽁 밧줄로 묶어 놓으니 보잘것없는 둥그런 고깃덩어리였다.

여포는 하도 결박을 단단하게 묶어 놓으니 팔과 다리가 떨어지는 듯 쑤시고 아팠다.

백문루 위의 조조와 유비를 바라보며 큰소리로 외쳤다.

"너무나 결박을 지어 놔서 매우 아프다. 좀 늦추어 다오."

조조는 껄껄 웃었다.

"범이란 놈은 설 묶어 놓아서는 아니 된다. 아무리 아프더라도 조금 참아라."

여포는 부끄러워 고개를 숙였다.

여포는 다시 눈을 들어 좌우를 살펴보았다.

후성侯成, 송헌宋憲, 위속魏續이 모두 뜰아래 서 있었다.

여포는 눈에 불이 났다.

"이놈! 후성, 위속, 송헌아 이 의리부동한 놈들아! 내가 너희들을 박하게 대접한 일이 없는데, 네놈들은 차마 어떻게 나를 배반한단 말이냐?"

여포는 자기의 반장叛將들을 향하여 큰소리로 꾸짖었다.

여포의 책망하는 소리를 듣자 송헌이 손가락으로 여포를 가리키며 꾸짖었다.

"네가 그래, 우리들을 잘 대접했단 말이냐? 계집년들한테 침혹이 되어서 장수들의 말을 아니 듣다가 오늘날 이 꼴이 되었구나. 생각해 보아라! 네가 우리를 잘 대접했느냐?"

여포는 고개를 숙여 잠자코 대답이 없었다.

조금 있으려니 조조의 부장들은 고순을 끌고 들어왔다. 조조는 노기를 띠어 고순을 굽어보았다.

"네 할 말이 있거든 해 보아라."

고순은 묵연히 대답이 없었다. 조조는 좌우를 돌아보아 명령을 내렸다.

"내어다가 처치하게 하라."

군사들은 고순을 끌고 진문 밖으로 나갔다.

서황이 진궁의 결박을 끌러 가지고 들어왔다.

조조는 가늘게 눈을 떠서 진궁을 바라보았다. 조조의 얼굴에는 오기가 가득 찼다.

"공대公臺는 그동안 별고 없었나?"

비꼬아 묻는 소리였다.

진궁은 비감하지 아니했다. 고개를 번쩍 들어 조조를 바라보며 대답했다.

"네 심술이 부정하기로 짐짓 너를 버리고 갔느니라."

"부정한 나를 버렸다면 어찌해서 의 아닌 여포는 섬겼는가?"

진궁은 지지 않고 대답했다.

"여포가 비록 무모하지만 너처럼 속임수 많고 간특하지는 아니하니라."

조조는 깔깔 웃었다.

"네가 자칭하기를, 지혜가 많고 꾀도 있다고 하더니 오늘 일은 어찌 된 셈이냐?"

진궁은 여포를 돌아다보며 말했다.

"이 사람이 내 말을 아니 들어서 오늘 이 꼴이 되었느니라. 만약에 내 말을 들었더라면 반대로 네가 여포의 꼴이 되었으리라."

조조는 또 한 번 진궁을 노려보았다.

"장차, 이제 어찌할 텐가?"

"다만 죽음이 있을 뿐이니라."

"너는 참형을 받으려니와 너의 노모와 처자는 어찌했으면 좋겠느냐?"

"나는 들으니 효孝를 써 천하를 다스리려 하는 자는 남의 어버이를 해하지 아니하고 어진 정치를 천하에 펴 보려는 사람은 봉사奉祀할 사람의 후손을 끊게 하지 않는다더라. 늙은 내 어미와 처자의 일은 네가 맘대로 해라. 내 몸은 이미 포로가 된 몸이니 죽음을 당할 뿐 아무러한 생각도 없다!"

진궁의 기상은 의연히 씩씩했다. 조조는 살려 주고 싶은 생각이 미미하게 일어났다. 그러나 진궁은 말을 마치자 뚜벅뚜벅 걸어 행형장으로 자진해 나갔다.

"좀 기다리라 해라!"

조조는 급히 좌우한테 영을 내렸다. 조조의 시자가 진궁을 만류했으나 진궁은 앙연히 고개를 들고 걸어갔다.

조조는 몸을 일으켜 눈물을 머금어 보냈다. 그러나 진궁은 한 번도 뒤를 돌아보지 아니했다. 조조의 마음은 더욱 흔들렸다.

조조는 좌우를 향하여 또 영을 내렸다.

"진 선생의 늙은 어머니와 처자를 곧 허도로 보내서 편안히 지내도록 하라. 태만하게 거행하는 자는 참하리라."

조조의 영 내리는 말을 진궁은 걸어가면서 다 들었건만 종시 입을 벌리지 아니하고 조용히 목을 늘여 죽음을 받았다. 보는 사람들은 눈물을 뿌리지 않는 사람이 없었다.

조조는 시자에게 다시 영을 내렸다.

"진궁의 시체를 저자에 버리지 말고 관에 담아서 허도에 돌아가 장사 지내게 하라."

당시의 시인은 진궁의 광명정대한 기상과 두 맘이 없는 개결한 인격에 감복되어 시를 지어 조상했다.

죽으나 사나 두 맘이 없네.
장부의 행동이 장하구려.
주인 돕기를 지성껏 했네.
어머니를 하직하니 정경이 슬프구려.
백문루白門樓 아래 몸이 죽는 날,
당신 같은 사람이 몇이나 되나.

조조가 진궁을 백문루 아래로 보낼 때 여포는 백문루상白門樓上을 바라보며 현덕한테 말을 붙였다.

"여보시오, 현덕공. 공은 누 위의 손이 되고 이 몸은 누 아래 죄수가 되었구려. 한마디 너그러운 말씀을 내려 주시오."

현덕은 잠자코 고개를 끄덕일 뿐 대답이 없었다.

조조는 진궁을 마지막 보낸 후에 다시 누 위로 올라와 자리에 앉았다. 여포는 조조를 향하여 큰소리로 버럭 외쳤다.

"명공께서는 항상 이 여포 놈을 후환거리로 생각하셨는데 지금 여포는 항복을 했습니다. 앞으로 명공께서는 대장이 되시고 이 여포가 부장副將이 된다면 천하를 평정하기는 어려울 것이 없습니다. 이 여포를 한 번 살려 주십시오!"

조조는 빙긋 웃고 옆에 있는 유현덕을 돌아보았다.

"어찌하면 좋겠소!"

"승상께서는 정원丁原과 동탁의 일을 잊으셨습니까?"

여포는 누 아래서 현덕의 대답하는 말을 듣자 눈이 벌컥 뒤집혔다. 핏대 선 눈으로 유현덕을 흘겨보며 꾸짖었다.

"쌩, 이놈의 새끼가 아주 무신한 놈이로구나!"

조조가 큰소리로 좌우를 호령했다.

"네, 저놈을 빨리 잡아 내려서 목을 매 죽이게 하라!"

좌우는 급히 여포를 잡아 내렸다. 여포는 끌려가며 현덕에게 발악했다.

"이놈아, 귀 큰 놈아! 원문轅門에서 창끝을 쏘아서 네 목숨을 구원해 주던 옛일을 생각해라."

큰소리로 푸념을 했다. 이때 도부수한테 끌려 들어오던 장요가 이 꼴을 보았다. 장요는 부화가 벌컥 터졌다.

"이 자식아, 사내답게 죽어라! 무엇이 두려우냐!"

여포는 고개를 숙여 군사한테 끌려갔다.

조조는 여포를 목매 죽여 효수한 후에 장요를 누 아래 꿇리고 문초했다.

"이 사람이 장요라 하는 사람인가? 처음 보는 사람이로구먼."

장요는 고개를 번쩍 들어 조조를 바라보며 말했다.

"복양성濮陽城 안에서 만나 본 일이 있는데, 자네가 나를 몰라보나?"

장요는 오만하게 대답했다.

"아 참, 그렇구나. 거기서 만나 본 일이 있구나."

조조가 간특하게 웃으며 대답했다.

"다만 분하고 절통하다!"

장요는 큰소리로 외쳤다.

"무엇이 분하고 절통하단 말인가?"

"그날 화공火攻을 해서 너 국적 놈을 불살라 죽이지 못한 일이 분하단 말이다!"

이 말을 듣는 조조는 발연히 성이 났다.

"패군지장敗軍之將이 어찌 감히 나한테 욕을 하느냐!"

조조는 말을 마치자 칼을 뽑아 들고 누 아래로 뛰어내려 장요를 죽이려 했다.

장요는 조금도 두려워하는 기색이 없었다. 목을 늘여 죽음을 기다렸다.

조조가 칼을 들어 장요의 목을 후려치려는 찰나, 한 사람이 조조의 등 뒤로 달려와서 급히 조조의 칼 잡은 팔을 잡았다.

"승상은 잠깐 참으시오."

조조가 돌아보니 유현덕이 자기의 팔을 잡고 관운장은 무릎을 꿇고 엎드렸다.

"이런 바르고 곧은 사람은 살려 두었다가 유용한 때 쓰시는 것이 가합니다."

현덕이 간하였다. 관운장도 한마디 했다.

"저는 장요가 충의지사忠義之士인 것을 잘 알고 있습니다. 원컨대 목숨을 보전해 주십시오."

조조는 비로소 칼을 땅에 던지고 웃었다.

"나도 장요가 충의지사인 것을 잘 알고 있소. 한번 시험해 본 것뿐이오."

조조는 말을 마치자 손수 장요의 결박한 밧줄을 풀고, 새 옷을 내어 입힌 후에 상좌로 청해 올렸다. 장요는 현덕과 관공과 조조의 의기에 감복했다. 조조와 현덕과 관운장 앞에 넙죽 엎드려 절을 했다.

조조는 장요에게 중랑장中郞將 관내후關內侯의 벼슬을 주어 장패藏覇를 초안招安[18]하라 했다.

장요가 장패를 치러 나가기 전에 장패는 여포가 죽고 장요도 항복했다는 소문을 듣고 급히 본부의 군사를 거느려 조조한테 항복을 했다.

조조는 장패에게 후한 상금을 내린 후에 손관孫觀, 오돈吳敦, 윤예尹禮를 초안하라 하니 모두 다 조조한테 항복하고 다만 창희昌豨만이 귀순하지 아니했다.

조조는 장패에게 낭야상琅琊相을 주고 손관의 무리에게는 벼슬을 높여 청주, 서주 바닷가 연변의 수령을 삼아 다스리게 한 후에, 여포의 아내와 첩은 허도로 수레를 태워 돌려보냈다.

18) 초안 : 반란군을 항복 받아 평안케 하는 것.

현덕은 일약 황숙이 되고

조조는 크게 삼군을 호궤犒饋[19]한 후에 현덕과 함께 군사를 거두어 돌아왔다.

서주 지경에 당도하니 백성들은 향을 살라 유현덕을 환영하면서 길을 가로막고 말했다.

"유劉 사군使君께서 서주를 다스려 주시오."

애원했다.

"유 사군께서는 공훈이 크신 분이라 먼저 황제께 뵈옵고 벼슬을 받으신 후에 돌아오셔도 늦지 아니하니 너희들은 그때까지 기다려라."

백성들은 머리를 조아려 사례했다.

조조는 거기 장군 차주車胄에게 임시로 서주를 다스리게 한 후에 허도에 돌아와 출정한 장교들에게 차례로 상을 주고 유현덕은 승상부 옆에 집을 치워 들게 했다.

다음 날 조조는 현덕과 함께 대궐로 들어가 헌제께 뵌 후에 표表를 올려 현덕의 공훈을 찬양하고 현덕을 황제께 뵈옵게 했다.

현덕은 조복朝服을 갖추고 단지丹墀[20]에 엎드려 절하니 황제는 전상殿上으로 오르라 분부를 내리신 후에 옥음 낭랑히 하문하셨다.

---

19) 호궤 : 전쟁에 이긴 후에 소 잡아 군사에게 술과 밥을 먹여 위로하는 것.
20) 단지 : 대궐 안 전각 아래 댓돌. 단청丹靑을 칠해서 '붉은 댓돌'이란 미어美語를 쓴 것이다.

"경경卿의 조상은 누구인고?"

현덕이 국궁하여 공손히 아뢰었다.

"신臣은 중산中山 정왕靖王의 후예로서, 효경孝景 황제皇帝 각하閣下의 현손玄孫 유웅劉雄의 손자요, 유홍劉弘의 아들이옵니다."

황제는 종정경宗正卿21)을 돌아보시며,

"종족세보宗族世譜를 간검해 보라."

영을 내리셨다. 종정경이 세보를 받들어 읽기 시작했다.

"효경 황제께서 열네 왕자를 두셨사온데 일곱째 아들이 중산 정왕 유승劉勝입니다. 승이 육성陸城 정후亭侯 유정劉貞을 낳고, 정이 패후沛侯 유앙劉昂을 낳고, 앙이 장후漳侯 유녹劉祿을 낳고, 녹이 기수후沂水侯 유연劉戀을 낳고, 연이 흠양후欽陽侯 유영劉英을 낳고, 영이 안국후安國侯 유건劉建을 낳고, 건이 광릉후廣陵侯 유애劉哀를 낳고, 애가 교수후膠水侯 유헌劉憲을 낳고, 헌이 조읍후祖邑侯 유서劉舒를 낳고, 서가 기양후祁陽侯 유의劉誼를 낳고, 의가 원택후原澤侯 유필劉必을 낳고, 영천후穎川侯 유달劉達을 낳고, 달이 풍령후豊靈侯 유불의劉不疑를 낳고, 불의가 제천후濟川侯 유혜劉惠를 낳고, 혜가 동군東郡 범령范令 유웅劉雄을 낳고, 웅이 유홍劉弘을 낳았사온데, 홍은 벼슬을 아니한 백두白頭이옵니다. 유비劉備는 유홍劉弘의 아들이올시다."

"그렇다면 나하고의 촌수를 따져 보라."

황제는 다시 말씀을 내렸다.

"유비는 바로 폐하의 아저씨뻘이 되십니다. 황숙皇叔22)이올시다."

"오오 그러냐?"

황제는 반갑고 기뻤다.

---

21) 종정경 : 나라 일가의 모든 일을 맡아 보는 재상.
22) 황숙 : 황제의 아저씨.

특별히 유비를 편전으로 부르시어 절하며,

"아저씨!"

하고 불렀다.

헌제는 가만히 생각해 보았다.

'요사이 조조는 국권을 잡아서 맘대로 농락할 뿐 아니라, 행동이 점점 방자하여 자기의 재결도 받지 아니하고 나라 정치를 처리하니 괘씸하기 짝이 없었다. 오늘 이 영특한 아저씨를 얻었으니 크게 도움이 될 것이다.'

헌제는 이쯤 생각하고 현덕으로 좌장군左將軍 의성宜城 정후亭侯를 친히 면봉面封하시고 잔치를 베풀어 관대하였다.

현덕은 은혜를 사례하고 조정에 나와 일을 보니 이로부터 사람들은 유비를 가리켜 유劉 황숙皇叔이라 불렀다.

한편으로 조조가 승상부로 돌아오니 순욱이 여러 모사를 거느리고 들어와 조조를 뵈었다.

"듣자오니 천자께서 유비를 황숙이라 하셨다 하니 대감께 유익함이 없을 듯합니다."

조조는 껄껄 웃었다.

"유비가 제 비록 황숙이 되었다 하나 내가 천자의 조칙이라 하여 명령하면 제 어찌 복종하지 않겠소. 뿐만 아니라 저를 허도에 유하게 했으니, 겉으로는 임금의 곁에 가까이 있는 듯하나 실지로는 내 손바닥 속에 들어 있는 격이나 매일반이오. 조금도 두려울 것이 없소. 다만 내가 조심하고 있는 사람은 태위太尉 양표楊彪요. 이 사람은 원술이하고 친척이 되니, 만약에 원술이 원소 형제하고 내응이 된다면 해가 크리라 생각하오. 곧 이자를 숙청시켜 버려야 하겠소."

조조는 말을 마치자, 곧 사람을 시켜서 양표를 무고시켰다.

"승상께 아룁니다. 태위 양표는 원술과 친척이 되는 바 반역한 원술과 교통한 혐의가 있으니 조처해 주시기 바랍니다."

양표는 곧 조조의 명으로 옥에 내려 만총滿寵에게 국문을 받게 되었다.

이때 북해北海 태수太守 공융孔融이 허도에 있다가 이 소문을 듣고 깜짝 놀랐다. 곧 승상부로 조조를 찾아갔다.

"양표는 사대를 내려오며 조정에 벼슬하는 덕망 높은 재상입니다. 원술이하고 비록 연사간이 된다 하나 그를 도와 내응이 된 일은 조금도 없습니다. 나라의 재상을 함부로 죄주어서는 아니 됩니다."

"그것은 조정 공론이니 낸들 어찌하오."

조조는 냉담하게 대답했다. 공융이 펄쩍 뛰었다.

"승상께서는 지금 크고 작은 정치를 모두 다 도맡아 처결하고 계시지 않습니까? 만약 성왕成王이 소공召公을 죽였다고 가정해 봅시다. 보필로 앉은 주공周公이 나는 모르는 일이라고 한다면 이거 말이 되겠습니까? 안 될 말씀입니다."

조조는 공융의 날카롭게 찌르는 말에 대답할 말이 없었다. 부득이 양표의 벼슬을 떼어 버리고 시골로 나가 살게 했다.

의랑議郞 조언趙彦은 이 꼴을 보자 분함을 못 이겨, 곧 조조를 탄핵하는 상소를 올렸다.

"조조는 황제께 아뢰지도 아니하고 맘대로 대신의 벼슬을 떼어 시골로 쫓았으니 참람한 행동이 가증 가악합니다. 곧 조조를 옥에 내려 문책하십시오."

조조는 크게 노했다. 곧 조언을 잡아 죽여 버렸다.

사냥

조조가 조정의 간관諫官을 마구 끌어다가 죽이는 것을 보자 만조백관들은 송구해서 떨지 않는 사람이 없었다. 모두 다 곁눈질로 조조의 동정을 살폈다.

모사 정욱이 가만히 조조한테 소곤댔다.

"지금 승상의 위명威名은 동천에 떠오르는 해와 같습니다. 이 기회를 놓치지 마시고 한 번 왕패王覇의 큰 사업을 취하십시오."

조조는 빙긋 웃으며 대답했다.

"조정에는 황제의 심복이 아직도 많으니 가볍게 움직일 수 없네. 내 한 번 천자께 청해서 사냥을 하기로 해서 동정을 살펴보겠네."

조조는 좋은 말과 사냥 잘하는 해동청 보라매며, 날랜 명견名犬이며, 좋은 활과 상벌 나가는 살을 많이 준비하고, 군사를 성 밖에 가득 모아 놓은 후에 천자께 들어가 아뢰었다.

"사냥을 한번 나가시는 것이 좋겠습니다."

임금은 조조가 별안간 사냥을 나가자는데 꺼림칙하게 생각했다. 마음이 내키지 않았다.

"사냥을 나가는 것은 정도正道가 아닐 성싶소."

조조는 우겨 댔다.

"옛날의 제왕은 춘하추동 사시절에 교외로 나가 사냥을 하면서 위업을 천하에 떨쳤던 것입니다. 이제 사해四海가 요란한 때 폐하께서는 사냥을 하시어 위엄을 천하에 선양시키셔야 합니다."

임금은 조조의 말을 아니 들을 수 없었다. 곧 소요마逍遙馬[23]에 올라 아로새긴 보궁寶弓과 금비전金鈚箭[24]을 메고 백관을 거느려 성 밖으로 나갔다.

이때 유현덕은 관우, 장비와 함께 몸에 엄심갑掩心甲[25] 입고 활과 살을 어깨에 멘 후에 손에는 칼과 창을 잡고 수십 기를 거느려 허전許田으로 나갔다.

조조는 이날 발톱 누른 비전마飛電馬[26] 타고 10만 대병을 거느려 나가는데, 미리 닦아 놓은 사냥터의 주위는 2백여 리나 되었다.

조조는 황제와 함께 말을 몰아 나가는데 거만하게도 겨우 말 머리 하나쯤 뒤떨어져 따랐다.

등 뒤에는 함빡 조조의 심복 장교가 따랐다. 모든 문무백관들은 멀찍이 뒤에 따를 뿐 감히 가까이 가지 못했다.

헌제가 말을 달려 허전許田에 당도하니 유현덕은 관우, 장비와 함께 길가에서 어가를 사후伺侯[27]해 맞이했다. 황제는 반가웠다.

"오늘은 황숙皇叔의 사냥하는 재주를 한번 보아야 하겠소."

"황송하오이다."

현덕은 국궁하고 말에 올라 달리기 시작했다. 홀연 수풀 속에서 한 마리 토끼가 뛰어나왔다. 현덕은 급히 활을 당기어 달아나는 토끼를 쏘았

---

23) 소요마 : 호상胡牀을 소요좌逍遙座라 한다. 마상馬上에 소요좌逍遙座를 보진한 말.
24) 금비전 : 살촉에 도금을 칠했음.
25) 엄심갑 : 심장을 가린 갑옷.
26) 비전마 : 명마名馬, 번개같이 빠르게 가는 천리마千里馬.
27) 사후 : 문안드리는 것.

다. 현덕의 화살은 단번에 토끼를 쏘아 맞혀 버렸다.
"용하다!"
황제는 칭찬을 하시며 손뼉을 쳤다. 관우, 장비도 일제히 손뼉을 쳤다.
헌제가 유현덕의 토끼를 쏘아 맞히는 것을 보고 손뼉을 쳐 칭찬하실 때, 홀연 가시덤불 속에서 말만 한 큰 사슴 한 마리가 몰이꾼들의 떠드는 소리에 놀라 껑충 뛰어나왔다.
헌제는 사냥하고 싶은 충동이 벌컥 일어났다. 황제는 말을 박차 달려 나가면서 화사한 어궁彙弓에 찬란한 금비전金鈚箭 화살을 메겨 힘껏 쏘았다. 그러나 화살은 빗나가면서 사슴을 맞히지 못했다.
황제는 다시 활을 당기어 또 한 대 쏘았다. 역시 맞히지 못했다. 황제는 초조했다. 달아나는 사슴을 놓칠세라 급히 뒤를 쫓으면서 다시 활에 살을 메겨 사슴을 쏘았다. 살은 달아나는 사슴의 등판 너머로 살짝 넘어가면서 이번에도 맞히지 못했다.
연거푸 세 번을 쏘아 맞히지 못한 황제는 무료하고 기운이 떨어졌다. 옆에 말을 나란히 하여 달려 나가는 조조에게 활과 살을 내주었다.
"경卿이 한 번 쏘아 보오."
분부를 내렸다.
조조는 사양치 않고 얼른 활과 살을 받자 급히 말을 달려 사슴을 쫓아가면서 보궁에 금비전을 메긴 후에 가득히 팔을 들어 달아나는 사슴을 쏘았다. 찬란한 금빛 화살은 푸른 하늘에 쨍하게 빛나는 햇빛을 받아 마치 금별이 흐르듯 윙 소리를 내며 달리다가 퍽 소리를 내면서 사슴의 염통을 단번에 쏘아 맞혔다. 집채 같은 큰 사슴은 구슬픈 비명을 지르며 벌떡 자빠졌다. 네 다리를 허우적거렸다. 금비전 화살 꼭지에 달린 화사한 흰 깃이 자빠진 사슴의 눈처럼 흰 배 털 위에서 푸르르 떨렸다.

"만세!"

"만세!"

"만만세!"

"황제 폐하 만만세!"

만조백관과 1천 장교와 10만 군사들은 일제히 축하하는 환호성을 불렀다. 강산이 떠나가는 듯했다.

모두 다 황제가 쏘아 맞힌 줄로 알았다. 계속해서 만세 소리는 천지를 진동시켰다. 만조백관들은 황제의 앞으로 몰려들었다.

"만세, 만세!"

"황제 폐하 만세!"

길길이 뛰면서 하례를 드리러 몰려들었다.

조조는 일부러 군신들의 뜻을 살피려 했다.

참람하게도 황제를 가로막고 말을 달려 앞으로 나서서 만조백관들의 치하를 받았다. 조조는 마상에 높이 앉아 얼굴에 가득 웃음빛을 띠고 동채를 번쩍 들어 만조백관들한테 답례를 했다.

이 모양을 바라보는 만조백관들은 깜짝 놀라 얼굴빛이 새파랗게 변했다. 그러나 감히 누구 한 사람 탄해서 말하는 사람이 없었다.

유현덕의 등 뒤에 섰던 관운장은 이 꼴을 보고 참을 수 없었다. 봉의 눈이 부릅떠지고 삼각수三角鬚가 거슬러 올랐다. 칠한 듯한 검은 눈썹이 빳빳이 일어섰다. 청룡도青龍刀를 비껴들고 말을 달려 조조를 찍으려 했다.

(3권에서 계속)